퍼스트 콘택트

퍼스트 콘택트

김단비
문녹주
배지훈
서강범
서계수
이지연
전혜진
해도연

달다

퍼스트 콘택트

초판 1쇄 발행 2024년 7월 5일

지은이 | 김단비, 문녹주, 배지훈, 서강범
　　　　서계수, 이지연, 전혜진, 해도연
펴낸이 | 조미현

책임편집 | 김솔지
디자인 | 엄윤영

펴낸곳 | (주)현암사
등록 | 1951년 12월 24일 제10-126호
주소 | 04029 서울시 마포구 동교로12안길 35
전화 | 02-365-5051
팩스 | 02-313-2729
전자우편 | dalda@hyeonamsa.com
홈페이지 | www.hyeonamsa.com
블로그 | blog.naver.com/hyeonamsa

ISBN 978-89-323-2367-1 03810

안테나 거인의 발소리를 들은 적이 있는가

서강범

서강범

기억이 나는 시절부터 진로희망란에 '영화감독'을 썼다. 대학에서 영화를 전공했고 졸업 작품으로 만든 단편 영화가 좋아하던 영화제에 초청받아 꿈을 이뤘다. 그 후 여러 사람을 힘들게 하면서 영화를 찍지 않고도 계속 이야기를 만들 수 있는 방법을 고민하다가 소설을 쓰게 되었다. 평생 인정 투쟁 하면서 생긴 눈치와 이제껏 봐온 이야기들의 도움을 받으며 영상번역가로도 활동하고 있다. 때때로 견디고 자주 누리는 삶을 지향한다. 지은 책으로 『우리가 기대하는 멸망들』이 있다.

노정익은 밤잠을 설치고 있었다. 그건 호텔의 시원찮은 에어컨 바람이나, 낮에 방문했던 현장에서 물린 정글 모기 때문만은 아니었다. 20여 년간의 민간 항공기 파일럿 생활 덕분에 그는 꽤나 인정받는 항공 사고 조사관이 될 수 있었지만, 전문직 가부장들이 흔히 그러듯, 집에서 좀처럼 시간을 보낼 수 없는 자신의 직업을 탓하며 두 번의 결혼 생활을 모두 이혼으로 끝냈다. 이혼의 이유로 성공적인 직업인과 가정적인 아버지의 삶을 병행할 수 없다는 상투적인 평계를 대곤 했지만 사실 그는 이리저리 떠도는 본인의 직업을 은밀하게 사랑했다. 그럼에도 60이 넘은 나이에 밤샘 비행은 체력에 부치는 것이 당연했다.

　다소 이르게 콕핏 자리에서 물러난 후 그는 항공사의 추천으로 항공 사고 조사관이 되었고, 아이러니하게도 모든 결혼 생활이 끝나고 나서야 어딘가로 떠나지 않는 상태가 되었다.

남들의 시선을 고려하자면 이 또한 정익에게 도움이 되는 내러티브였다. 가족을 부양하느라 그들의 애정을 끝내 얻지 못한, 그러나 노년이 되어서도 쉬이 일을 놓지 못하는 불쌍한 가장. 그는 그런 동정 어린 시선을 충분히 즐기며 노년이 누릴 수 있는 최고 수준의 사회적 효능감 또한 챙기고 있었다.

일은 그리 어렵지 않았다. 그가 이전까지 맡은 크고 작은 항공 사고들은 주로 정비상의 실수거나 장비 결함으로 발생한 사건이 대부분이었다. 노정익이 하는 일이라곤 블랙박스 기록을 훑어보고 노련한 통찰로 확신에 찬 결론을 내리는 것뿐이었다. 나머지 귀찮은 서류 작업은 국토교통부 소속 단기 계약직 공무원들이 처리하면 그만이었다. 나랏밥이란 쉽게 먹을 수 있는 끼니였다.

그러나 이번 일은 달랐다. 천여 번의 이착륙을 경험하는 동안 직접 겪거나 들어본 사례 중에 이런 일은 비슷한 것도 없었다. 일주일 간격으로 민간 비행기가 두 대나 추락한 사건이었다. 추락한 곳은 파푸아 뉴기니 서부 삼림 지역이었고 서로 수백 미터 정도밖에 떨어지지 않은 거리였다. 기체의 파손 정도를 볼 때 정황상 두 건 모두 정면 충돌에 의한 추락이었기 때문에 생존자가 한 명도 없는 것이 당연했다. 일반적으로 정익이 사건 현장으로 파견된 일은 없었지만, 이번은 달랐다. 승객 중에 주파푸아 뉴기니 한국 대사와 대사관 직원들이 있었기 때문이었다. 새로 부임한 대사가 다른 비행기를 탔다면

서강범

좋았을 것이라며 가벼이 여기기에는 피해자 수가 심각했다.

엔진에 새가 빨려 들어간다거나 해서 기체 이상이 발생하는 경우는 흔했다. 그런데 두 번이나 같은 지점에서 같은 이유로 사고가 일어났다면 그건 우연일 리가 없었다. 더 골치 아픈 것은 추락 지점이 멸종 위기종인 서부물새의 서식지였다는 점이었다. 학자들과 환경 단체는 이 두 번의 추락으로 서부물새의 마지막 터전이 돌이킬 수 없게 파괴됐다면서 항공사를 맹비난하고 있었다. 보통 사건 현장에 직접 올 일이 없는 그였지만, 나라 안팎으로 이목이 집중된 사건인 만큼 떠밀리듯이 추락 현장으로 직접 와야만 했다. 이건 정익이 상상한 인생 2막과는 거리가 있었다.

방문을 두드리는 소리에 그의 자기 연민은 다행히 막을 내렸다. 문을 열어보니 같이 온 부하 조사관 용순이 상기된 얼굴로 헐떡이며 말했다.

"두 기체 모두 충돌한 게 무엇인지 알아냈습니다. 근데 아마 못 믿으실 거예요."

———— · ————

파견 전 다른 조사관을 통해 1차 사건의 추락 지점 묘사를 들었을 때 정익은 대수롭지 않게 굴었지만, 실은 들뜬 표정과 목소리로 참상을 묘사하며 피떡이 된 사체를 영상으로 보여주는 늙은 동료의 얼굴을 후려치고 싶었다. 과장이 섞였을 거라 짐작했던 현장은 훨씬 끔찍했다. 밀림 사이사이에 기체의 잔해들이 숨은 그림처럼 섞여 있었고, 승객의 사체는 대부분 온전히 수습하지 못했고 곳곳에 혈흔과 찢겨진 살덩이가 남아 있으면 다행인 정도였다. 그럼에도 노정익이 충격을 받은 것은 이 낯설고 기괴한 풍경 때문이 아니라, 같이 현장으로 오는 길에 들은 용순의 브리핑 때문이었다. 비행기가 어딘가에 충돌한 것 같다는 정익의 분석은 적중했다. 문제는 그 충돌한 물체의 정체였다.

"그러니까 두 비행기의 항로였던 이 정글에 상공까지 거대한 물체가 높이 솟아 있었고, 그게 우리 눈에는 보이지 않는다?"

정익은 몇 번이나 되묻자 용순이 너털웃음을 지으며 어처구니 없어하는 정익에게 공감했다.

"저도 조사관님이랑 같은 반응이었어요. 이 소식을 전하는 사람이 저라서 더 못 믿으시는 건 아니죠?"

현장에서는 이미 조사가 한창이었다. 환경 단체 사람들은 국제사회와 거대 항공사를 비난하는 피켓을 들고 고래고래 소리를 질렀지만 파푸아 뉴기니 국방군에 의해 저지당했다.

"인간 200명이 죽었는데 그깟 새들이나 신경 쓰다니 대체 누구 편인 건지 모르겠네요. 저는 그런 새가 있는지도 몰랐는데."

"여기 있는 사람들을 보게. 그냥 자기 일을 하는 것뿐이야.

서강범

누가 누구 편을 들고 그런 게 아니야. 게다가 사람 편이 여기서 더 필요할까?"

정익이 환경 운동에 관심이 있는 건 전혀 아니었다. 그는 단지 용순이 하는 말을 더 듣기 싫다는 이유로 말을 끊었다. 정익은 늘 용순의 냉소적인, 그렇지만 어떠한 성찰도 들어있지 않은 태도를 견디기 어려워했다. 자신에게 익숙하지 않은 모든 것들을 적대하는 그의 말투에는 어딘가 억울함이 서려 있었고 어휘는 어딘가에서 배워오기라도 한 것처럼 제한적이고 상투적이었다. 그건 1년에 연락을 한두 번 할까 말까 한 아들이나 가끔 식사를 같이 하는 남자 직원들도 마찬가지였다.

안에서는 UN 소속 평화유지군과 공학자로 보이는 사람들이 어디에 쓰이는지도 짐작이 안 가는 광학 장비들을 분주하게 옮기고 있었다. 정체불명의 물체의 표면 근처에 간이 펜스가 세워지고 캠프촌이 꾸려졌다. 과학자들의 인종은 다양해 보였으나 이상하게도 군인들은 백인이 대부분이었다. 입구에서는 면밀한 소지품 검사가 진행되었는데, 군인들은 전자제품을 비롯한 모든 기록이 가능한 도구를 두고 갈 것을 요구했다. 용순은 무슨 근거로 소지품을 압수하느냐며 따졌다. 정익은 아무것도 모르는 말단 군인을 괜히 괴롭히기는 싫었기에 용순을 말렸다.

정익은 그저 이 모든 일들이 비현실적으로 느껴졌다. 다만 외계인과의 조우를 다룬 영화들의 도입부에서 흔히 볼 수 있는 간이 조사 캠프와는 달리, 훨씬 덜 정돈된 느낌이었다. 캠프 안 조명은 어두웠고 구분되어 있는 방들은 아직 인원을 기다리는지 텅텅 비어 있었으며 각국의 대통령과 화상 통화가 가능한 워룸 같은 곳도 존재하지 않았다. 무엇보다 영화와 다른 점은 그가 관객이 아니라는 점이었다. 조사 캠프의 풍경이 영화와 다를수록 정익이 작성해야 하는 서류들이 불어난다는 현실도 가혹하게 다가왔다.

둘을 캠프 안쪽으로 안내한 것은 젊은 장교였다. 앳돼 보이는 얼굴을 군기로 덮은 그녀는 따라오는 둘을 슬쩍 보면서 안절부절못하는 기색을 내비치고 있었다. 용순은 그런 상대의 여유 없는 태도를 놓치지 않고 빈정거리는 말투로 쏘아붙였다.

"그래서 뭐길래 이렇게 호들갑을 떠는 거죠? 비행기가 뭐 때문에 추락했는지 보고서에 쓸 말이나 주시죠."

"그러니까 아주 거대하고 단단한 곰팡이 같은 거예요."

누군가 끼어들었다. 후드 차림을 한 건장한 체격의 라틴계 여성이 막대사탕을 문 채로 본인을 세포생물학자라고 소개했다. 이름은 마르티나라고 했다. 과학자들은 모두 흰 가운을 입고 있을 줄 알았는데. 용순이 속으로 생각하기 무섭게 그녀가 말을 이어갔다.

"구성 성분을 조사해 보니, 저마늄이 일부 있지만, 지구에 존재하지 않는 물질도 있었어요. 탄소 기반 생명체는 아니라는 거고⋯ 학명을 짓는다면 알리누스(alinus), 티타누스(titanus), 래디우스(radius) 세 단어 중 하나는 꼭 들어갈 거라고 봐요."

"외계에서 왔고, 거대하고⋯ 래디우스라면⋯ 저 구조물이 방사선을 내뿜고 있나요?"

"아뇨. 그렇지만 뭔가를 내뿜고 있긴 합니다. 독특한 형태의 전자기파가 검출되고 있어요. 동료분이 말씀하신 대로 버섯에 가깝죠. 무기호흡을 하고 있으니 균류일 거예요."

문득 정익은 위화감이 들어 방금 대화를 복기했다. 마르티나라는 이 과학자는 방금 분명 스페인어로 말했다. 정익과 스페인어의 접점은 대학 시절 들은 교양 수업이 전부였다. 게다가 처음 들어보는 라틴어 학명을 알아들을 정도로 본인이 언어에 조예가 있다고 여겨본 적은 없었다. 정익의 마음이라도 읽은 듯 마르티나가 말했다.

"혹시 에스파냐어가 제1모국어는 아니시죠? 제 짐작이 틀렸다면 저를 인종차별자라고 부르셔도 좋습니다. 하지만 만약 제 짐작이 맞다면, 방금 조사관님의 외국어가 유창해지신 건 그 파장의 영향 중 하나일 겁니다. 이상하게 이 물체에 가까이 있을수록 뇌의 언어 중추가 활성화되더군요."

용순이 놀란 표정으로 말을 얹었다.

"그러고 보니 아까 오는 길에도 파푸아 뉴기니 관료와 인근 부족민이 나누는 대화를 알아들었어요. 분명 토착어로 말했을 텐데⋯."

이 현상에 대한 감탄이 더 이어지는 것을 경계라도 하는 듯 장교가 끼어들었다.

"이렇게 즉각적인 영향이 있으니 공개하기 전에 더 조사가 필요하다는 겁니다. 사실 여기까지 두 분을 들인 것도 순전히 예의를 차린 거예요. 이번 건에 정보 접근 등급이 있다면 두 분은 가장 후순위 등급일 겁니다."

"영원히 비밀로 할 순 없어요."

정익이 저널리즘의 기수라도 된 것처럼 따진 것은 언론의 자유를 위해서가 아니라 단지 이 모든 사실을 보고서에 작성하지 못할까 조바심이 났기 때문이었다. 마르티나는 잠시 장교와 귓속말을 나누었다. 장교가 탐탁지 않은 표정으로 고개를 끄덕이자, 마르티나가 밝혀진 사실들을 정리해서 말해주었다. 그중에서는 아까의 대화에는 없던 사실도 있었고 생전 처음 들어보는 낯선 단어도 있었지만 둘은 무리 없이 이해했다.

이 물체는 관계자들 사이에서 '탑'이라고 불렸다. 1.7킬로미터 높이의 '탑'은 탄소연대 측정 결과 적어도 12,000년 전 홀로세 초기부터 있었으며, 표면을 구성하는 물질이 다이아몬드와 유리보다 에너지 밴드갭이 커서 완전하게 투명했다. 가시광선뿐만 아니라 항공 레이더가 내뿜는 파장도 통과시켜 버리는데, 사고를 당한 두 비행기의 레이더가 탑을 감지하지 못한 것도 이 때문이었다. 1미터 정도의 거리에서조차도 인간의 육안으로는 이 물체를 볼 수 없었으며, 이 물체를 감지하는 유일한 방법은 직접 접촉하는 것뿐이었다.

하지만 더 놀라운 것은 얇은 표면을 벗겨내면 드러나는 안쪽에 있었다. 공업용 티타늄 드릴로 채취한 표본을 조사한 결과, 탑은 모든 생명체에서 발견되는 유전학적, 진화학적 법칙에 위배되는 수준으로 이질적인 유기물이며, 그나마 지구에서 가장 비슷한 생물 분류를 찾자면 균류에 가까워 보이지만 역시 완전히 들어맞지는 않는다고 했다. 그렇다면 이것은 생물의 사체인가? 아니다. 탑이 내뿜고 있는 파장이 호흡에 가까운 것을 볼 때 탑은 분명 살아 있었다. 파장의 일정한 패턴은 동물들이 동면 상태에 있을 때와 비슷했다. 생물이 숨을 쉴 때 조금씩 들썩이듯 탑 또한 아주 미세하고 일정하게 움직이고 있었다.

외계 물체인 만큼 방사선을 걱정하는 사람도 있었으나, 측정 결과 바나나 반 개를 먹었을 때 분량 정도에 불과한 방사선이 수 시간마다 한 번씩 내뿜어지고 있어 피폭을 걱정할 수준은 전혀 아니었다. 다만 탑이 내뿜고 있는 파장에 관해서는 아직 오리무중이었다. 반경 50미터 내에 있는 모든 사람들이 생전 처음 듣는 언어도 알아들을 정도로 언어 능력을 비약적으로 증진시키는 현상은 과학자들에게 위협적일 수밖에 없었다. 근처에 있는 다른 동물군의 뇌도 이런 영향을 받는지는 여전히 조사 중이었다.

브리핑이 끝나고 나서 용순이 몸이 좋지 않다고 하자 용순은 의료진의 안내에 따라 밖으로 나가 몇 가지 검사를 하기로 했다. 한국 정부에 공문을 보내놨으니 정익이 당분간은 보고서를 보내지 않아도 된다는 조사 캠프 관료의 말을 마지막으로 듣고 난 후 정익 또한 캠프 밖으로 나왔다. 숙소로 돌아오는 차 안에서 용순은 외국어 공부를 하고 싶으면 저 괴상한 탑 최대한 가까이에 있으면 되는 것 아니냐며, 탑 근처에 어학촌을 세워야 된다는 등 한국의 사교육 산업을 들썩이게 할 만한 사업 아이디어를 쏟아냈다. 정익은 그 말을 못 들은 체하며 이 소식을 전처에게 전해야 할지 말아야 할지 고민하다가 그런 자신을 발견하고는 새삼 놀랐다.

다음 날 둘은 귀국하기 위해 브리즈번을 경유해 들어오는 비행기를 타기 위해 포트모르즈비 공항으로 향했다. 그는 이륙 전 활주로에서 기체의 은은한 진동과 백색소음을 느끼며 태아처럼 잠드는 승객들의 입장을 마침내 이해하게 됐다. 말할 수 없는 편안함 속에서 비몽사몽하던 정익은 탑을 생각했다. 그런 물체가 하나 있다면, 두 개, 세 개, 혹은 수만 개 있어도 이상할 게 없겠다는 생각을 하며 잠에 들었고, 온 세상 사람들이 한 가지 언어로 말하는 꿈을 꾸었다. 이 꿈은 금방 휘발되어 기억에서 사라질 것이 분명했다.

———— · ————

탑의 존재를 비밀로 하려는 노력은 조사 캠프로 잠입한 환

　　　　　　　　　　　　　　　　　　서강범

경 단체 활동가가 내부 문건과 영상을 공개하면서 물거품으로 돌아갔다. 폭로를 계기로 대중들이 힘을 모아 서부물새를 멸종 위기로 몰고 간 거대 항공사와 국가연합에 대항하기 시작했다면 좋았겠지만, 안타깝게도 그런 일은 일어나지 않았다. 그 대신 괴담 마니아, 음모론자, 서브컬쳐 커뮤니티는 흥분에 휩싸였다. 인간이 지은 어떤 구조물보다도 높은 투명 외계 버섯은 평생 그들이 기다려온 것이나 다름없었다.

폭로 문건과 영상 들은 대형 소셜 미디어 플랫폼에 꽤나 오랫동안 삭제되지 않고 올라가 있었다. 검열의 강도가 그리 높지 않은 것이 곧 이 소문이 진실이 아니라는 뜻이라는 의견도 있었지만, 로어 마니아들은 여전히 서로 위키 항목을 만들고 각자 자신의 방에서 조용하게, 하지만 열렬하게 아마추어 창작의 땔감에 불을 지피고 있었다. 전 세계 괴담 음모론 애호가 커뮤니티 게시판에는 탑에 대한 온갖 정보가 돌고 있었다.

그들은 허무맹랑한 이야기를 좋아한다는 세간의 편견과 달리, 가장 설득력과 개연성을 갖춘, 그러면서도 상상을 위한 적절한 여백까지 존재하는 내러티브를 꼼꼼히 골라내는 족속이었다. 냉전시대에 대중에게 일부 공개된 기록을 뒤적거리며 새로운 음모론의 소재를 여전히 찾고 있는 부류도 있었는데 그들은 탑이 예전 많은 정보기관과 독재 정권이 결탁해 대중을 세뇌하기 위해 개발한 기술이며, 외계 생물이라는 자극적인 소재로 은폐를 시도하고 있다고 주장했다. 이 주장은 각국의 정보기관과 독재 정권이 서로 결탁을 할 리가 없다는 타당한 반박이 달리며 금방 설득력을 잃었다.

커뮤니티에서 아마 가장 지지를 받는 부류는 역시 외계인과 UFO 계통의 내러티브 신봉자들이었다. 이때까지 그들이 봐왔던 외계인 음모론 자료들 중에 이렇게나 직접적으로 외계 생물의 존재감을 드러내고 증명하는 건 없었기에 그들에게 '언어 능력을 비약적으로 증진시키는 신호를 내뿜는 1.5킬로미터 높이의 외계 생체 라디오 타워'는 진짜라고 믿기에 황홀하기까지 한 것이었다. 이제 더 이상 외계인은 서사나 괴담의 영역이 아니라 현실이었다. 탑이 자아나 인식 체계가 있는지, 인간형을 하고 있는지, 심지어는 뇌라고 부를 것이 있는지도 파악이 안 되었으나 그들은 이미 그 탑을 '안테나 거인'이라고 호명하고 있었고, '안테나 거인'은 어느새 대중이 탑을 부르는 보편적인 호칭이 되었다.

그 말을 처음 쓴 유저는 자신의 명명이 너무나 뿌듯한 나머지, 정말로 그 탑이 안테나 거인이라고 믿기 시작했다. 그는 이 안테나 거인이 적어도 카르다쇼프 척도로 제3유형 이상에 속하는 아주 고등한 종족으로, 인류의 진화를 촉발시킨 장본인이라 주장했다. 그는 제법 구체적으로 안테나 거인의 문명 양상을 묘사하기도 했다. 하지만 그 모습이 SF 스페이스 오페라 장르에서 흔히 접할 수 있는 것과 비슷했기에 상상력이 빈곤하다는 비판을 피할 수 없었다. 그는 다음과 같은 도

서강범

발적인 댓글을 달며 반박했다.

"대중 매체에서 그려지는 외계 종족의 모습은 창의력과 상상력의 결과물이 아닙니다. 그건 단지 거인들이 중얼거리는 진언을 우연하게 강하게 포착한 창작자들의 무의식에서 재구성된 부산물에 불과합니다. 그들은 단지 계시를 받았다는 사실을 인지하지 못한 것뿐입니다. 원본을 착각하면 안 됩니다. 인간은 그저 전파를 받는 매개체에 불과합니다."

외계인 마니아들의 이런 과도하게 비장한 태도는 종종 놀림거리가 되곤 했지만 이번엔 경우가 조금 달랐다. 그가 믿기로 한 내러티브는 어느새 탑을 모시는 신흥 컬트를 만드는 데까지에 이르렀다. 위 답변에 감명받아 만들어진 이 종교는 '미디엄(medium)'이라 불렸다. 전파는 곧 계시(啓示)이며, 인간은 전파를 매개하는 존재에 불과하고 전파의 원천인 안테나 거인이 인류를 창조했다는 게 교리의 주 골자였다.

안테나 거인이라는 말을 처음 만든 유저는 교주가 되지는 못했다. 대신 더욱 야심이 크고 카리스마가 있는 종교학자가 그 자리를 꿰찼다. 교주는 안테나 거인이 생명력이 넘치는 정글에서 발견된 것도 그 증거라며, 기성의 여러 신화와 종교 속 경전의 이야기들을 취사선택하면서 미디엄의 내러티브를 탄탄히 다지고 있었다. 외계 종족을 인류의 시초로 믿는 다른 신흥 중소 종교 단체를 계속 인수합병한 결과, 어느새 외계인을 믿음의 기반으로 하는 가장 큰 종교와도 겨룰 수 있을 만큼 교세를 확장했다. 그는 학계에서는 한 번도 받지 못한 인정과 주목을 단숨에 거머쥐었다. 한 대중문화 평론가는 이 현상을 이렇게 평했다.

"서사가 가진 힘이란 실로 무섭습니다. 종교와 신화란 결국 가장 오래된 내러티브이자 모든 내러티브의 원본이라고 할 수 있는데, 한술 더 떠서 원본의 원본임을 주장했다는 거죠. 얼핏 보면 애들 싸움같이 보이긴 해도 실로 고전적이며 영리한 전략입니다."

하나마나한 말이라는 게 중론이었지만 미디엄교가 교세를 불린 메커니즘을 이만큼 탁월하게 요약한 말도 없었다. 모두가 이 종교의 교리에 동의하는 것은 아니었으나, 꼭 신자가 아니더라도 안테나 거인이 지구에 온 이유를 알고 싶어 하는 사람은 많았다. 그건 모두의 관심사였다. 그게 이 행성에 뭔가 필요한 자원이 있었는지, 그게 종족의 유일한 마지막 개체인지, 생식을 위해서 왔는지, 왜 동면에 들어간 것인지, 지구는 여러 선택지 중에 하나였을지 아님 유일한 선택지였을지, 혹은 선택하기도 전에 지구의 환경 때문에 그렇게 돼버린 것인지. 너무 많은 질문들이 있었지만 답할 수 있는 것은 적었다.

미디엄교의 일부 극렬 신도들은 이 모든 질문의 해답을 찾고자 안테나 거인이 있는 서부 파푸아 뉴기니 정글 근처에 촌락을 꾸렸다. 신의 전파를 더욱 가까이서 수신하기 위함이었다. 이들을 몰아낼 법적 근거가 불충분했고, 무엇보다 여기

서강범

에 할당할 경찰력 자체가 부족해, 파푸아 뉴기니 정부도 손을 놓을 수밖에 없었다.

그들이 세운 촌락은 안테나 거인을 둘러싼 조사 캠프에서 멀지 않은 곳에 있었다. 토착 부족인 타리(Tari) 부족과 좋은 관계를 쌓아갈 수 있었던 것은 생태주의적인 그들의 교리와 공감대를 형성했기 때문이기도 하지만, 역시 안테나 거인이 내뿜는 파장 덕택이었다. 파장의 영향으로 신도들은 토착민들과 소통할 수 있었고, 기적을 직접 경험한 신도들은 자신의 믿음을 마음껏 강화할 수 있었다. 이 부족민들과 언어의 장벽 없이 이 정도로 밀접한 교류를 한 사례가 없었기에 두 집단은 서로의 문화에 감탄하며 놀랍도록 가까워졌다. 이는 역사상 토착민족과 가장 빠르게 라포르(rapport)를 쌓은 사례였다. 두 집단이 나눈 대화를 제대로 녹취하기만 했다면 멜라네시안 문화인류학계의 큰 성취로서 기록되었을 것이 분명했다. 하지만 경이와 환호는 그리 오래가지 않았다.

———— · ————

마르티나는 방에 빙 둘러앉은 동료들을 뚱한 표정으로 보고 이 모든 것이 시간 낭비라고 느꼈다. 그녀는 어서 캠프에 돌아가 외계 버섯의 세포를 현미경으로 들여다보고 싶은 마음뿐이었고, 이곳에 모인 다른 연구자들도 본인과 같은 마음일 것이라고 확신하고 있었다. 이들이 모인 이유는 조사 캠프에 순환근무제가 도입된 이유와 같았다.

안테나 거인 주변에서 오랜 시간을 보내자 두통, 불면증 등 여러 신경증을 호소하는 사람들이 생겨났다. 탑이 내뿜는 전자기파가 언어 기능을 비약적으로 향상시킨다면 뇌의 다른 부분 또한 영향을 받는 것도 전혀 이상하지 않으니 충분한 조사가 이루어지기 전까지는 조심스럽게 접근해야 한다는 학자들의 경고가 있었다. 하지만 여느 관료들이 그렇듯 조사 캠프를 꾸린 UN의 관료들 또한 문제가 발생하기 전에는 문제가 없다고 여겼다. 조사가 6개월이 넘어가면서 조사 인원들의 신경증 증상이 더욱 심해졌고 결국 사상자가 생기는 정도에까지 이르렀다.

전자기파가 뇌에 직접적인 영향을 끼쳐 누군가를 죽음에 이르게 한 건 아니었다. 오히려 그 점이 더 문제였다. 탑은 사람이 사람을 죽이게 했다. 게다가 첫 사건의 피해자는 가해자이기도 했다.

리화와 수화는 쌍둥이 토양학자 자매로 캠프 내에서 유명했다. 둘은 쌍둥이라는 사실 말고도 눈에 띄는 면이 있었다. 둘은 연구를 하다가 문제에 봉착하면 마치 하나의 뇌를 공유하는 것처럼 빠른 문답을 통해 해결책을 찾아가곤 했다. 마르티나를 포함한 캠프의 과학자들은 두 자매가 무아지경으로 갑론을박하는 광경을 지켜보는 일을 퍽 좋아했다.

하지만 파견 7개월 차가 조금 넘어가던 어느 날, 리화와 수

서강범

화는 별안간 새벽 4시경 캠프 입구 관문에 있던 파푸아 뉴기니 정규군 소속 초소병 둘을 각각 한 명씩 맡아, 교대 시간을 틈 타 클로로폼으로 기절시켰다. 그리고는 군인들이 들고 있던 기관소총을 빼앗아 서로의 다리를 향해서 동시에 난사했다. 목격자였던 동료 과학자의 증언에 의하면 둘은 쏟아지는 총알에 다리가 깎여 자세를 잃으며 넘어지는 와중에도 방아쇠를 당기고 있었다고 했다. 사인은 모두 과다출혈로 인한 쇼크사였다. 다행이라면 다행이랄지 다른 사상자는 없었다. 기절했던 초소병 둘은 다음 날 아침이 되어서야 정신을 차렸고 다른 이상은 없었다.

누군가가 계획 범죄였을 가능성을 제기했다. 하지만 두 자매가 논쟁을 좋아하는 성격이기는 했어도 이전에 남을 해치려 드는 과격한 언행을 보인 적은 없었다. 캠프 내 CCTV를 확인해 봤지만 그날 두 사람은 일상적인 연구를 했을 뿐이었고, 이상하리만치 감정의 동요를 내비치지 않은 채로 숙소에서 나와 사건을 저질렀다. 아무 전조나 동기가 없었던 것이다. 그래서 모든 사실을 종합해 볼 때 이 사건은 탑의 전자기파가 끼친 신경증 때문에 일어났다는 결론이 잠정적으로 내려졌다.

사건 이후로 모든 조사원들은 3개월에 한 번씩 적어도 한 달 동안은 캔버라에서 지내면서 단체 심리 상담과 정신 감정을 받아야 했다. 호주 대륙은 탑이 내뿜는 전자기파의 영향권 밖이긴 했지만, 탑의 전자기파에 노출된 캠프의 조사원들에게 신경 이상 증세가 남아 있는지 면밀히 따져봐야 했기에, 조사원들은 전문의의 판단이 있어야만 복귀가 가능했다. 마르티나는 리화와 수화를 다시 못 본다는 사실이 서글프면서도 다행이라는 생각이 들었다. 아무리 탑의 영향을 받았다고 해도 그들에게 뭔가 내재된 광기가 없었다면 그런 짓을 저지르지 않았을 것이라 생각했기 때문이었다. 그 편이 더 믿기 쉬웠다. 물론 그녀는 당연하게도 이런 말을 내뱉으면 안 된다는 자기객관화 능력도 갖추고 있었다. 만약 이 그룹 세션에서 이런 말을 꺼냈다가는 소시오패스 취급을 받고 캠프로 복귀가 늦어지거나 영영 탑에 접근이 금지될지도 몰랐다.

마르티나는 숙소에 가서 자신이 한창 빠진 SF 소설이나 마저 읽고 싶다는 생각을 하고 있었다. 인류가 언어 능력을 상실한 세상을 다루는 소설이었다. 마르티나는 그룹 세션에 집중하지 않고 소설 속 실어증에 걸린 인류를 부러워하고 있었다. 그러던 중 이쿼이 운을 뗐다. 그는 리화, 수화와 같은 대만 국적의 언어학자였고 둘의 친구이자 불행히도 그 사건의 첫 목격자이기도 했다. 마르티나는 이쿼이 말을 시작하자 물속에 들어가기 전처럼 숨을 크게 들이켰다. 이쿼은 침울한 사과로 말을 시작했다.

"전 왜 하필 그 어두운 새벽에 바람을 쐬러 나갔을까요? 평소에는 밤 산책을 하지도 않았는데요. 왜 그런 지옥도를 봐야만 했을까요?"

마르티나는 머금은 숨을 파하고 내뱉으려는 충동을 간신히 억누르고 커피를 들이켰다. 커피를 마시지 않았다면 분명 마르티나는 이쿼에게 이런 말을 내뱉었을 것이다.

'지금 너는 사람이 끔찍하게 죽었다는 사실보다 네가 그걸 봤다는 게 더 참혹한 거지? 이기적인 자식. 세상 모든 게 너에게 가르침을 주려고 일어난 것은 아니야.'

사실 마르티나가 이쿼을 향해 품고 있는 적대감은 조금 오래되었다. 조사 캠프에서 둘은 안테나 거인에 관련된 가설로 여러 번 논쟁을 벌인 적이 있었다. 둘은 탑을 바라보는 근본적인 시선이 달랐다. 생물학자인 마르티나가 탑을 나무나 버섯처럼 바라본다면, 이쿼은 이것을 조금 더 인격적 의식체에 가깝게 생각하는 경향이 있었다.

마르티나는 이쿼의 인간중심적이고 다소 봉건적인 사고가, 그가 독실한 카톨릭 신자라는 사실과 무관하지 않다고 여겼다. 그는 탑의 발견 그 자체에 인류를 향한 신의 무슨 메시지가 숨겨져 있을 것이라고 흥분했다. 마르티나는 이때까지 신앙심이 있는 과학자들을 여럿 동료로 만났지만 이쿼만큼 반발심을 느낀 적은 없었다. 시선에는 동의가 되지 않았다. 그녀는 세상 모든 것을 통찰의 대상으로 삼는, 그리고 세상 모든 것에 인간이 이해할 만한 이유가 있다는 듯한 이쿼의 태도를 경멸했다. 마르티나가 말했다.

"저도 당신 슬픔을 덜어주고 싶은데, 그걸 우리가 할 수 있는지는 모르겠네요. 캠프 근처에 있던 미디엄교인지 뭔지 하는 사람들을 따라가셨다면 훨씬 좋았을 텐데요."

상담사가 마르티나의 빈정거림을 얼른 눈치 채고 말을 끊었다. 건너편에서 이켠은 벌게진 얼굴로 마르티나를 노려보고 있었다.

"조금 격앙된 것 같네요. 주의를 드립니다. 마르티나 씨. 모임에서 상대방을 공격하는 태도는 삼가주세요. 여기는 모두에게 안전한 공간입니다. 이번은 캠프 내의 참사가 본인에게 어떤 영향을 미쳤는지 말하는 자리지만, 미디엄교 촌락에서 있었던 일이 생각이 나는 건 당연하겠지요. 그 사건에 대해 더 얘기하고 싶으신 분이 계신가요?"

사실 리화 수화 사건 말고 다른 일도 있었다. 미디엄교의 촌락에서 일어난 일이었다. 타리 부족민들과의 협력으로 세워진 그 촌락은, 이제껏 전례가 없었던 사회실험처럼 보이기도 했다. 뉴기니의 토착 언어는 800개가 넘기 때문에, 파푸아 뉴기니 사회는 기본적으로 '완톡(wantak)'이라고 불리는 언어 공동체를 중심으로 구성되어 있다. 같은 말을 쓴다면 내집단으로 인식하는 것이다. 같은 언어를 공유함(one talk)으로서 '완톡'으로 승인된 내집단 구성원은 아주 강한 유대감을 지니게 되고, '완톡'이 아닌 외부자는 영원한 이방인으로 존재하게 된다.

그래서 완톡끼리는 행정 절차를 생략하고 서로 뒤를 봐준다든지 하는 부정부패나, 완톡이 아닌 사람들에 대한 차별,

서강범

심지어 집단 린치 같은 심각한 문제가 있기도 했다. 안테나 거인의 영향으로 미디엄교 신자들과 타리 부족은 강제적으로 완톡이 된 셈이었다. 거대한 생물 신을 섬기는 미디엄교와 타리 부족의 애니미즘적인 종교관 사이에는 어느 정도 유사성이 있긴 했지만, 완톡이나 종교적인 공감대가 곧 영원한 화합을 의미하는 것은 아니었다.

언어의 장벽이 사라지자 그들은 서로의 차이를 너무나 빠르고 직관적으로 대면하게 되었다. 일반적인 언어 학습 과정에는 시간과 노력이 든다. 그 과정에서 학습자는 천천히 언어에 반영된 문화적 차이를 소화하며 체화한다. 누군가는 언어를 학습하는 데 드는 시간과 노력이 문화를 이해하기 위한 완충재로서 필수 불가결하다고까지 얘기할 것이다. 하지만 이번 경우에는 그런 이해의 완충 과정이 생략됐다는 게 문제였다. 일반적인 언어 습득 과정이 어두운 곳에서 점점 빛이 있는 곳으로 나아가며 눈의 홍채가 조금씩 열리며 주변이 보이는 것이었다고 한다면, 이 경우는 암실에 있는데 갑자기 작은 태양이 눈앞에 나타나 눈꺼풀째로 태워버리는 것이나 마찬가지였다.

한창 서로의 차이를 여실히 깨닫고 있을 때 분열에 못을 박은 사건은 미디엄교 촌락의 리더의 집단 음독자살 시도였다. 그는 창조주의 전파 계시를 손실이나 왜곡 없이 수신하기 위해서는 육신을 포기해야 한다고 주장하면서 촌락의 모든 사람들에게 살충제를 섞은 음료를 마시자고 제안했다. 불행 중 다행으로, 리더가 독극물의 치사량이 정확히 어느 정도인지 정확히 몰랐던 덕분에 참사를 피할 수 있었고 마신 사람들의 증상은 복통과 설사로 그쳤다.

문제는 몇몇 타리 부족민들도 같은 증상을 보였다는 것이다. 이들은 미디엄교 교리에 경도되어 몰래 왕래하던 타리 부족 젊은이들이었다. 타리의 원로들은 그 이후로 결단을 내려 미디엄교 촌락과 모든 교류를 끊은 것은 물론, 언론과 접촉해 미디엄교와 안테나 거인의 위험성을 폭로했다. 미디엄교 촌락 사람들은 배탈이 난 채로 나라 밖으로 쫓겨날 수밖에 없었다. 이퀀이 입을 열며 그룹 상담 세션의 침묵을 깼다.

"그 컬트 신도들의 짓도 전파의 영향이겠죠. 제가 힘든 것은 광신적인 행동 그 자체 때문이 아니고 안테나 거인의 존재를 어떻게 봐야 할지 혼란스럽다는 것입니다. 이렇게 효율적인 의사소통 수단을 지닌 생물이 심지어 동면상태에서 인간에게만 이토록 폭력적인 영향을 끼친다는 게…."

이퀀의 말을 다시 마르티나가 끊었다.

"의사소통이라뇨. 그런 시선이 동의가 안 된다는 거예요. '안테나 거인'이라는 호칭도 그렇죠. 정말로 저 탑이 인간한테 악의를 품은 인격체라고 생각하시는 건가요? 모든 생물은 자기방어 기제를 지닐 뿐입니다. 저 탑은 말을 거는 게 아니라, 그냥 입력된 방어기제를 발동한 겁니다. 풀에 있는 탄

　　　　　　　　　　　　　　　　　서강범

닌에 쓴맛이 난다고 해서, 그게 곧 식물이 동물을 경멸한다는 뜻이 아니듯이요."

캠프의 인력 중 모두가 과학자는 아니었지만 가끔 이렇게 과학자들의 비율이 높은 순환 근무 그룹의 상담 세션은 이런 식으로 흘러가곤 했다. 납득하지 못하는 일을 겪었을 때 누군가는 혼란스럽고 취약한 감정을 타인에게 드러내는 방식으로 문제를 해결하겠지만, 이들은 각자 자신의 전문 분야에 몸담고 얻은 통찰과 사고력을 이용해서 서로의 가설을 사고실험하고 검증하고 반박하며 자신이 처한 상황을 이해하려 했다. 그게 과학인 나름의 대응 방식이었고 이 방식이 효과가 있다는 걸 알고 나서 상담사도 이를 막진 않았다.

"과학자로서 그걸 모르는 게 아닙니다. 다만, 방금은 신앙인으로서 느끼는 혼란을 말한 겁니다. 지금 여긴 학술 컨퍼런스가 아니니까요. 그리고 마르니타, 제가 탑을 '안테나 거인'이라고 부르는 건 그것이 보편적으로 합의된 명명이기 때문입니다. 저를 광신도라고 여기는 건 유감이군요."

또 시작됐다는 표정으로 상담사는 토론을 지켜봤다. 그룹 세션의 다른 참여자들 중에는 하품을 하는 사람도 있는가 하면, 둘의 논쟁을 흥미롭게 보는 과학자와 엔지니어도 있었다. 개중에는 심지어 매 세션마다 이런 논쟁이 있기를 기대하며 애초에 간식거리를 들고 자리에 앉는 사람도 있었다. 마르티나가 조금 누그러진 태도로 대답했다.

"알았어요. 제 말투가 사나웠다면 사과드리죠. 아시다시피 안테나 거인은 아주 반복적으로 전자기파를 발산합니다. 넓게 보자면 이건 뇌가 있는 모든 생물도 마찬가지예요. 단지 탑의 경우에는 그 강도가 아주 강할 뿐이고요."

"반복의 주기가 아주 길다는 게 문제예요. 마치 해독을 바라는 것처럼요. 반복되는 패턴은 아주 복잡합니다만 뇌자도(腦磁圖)를 분석해 보면 분명히 패턴이 있고 이는 언어 형태를 띠고 있습니다. 마치 자동적으로 반복되는 구조 전파 신호처럼요. 학자로서의 의견을 말한다고 해도 탑을 그저 숨을 쉬고 있는 나무라고는 볼 수 없습니다. 의미가 있을 것이 분명한 일에 의미를 소거하는 일이야말로 광신도적인 행탭니다."

이쿼의 의견은 타당했다. 하지만 마르티나는 여전히 몸이 부르르 떨릴 정도로 화가 나 보였다. 그녀는 아무 말도 하지 않고 있었지만, 그 감정은 다른 사람도 알아차릴 만큼 격렬했다. 이 광경을 지켜본 사람들은 둘의 모습에서 리화 수화 자매가 서로를 살육하기 이전에 벌이던 논쟁을 떠올렸다. 그들은 어쩌면 둘도 캠프 근처에 있다간 서로를 죽일지도 모른다고 생각했다. 상담사는 마치 치명적인 실수로 곡예사가 다친 서커스의 사회자처럼 급하게 상담을 마무리했다.

상담이 끝나고 숙소에서 마르티나는 읽던 책을 마저 읽었다. 말하고 읽고 쓰는 능력을 잃은 사람들의 공동체가 새로운 방식의 의사소통 방식을 만들어가다가 결국 공멸하는 부분

서강범

이었다. 푹 빠져 있던 소설이었지만 지금만큼은 그 소설의 등장인물들처럼 책의 글자가 그다지 눈에 들어오지 않았다. 그녀는 책을 덮고 문득 언제부터 자신이 이쿼을 경멸하게 되었는지를 다시 점검해 보았다.

물론 근본적으로 과학적 시선 차이가 있긴 했지만, 캠프에서부터 그와 해왔던 논쟁들은 그야말로 지적인 잡담 같은 것이었다. 그 정도 의견 차이는 평생 다른 연구자들과의 대화에서도 자주 확인한 바 있었고 그럴 때마다 이렇게 화가 난 건 아니었다. 그럼 이 불화의 감정은 개인적인 것에서 연원했을까. 언젠가 그가 자신의 평균치가 넘는 근육량을 빈정댔다거나 괄괄한 히스패닉 여성 스테레오 타입과 자신을 연결 짓는 말이라도 한 적이 있었나. 그것도 아니었다. 그러나 현재 이쿼을 향한 그녀의 적대감은 마치 자신에게 직접적인 피해를 끼친 사람을 마주할 때와 비슷했다. 만약 탑이 근처에 있는 사람들에게 공격적인 성향을 부추긴다면, 마르티나는 이쿼 말고도 다른 사람들에게도 신경질이 나야 할 것이다. 리화 수화 자매 또한 서로를 제외하곤 다른 이를 해치지 않았고 모두가 그 정도의 공격성을 보이는 것도 아니었다.

문득 마르티나는 누군가를 떠올렸다. 9학년 때 첫 연애 상대였던 남자아이였다. 이름은 기억나지 않았다. 독실한 기독교 가정에서 자란 한국계 아이였고 교회에서 만난 친구였다. 홈커밍 파티 파트너가 된 그 아이는 파티가 끝나고 키스를 하다가 본인이 발기했다는 사실에 수치심과 죄책감을 느끼며 도망가 버렸다. 거기서 끝났다면 다행이었겠지만 그 애는 교회 사람들에게 마르티나가 색정증 걸린 여자애라는 소문을 냈다. 경멸당하기 전에 미리 경멸해 버린다는 전략은 항상 효과적이었다. 마르티나는 그때부터 교회를 가지 않았다.

그녀가 이쥔의 입을 하드커버 책으로 틀어막고 싶었던 건, 이쥔의 종교관, 인간관 때문만이 아니었다. 그녀는 그제서야 적대감의 근원을 찾을 수 있었다. 그녀는 기독교를 믿는 동아시아인 남성에 대한 편견과 적대감을 사회화를 통해 잘 억눌러 왔었다. 탑이 한 일이라고는 그 잊힌 어두운 동굴에 플래시 라이트를 비춘 것뿐이었다. 그녀는 어느 정도 이쥔의 의견에 동의할 수밖에 없었다. 마르티나는 탑의 악의를 느꼈다.

———— · ————

캠프 내 총격 사건은 대중에 공개되지 않았다. 비슷한 시기에 일어난 미디엄교 촌락 사건은 이 사건에 대한 연막으로 이용되었다. 한 타블로이드지 언론은 미디엄교를 보고 '너무 멍청해서 죽지조차 못한 설사쟁이'라며 조롱했다. 미디엄교는 촌락에 있던 강경파를 꼬리 자르면서 다시 여러 분파로 갈라졌고, 그 결과 교세는 급속도로 줄어들었다. 탑에 대한 신앙은 약해졌지만 조사는 천천히, 그러나 확실히 진행되고 있었다. 파장 데이터는 암호화되고 조각난 파일 모음과 같았다. 전체 그림을 알기 위한 퍼즐 조각이 차근차근 모이고 있었고, 탑이 수개월 주기로 내뿜던 전자기파 패턴 자료는 어느새 수년치가 쌓였다.

학자들은 확실히 이 파장이 언어 형태를 띠고 있다고 결론내렸지만 여전히 조각은 충분하지 못했고 심지어 조각을 펼쳐놓을 적절한 테이블도 없었다. 엄밀히 말하자면 그 조각들은 액체였다. 조각들은 종종 테이블 가장자리로 가다가 바닥으로 쏟아지고 테이블에 스며들기도 했으며 휘발되기도 했다. 학자들은 온갖 수신 장치를 만들어 패턴을 손실 없이 수신하려 한 결과, 테이블이 아니라 '컵(cup)'이 필요하다는 것을 깨달았다. 연구자들은 탑의 전자기파가 일정 반경 안에 있는 사람들의 뇌에 영향을 미친다는 점은 알았으나, 그 기전을 정확히 밝히지는 못했다. 지금까지 기정사실로 밝혀진 명제는 다음과 같았다.

'탑 근처 일정 반경에서 수 시간을 보낸 인간들은 모두 언어 중추가 활성화되지만, 반면 모두가 충동적인 폭력성이 발현되는 것은 아니다.'

폭력적으로 변하는 사람들 사이에서 특정할 만한 생리적 공통점은 찾지 못했다. 다만 학자들은 우연히 그들의 뇌가 탑의 파장의 가장 적절한 수신기였다는 점을 알게 되었다. 그 사람들은 신경증에서 벗어난 뒤에, 파장의 영향권에 있었을 때 머릿속에 아주 구체적인 이미지가 떠올랐다고 공통적으로 증언했다. 그중 일부는 탑에서 지구 반 바퀴 거리에 떨어져 있어도 그 이미지 신호를 수신했다. 전 세계에서 같은 꿈을 꾸거나, 같은 이미지를 떠올리는 사람들이 속출했다.

연구자 사이에서 전파의 영향을 받는 이 사람들은 속칭 '컵'으로 불렸다. '컵'은 특정한 기질을 가진 사람들이었다. 그 특정한 기질이 무엇인가를 말하기 전에, 그럼에도 왜 일찍부터 이 현상을 발견하지 못했는지를 설명할 필요가 있다.

노래의 후렴 구절이나 라디오 광고 캐치프레이즈가 한참 머리를 떠나지 않듯이, 괴상한 유머 감각이 깃든, 혹은 중독적인 멜로디와 우스꽝스러운 춤이 섞인, 혹은 강력한 사회문화적 시의성을 획득한 '밈'들은 쉽게 사람의 정신을 지배해 버린다. 그리 친하지 않은 누군가의 장례식 자리에서든, 주간 회의에서든, 혹은 그다지 마음에 들지 않은 상대와의 대화 자리에서든 그런 것들은 사람의 뇌 속 한 켠에서 갑자기 재생된다.

그러니까 탑이 보내고 있는 이미지는 '밈'이었다. '외계생명체 버전의 밈'이 아니라, 말 그대로 인터넷 곳곳에서 발견되는, 아주 구체적이고 복잡한 맥락이 요구되는 15초 미만의 영상이나, 가끔은 정지된 이미지 형태의 밈이었다. 가끔 그 이미지들 중에서는 특정 팝컬처, 서브컬처에 문외한인 사람들에게는 아무런 정보값도 없는 것도 있었고, 무척 난해해서 불쾌하기까지 한 유머 감각을 지닌 밈도 있었다.

그래서 이 밈들이 누군가의 머릿속을 수개월 동안 지배했

서강범

고, 또 다음 수개월 동안 다른 밈이 그 자리를 차지했지만 이를 외계 버섯이 전 지구에 보낸 신호라고 생각하는 사람은 아무도 없었다. 매스미디어의 발명 이후로, 두 번의 항공기 추락 사고가 일어나고 조사 캠프가 설치되어 탑을 자극하기 전에도 이런 현상은 계속 있어 왔던 일이었다.

신호의 정체를 알게 되자 학자들은 오히려 패닉에 빠졌다. 이건 곧 탑이 일방적으로 전파를 발신하고 있는 게 아니라, 전파의 수신자이기도 하다는 의미였다. 탑은 인간이 만들어 낸 전파들을 하이재킹하여 인간의 문화를 배우고 있었고, 그 중에서도 가장 최신에 발명된, 괴상한 언어를 골라 지껄이고 있었다. 그러면서 학자들은 자연스럽게 가장 적합한 수신자들인 '컵'의 기질을 특정할 수 있게 되었다.

'컵'들은 서사 중독자였으며, 다소 외골수적인 경우가 많아 무리 짓는 걸 좋아하고 대체로 그다지 사회적이지 않다는 편견에 시달리는 부류였다. 그들이 진정으로 반사회적으로 보일 때는 그들이 애정을 쏟는 대상에 대해 말할 때, 혹은 그 대상을 향한 자신의 애정이 공격받는다고 여길 때였다. 이런 모습은 외부자의 시선으로 볼 때는 상당히 낯설고 기괴해 보이는 일이 잦았지만, 기본적으로 그들은 대부분 그저 대중 서사의 열렬한 향유자이자 탐구자에 불과했다. 이공계열 종사자 중에 그런 부류가 많다는 편견은 있지만, 실제로 신호의 가장 적절한 수신자가 딱히 과학자나 기술자인 것은 아니었다.

‘컵’을 분류할 때 가장 중요한 특성은 ‘매몰됨’이었다. 연구 초기에는 ‘메타인지의 부재’ 같은 표현으로 묘사되기도 했지만 연구자들 사이에선 비윤리적인 묘사라는 이유로, 그리고 과학적으로 그다지 정합하지 않다는 이유로 이 표현히 공공연하게 사용되지는 않았다. 엄밀한 검증을 통해 한 분야의 전문가가 되는 과정에서는 자연스럽게 높은 메타인지가 요구되었다. 한 곳에 매몰되다 보니 아이러니하게도 매몰되지 않게 되는 것이다. 탐구적이고 외골수적인 성향만 본다면 이공계 전문직 종사자 집단이 다른 집단보다 현저히 ‘컵’의 비율이 높을 것이라고 추측하기 쉽지만, 상술한 이유 덕분인지 이공계 전문직 종사자 안에서의 비율이 다른 집단과 유의미한 차이를 보이지는 않았다.

컵으로 분류되는 사람들이 ‘매몰되는’ 기질을 획득하는 동안, 그런 기질을 통일된 기준으로 엄밀하게 검증할 기회는 딱히 없었고, 당연하게도 심지어 그런 검증이 요구되는 상황도 많지 않았다. 단지 각자 기준이 다른, 고립된, 거대한 애정들만이 존재할 뿐이었다. 그런 애정은 인터넷 위키에서 자신이 몰두하는 이야기에 대해 잘못된 정보를 바로 잡아내고 수정한다든지, 창작자도 잊어버린 이야기의 세부적인 설정을 모두 기억한다든지, 혹은 다른 창작자를 공격한다든지 하는 행동으로 발현되었다.

선별된 컵들을 통해 탑이 이제까지 보내온 밈 이미지 신호들을 해독하는 데는 성공했다. 하지만 어떤 의도로 신호를 보내는지를 밝히기에는 아직 갈 길이 요원했다. 신호의 정체와 수신자의 조건을 제외하고는, 수년 동안 학자들이 밝혀낸 것은 투명한 탑의 표면이 유기체가 아니라 기술의 산물이라는 사실뿐이었다. 이는 그들이 (미디엄교와 외계인 마니아들의 바람대로) 고등한 문명을 보유한 지적 생명체라는 것을 의미했다.

그걸 증명이라도 하듯, 탑 표면에 적용된 기술을 역공학(逆工學, reverse engineering)하려는 소재공학자들의 노력을 비웃기라도 한 듯, 파푸아 뉴기니 상공에 거대한 구조물이 나타났다. 탑의, 아니, 안테나 거인들의 함선이었다.

———— · ————

최용순은 흐릿한 정신을 부여잡으려 노력하고 있었다. 본인이 기억하는 마지막 풍경을 떠올렸다. 그는 샌디에이고 코믹콘에서 자신이 좋아하는 이야기 속 캐릭터들로 분장한 이국적인 미녀들을 구경하고 있었어야 했다. 용순은 남자 오타쿠는 여자와 이야기를 잘 나누지 못한다는 외부의 편견에 학을 떼면서도, 막상 본인이 거기에 부합하는 행동을 하고 있다는 사실을 알게 될 때마다 새삼 좌절하는 타입이었다. 뿔이 달린 섹시한 흑마법사 복장을 한 여자들. 그들은 심지어 같은 문화를 향유하는 사람들이었음에도 용순은 상상 속에서조차 그들과 1분 이상 대화하는 모습을 떠올리지 못했다. '복장의 고증이 뛰어나다', '또 무슨 게임을 좋아하느냐' 따위 얘기를 하면 상대방은 어색하게 웃고 다른 곳으로 가겠지. 용순은 순식간에 자신의 머리에서 이런 좌절의 미끄럼틀을 타고 있었다. 그러나 당연히도 그 미끄럼틀이 본인이 만들어낸 것이라고는 인정하지 않았다.

하지만 가상의 미끄럼틀도, 섹시한 흑마법사도 더 이상 사라지고 없었다. 시야는 흐릿했고 정신은 몽롱했다. 용순은 다른 감각에 집중했다. 덥고 습한 공기, 풀과 흙냄새, 비포장도로로 달리는 덜컹거리는 차. 모든 것이 경험해 본 적 있는 것이었다. 이곳은 파푸아 뉴기니 정글이었다.

항공 사고 조사 사무보조직 계약 기간이 끝나고 용순은 시간을 때우고 있었다. 애초부터 그리 좋아하는 일도 아니었다. 자신을 철없는 조카처럼 대하는 상사부터, 사람이 있는지도 모를 오지에 가서 불편하게 잠을 청해야 하는 것까지 좋아할 구석은 하나도 없었다. 그나마 하나 좋은 것이 있었다면, 안테나 거인의 존재를 한국에서 가장 먼저 접한 사람이 되었다는 사실이었다. '스타'라는 단어가 들어가는 모든 우주 배경의 대형 SF 프랜차이즈 서사에 흠뻑 취해 있었던 용순에게, 보이지 않지만 분명히 존재하는 외계 거인이나 그 덕분에 잠시 언어 천재가 되었던 이야기는 평생 안주거리로 삼을 만한 인상적인 경험이었다.

서강범

하지만 시간이 지나 안테나 거인은 이야기 속 외계인과 달리 그다지 재미있는 존재가 아니라는 것이 밝혀지면서 그 일을 할 이유도 흐릿해졌다. 그저 가만히 서 있기만 하는 안테나 거인은 신비롭긴 했으나 너무 오랫동안 신비롭기만 했다. 그건 마치 조금의 미소도 없는 얼굴로 침묵으로만 일관하는, 용순이 이제까지 만난 여자들과 비슷했다. 용순이 안테나 거인에 금방 심드렁해진 것은, 언젠가 소개팅에서 만난 그런 여자들이 떠올라서였을지도 모른다.

그는 때때로 세상에 있는 많은 것들이 마치 본인의 기대에 부응해야 할 의무라도 있는 것처럼 대했다. 용순이 소개팅에서 만난 여자들과 안테나 거인은 그런 용순의 기대에 부응하지 않았다. 만약 용순에게 상상력이 더 있었다면, 거인의 신비로운 여백이나 소개팅 상대의 침묵을 채울 궁리를 하면서 흥미를 느꼈을 수도 있었겠다. 하지만 대신 그는 다시 예측 가능한, 그러면서도 충분한 오락거리를 제공해 주는, 안전한 가짜 외계인이 가득한 세계로 고개를 돌렸다.

그는 정글 속 비포장도로를 달리는 트럭 안에서 기억을 더듬어봤다. 그는 게임을 구매하며 웅모한 샌디에이고 코믹콘 입장권에 기적적으로 당첨되었고, 십수만 명이 바글거리는 서브컬처 축제에서 은근한 고양감을 느끼고 있었다. 그리고 가장 마지막으로 기억하는 것은, 30년 역사를 자랑하는 스페이스오페라 RPG 〈스타커맨더〉 부스에서 진행한 퀴즈쇼에서 우승을 차지했던 순간이었다. 하지만 그 이후는 암흑이었다. 누군가가 기절이라도 시킨 것처럼 기억이 남아 있지 않았다.

용순의 의식은 점점 또렷해졌고 자신이 타고 있는 군용 트럭의 진동이 멈춘 것을 느꼈다. 어둑어둑했던 이때까지와 달리 갑자기 빛이 느껴졌다. 목적지에 도착한 것이다. 캠프의 조명이 그들을 비추고 있었다. 트럭에서는 용순과 비슷한 처지로 보이는 사람들이 하차 중이었다. 게임회사 로고가 그려진 티 같은 복장이나 구부정한 자세로 보아, 다들 코믹콘에서 온 사람들이라는 것을 어렵지 않게 짐작할 수 있었다. 그리고 그들 또한 용순과 마찬가지로 혼란스러워 보였다. 옷과 손에 피가 묻은 사람도 심심찮게 있었다.

마르티나와 이췬은 그들을 모아놓고 설명했다. 사람들을 진정시키기 위해 부드러운 말씨로 아주 특수한 상황임을 강조하며 양해를 구하고 있었으나, 총을 든 군인들이 이들을 둘러싸고 있었기에 아무리 좋게 봐줘도 협박으로밖에 들리지 않았다. 두 과학자는 안테나 거인의 커뮤니케이션 방식을 설명하면서, 트럭에 실려 온 사람들이 안테나 거인의 신호를 수신하기에 적합한 요건을 가진 사람들이며 인류 문명에서 가장 중요한 일을 위해 이곳에 불렀다고 강조했다. 이들이 이성을 잃었던 것은 신호가 갑작스럽게 강해졌기 때문이었다. 신호가 강해진 이유는 바로 곧 이들이 여기로 반강제적으로 오게 된 이유와 같다고 말하면서 마르티나는 검지로 하늘을 가리켰다.

서강범

깜깜한 밤하늘이었다. 눈이 적당히 어둠에 적응되자, 그것이 하늘이 아니라 뉴기니섬 전역을 가릴 정도로 하늘을 뒤덮은 거대한 구조물이라는 사실을 다들 깨달았다. 상상력이 별로 없는 사람도 우주선이라는 추측이 가능했다. 조명으로 캠프를 밝히고 있는 상황이라 다들 밤이겠거니 생각했으나 사실 지금은 한낮이었다. 안테나 거인들의 함선이었다. 우주선은 태평양 표준시 기준으로 3일 전에 도착했다고 했다. 그날은 샌디에이고 코믹콘 개막식 날이었다. 발산되는 신호의 세기를 토대로 추정했을 때 우주선 안에 거인이 적어도 열 개체는 있을 거라고 했다. 각 개체가 보내는 신호가 중첩되면서 강화되기라도 했는지 11,000킬로미터나 떨어진 샌디에이고까지 영향이 미친 것이었다.

신호의 영향으로 인해 일부 게임 마니아들은 순식간에 반사회적인 난동꾼으로 변했고 행사장은 곧 아비규환이 되었다. 참가자들이 이를 주최 측에서 준비한 깜짝 이벤트로 오해했기에 대피가 늦어졌고 사상자가 속출했다. 한 가지 다행인 것은, 신호의 부작용에 대한 대책이 이미 강구된 상태였다는 것이었다. 안테나 거인이 발산하는 여러 신호 중에 특정한 신호와 파형이 반대인 역상 신호를 낼 경우, 신호가 서로 소멸 간섭되어 증상 또한 멈출 수 있다는 것이 밝혀졌다. 조사 캠프의 과학자들은 피해가 더 커지기 전에 신호를 작동시켰다. 용순이 기절한 것도 그 역상 신호 때문이었다. 역상 신호는 거인들의 신호에 영향받고 있는 사람들의 뇌를 강제로 재부팅하는 역할을 한 셈이었다. 그런 그들이 병원이나 감옥 대신 이곳으로 온 건 다른 이유가 있었다.

사실상 가사 상태와 다름없는 상태로 무작위적인 신호를 발신했던 탑과 달리, 함선 속 개체들은 확실한 의도를 담아 소통을 시도하고 있음이 분명했다. 지금 이들의 신호를 해석하는 것은 인류 전체의 입장에서 가장 시급한 일이었다. 그들이 마지막 인내심으로 최후통첩을 하고 있는지, 혹은 신사적으로 행성 진입에 필요한 행정 절차를 문의하고 있는지 알아내야 했다. 가장 수신도가 높은 '컵'들을 모은 이유도 그걸 알아내기 위함이었다. 이 모든 일을 위해 수많은 법과 협정과 권리가 위반되었지만, 그건 멸종을 면하고 난 다음에 책임을 물으면 될 일이었다.

마르티나는 설명을 하며 이들을 향한 경멸이 말투에 담기지 않기도 않도록 최대한 노력했다. 켜켜이 쌓인 복잡한 맥락의 감정들이 마르티나를 괴롭히고 있었다. 그들을 편협하고 반사회적인 부류로 미리 상정하고 있는 본인을 향한 자괴감도 있었고, 이들이 이성을 잃고 날뛰었을 때 저질렀을 실제적인 폭력에 대한 혐오감을 느끼기도 했다. 그리고 이들을 향한 생리적인 적대감은 오히려 마르티나 또한 이들과 같은 부류라는 사실을 방증하고 있었다.

'컵'들은 의외로 순순히 이 상황을 받아들였는데, 그건 순

서강범

전히 마르티나의 화술 덕분이었다. 마르티나는 자신과 같은 부류의 사람들을 자극하는 법을 알고 있었다. 평생을 무시당하는 이방인이었지만 결국은 자신이 인류를 구할 영웅이 될 거라는 운명을 깨닫는 것. 상투적인 서사지만, 본인이 주인공이 된다면 상투적이고 뭐고는 중요하지 않았다.

'나는 내 삶의 주인공' 같은 위안에 기댈 필요 없이 정말로 세상의 주인공이 된다는 설득에는 거부하기 힘든 매혹이 있었다. 용순도 마찬가지였다. 이제 그는 더 이상 서사 속에서 쉬운 효능감을 얻을 필요가 없었다. 아무도 '당신이 바로 세상을 구할 주인공'이라는 말을 실제로 들을 것이라 생각하지 않는다. 하지만 용순과 몇몇 컵들은 그런 생각을 평소에 조금은, 평균보다는 많이 했을지도 모른다. 그들은 이미 본인들이 익숙한 내러티브 속에 들어와 있었다.

영화 클라이맥스 직전에 나올 만한 마르티나의 비장한 연설에 '컵'들의 표정도 같이 비장해졌다. 연설이 끝나고 마르티나는 속으로 '보통 이런 연설을 하는 인물은 클라이맥스에서 숭고하게 죽기 마련인데'라고 생각했다. 이들을 바라보고 있던 군인과 과학자 중에는 웃음을 참지 못하는 부류도 있었다. 그 모든 비웃음에도 불구하고, 용순은 드디어 본인의 차례가 왔다고 생각했다.

모든 나라의 지도자들이 자국민의 자기 파괴적인 불안을 잠재우는 데 골머리를 앓고 있는 동안, 안테나 거인들은 신호를 내뿜으며 함선을 천천히 대기권에 진입시키고 있었다. 생체 번역기를 여럿 확보한 과학자들은 그들의 신호를 해석하고 있었다. 이쥔은 직관적이며 빠른 판단을 요하는 그들의 커뮤니케이션 방식을 '휴리스틱적 소통(heuristic communication)'이라고 정의했지만 아무도 그렇게 부르지는 않았다. 다만, 내집단만 이해하는 이미지를 주고받으며 낄낄거리는 '쿱'으로서는 별다른 명명 없이도 그들의 소통방식을 이해하는 데 무리가 없었다.

신호들은 여전히 아주 느린 주기로 반복되고 있었다. 몸집이 아주 큰 이들의 신체 특성상 대사가 느리기 때문에 시간 감각도 아주 다를지 모른다는 가설이 널리 받아들여졌다. 10여 년의 세월 동안 '쿱'이 수신하고 해석에 성공한 이미지들은 다음과 같았다.

1. 1970년대에 방영한 TV드라마 〈스타 트렉〉의 한 장면. 스판덱스 소재의 원색 유니폼을 입은 승무원들이 우주선 안 각자의 자리에서 질서 정연하게 기판을 만지고 있다.
2. 안테나 거인 우주선 내부 풍경. 역시 비슷하게 원색의 복장을 하고 있는 안테나 거인들을 확인할 수 있었다.

3. 코미디 스케치로 보이는 영상. 도망자로 보이는 사람이 뒷골목으로 들어가 자신을 쫓는 사람을 피하고는 음흉하게 웃는다.

4. 정글에서 동면에 들어가기 전 안테나 거인의 모습. 자리를 잡고는 곧 투명해지는 모습까지 담겼다.

5. 각종 매체에서 묘사된 마약 중독자들의 마약 복용 직후 영상들이 여러 개 나열되었다. 조사한 결과 각각 영상들 중 일부의 출처를 찾을 수 있었지만 일부는 출처가 불분명했다. 명백히 영상 편집을 거친 영상이었지만 이와 같은 배열과 리듬으로 편집된 사례는 없었다.

6. 애니메이션 속 캐릭터가 고장 나 화면이 나오지 않는 TV를 두들기다가 안테나가 있는 지붕으로 올라가 안테나를 조정한다.

7. 호러영화 속 한 장면으로 구속복을 입은 환자를 연행하는 사람들의 모습.

어절을 해석한 셈이니, 이제 문장을 파악할 차례였다. 이 중 가장 설득력 있는 해석은, 가장 쉽고 직관적인 내용이었다. 〈스타 트렉〉에 나오는 우주 승무원에 빗대서 설명하면서 자신의 모습을 교차해서 보여준 것은 최대한 알아듣기 쉽게 시도한 자기소개다. 다음엔 같은 논리로, 먼저 도착한 개체에 대한 설명이 따라온다. 먼저 도착한 개체인 탑은, 환각제에 중독된 일탈자이다. 마지막으로는 그들이 왜 여기에 왔는지에 대한 설명으로 마무리한다. 간단히 요약하자면 지금 도착한 이들은 군인이면서 탐험대의 역할을 수행하는 조직이며 먼저 도착한 개체는 지구로 도망 와 숨어 있는 범죄자였고, 그들은 일탈자의 신병을 인도하기 위해 누수되고 있는 신호를 추적해서 지구에 도착한 것이었다.

자신의 신분과 의도가 정확히 전달되었다고 여겼는지 안테나 거인들은 천천히 우주선의 고도를 지상에 가깝게 내리기 시작했다. 그러나 그때부터 그들이 우주선에서 내려 모습을 드러내는 데까지만 수개월이 걸렸다. 처음에 사람들은 여전히 두려워하는 분위기였다. 저 해석이 틀렸다면 이는 인류 역사상 최악이자 최후의 오역이 될 것이며, 온 나라의 군대가 적극적으로 대응하지 않은 것을 후회하게 될 것이라는 반응도 있었다. 그들의 메시지를 오해했든 아니든, 그들의 도착을 막을 수는 없었다. 함선은 인간이 이해하지 못하는 기술들로 덮여 있었고 무엇보다 너무나 커다랬다.

함선의 입구가 열리고 그들이 함선에서 내려 지상에 몸체를 내려놓는 데만 다시 수개월이 걸렸다. 그들과 인간의 시간 감각 불일치는 결국 긴장감의 완화를 낳았다. 그동안 사람들은 끊임없이 불안해하거나 의심하고 있을 수만은 없었기 때문에 결국 안심하는 쪽을 택했다. 열두 개체가 파푸아 뉴기니 서부 정글에 몸을 내렸고, 안테나 거인들의 외양은 이미지에서 보여준 것과 같았다. 자기 취향인 소개팅 상대가 덕테이프를 사는 모습을 보고 납치 살인마일지도 모른다고 생각하다가 그 덕테이프가 싱크대 수도관에 새는 걸 막는 용도라는 걸 알고 안심하게 된 여자의 심정을, 이제는 인류 전체가 이해하게 됐다.

원색 계열의 서로 다른 색깔로 이루어진 그들의 외피는 1킬로미터가 넘는 원기둥형 신체를 덮고 있었다. 사실상 명예직이었던 UN 우주 대사는 처음으로 자신의 직무를 수행하기 위해 이들을 맞이하러 왔지만, 그들과 인류의 시간 감각이 너무나도 차이가 난 탓인지, 그들이 함선에서 내리기까지 몇 달이나 기다려야 했다. 마침내 거대한 몸이 땅에 닿자, 그들은 다시 신호를 보내기 시작했고 사람들도 다시 기다리는 것 말고는 별다르게 할 일이 없었다.

과학자들은 지루함을 견디기 힘들었는지, 그사이에 이전 탑의 경우와 비슷하게 그들 주변에 새로운 캠프를 세우고 그들의 신체를 조사하자는 의견도 나왔다. 우리가 닥터피시에게 위협을 느끼지 않듯, 그들의 신체 외피를 미량 뜯어내는 것 정도는 이때까지의 상호 합의된 관계에서 크게 어긋나는 무례는 아니라는 것이었다.

하지만 인간은 닥터피시가 아니었다. 그들이 함선 내부에서 보내온 신호에 대한 해석이 유효했다고 전제한다면, 그들의 상식이 인간의 상식과 아주 다르지 않아 보였고, 그들도 인간이 지성이 있음을 충분히 인지하고 있었다. 따라서 인간 정도의 지성이 있는 존재가 자신의 신체를 함부로 만지고 떼어내는 행동은 '상식적으로' 무례하다고 판단하기 충분했다. 때문에 그들이 이때까지 보여준 호의를 철회할 계기는 되도록 만들지 말자는 쪽으로 과학자들의 의견이 귀결됐다. 이건 당연한 판단이었다. 그들은 인류를 단번에 절멸할 만한 기술력을 보유하고 있는 것이 분명했고, 그들에게 발이라고 할 만한 게 있다면, 그리고 당장 그들이 자세를 조금 고치려 발을 구르기라도 한다면 아무 악의 없이도 수백 명의 사상자가 생길 수 있었다.

———— · ————

그들이 도착하고 8년이 흘렀다. 인류 입장에서 그 8년은 온전히 듣는 시간이었다. 그들은 그동안 여러 종류의 신호를 보냈다. 각 개체마다 다른 말을 하고 있었는데 마치 어떤 말을 할지 분담을 미리 한 것처럼 보이기도 했다. 어떤 개체들은 자기들끼리 서로 대화를 나누기도 했다. 그들은 우선 감탄하고 있었다. 자신보다 한참 작은 인류를 보며 이 정도 기술력으로 이 정도 문명을 이룩했고 그들과 소통까지 하고 있다는 사실을 대견해했다. '대견해하다'. 그건 퍽 적합한 표현이었다. 그들의 말에서 묻어나는 뉘앙스는 마치 대항해시대에 소위 '신대륙'을 발견한 탐험가와 정복자들이 원주민을 대할 때의 태도나, 키우던 반려동물이 말을 알아들을 때 사람들이 보이는 태도와 유사했다. 그들이 지구에 사는 자그마한 이종

　　　　　　　　　　　　　　　　　서강범

족을 귀여워하는 이유는 따로 있었다. 그들은 인류의 지능이 석기를 가공할 정도로 발달하게 된 것이, 먼저 도착한 탑이 보낸 신호 때문이라 확신하고 있었다.

그들의 가설이 맞다면, 미디엄교의 교리는 의외로 들어맞는 것이 많았다. 탑은 인류 지성과 문명의 발달의 결정적인 계기였고, 그들이 〈스타 트렉〉에나 나올 법한 복장을 하고 있는 것은, 그들이 원본이었기 때문이었다. 창작자들은 무의식적으로 신호의 영향을 받은 것도 모른 채 이를 모방한 것이다. 물론 미디엄교가 틀린 것도 있었다. 지구에 먼저 와서 우두커니 서 있던 탑이라 불리는 개체는 숭고한 선지자 따위가 아니라 환각제에 중독된 잡범이었고, 지구는 선택받은 축복의 행성이 아니라 우주의 외진 뒷골목이라는 사실이었다.

탑이 한 일이라고는 자신을 찾지 못할 만한 먼 변방에 와서 환각에 빠진 상태로 아무 의미 없는 헛소리를 아주 큰 소리로 냈던 것뿐이었다. 처음 환각제를 들이켰을 때 꺼낸 환희에 찬 탄식이 선사시대 인류의 뇌 발달을 가속시켜 현대 인류의 지성을 탄생시켰던 것이었다. 비행기를 추락시킨 것은 수백 년마다 한 번씩 자세를 바꾸는 기지개였으며, 무작위한 밈 신호를 날린 일이나 사람들을 폭력적으로 만들었던 것 또한, 인간 문명의 신호를 의도치 않게 듣고는 잠꼬대 섞인 신음과 함께 따라 읊은 것에 불과했다. 인류는 그 자체로 부작용의 산물이었다. 아무도 기대하지 않은 부산물.

안테나 거인들이 자기들끼리 논의한 내용은 이러했다. 그들은 외계 문명과의 첫 접촉 매뉴얼을 따라야 하는지 예외로 두어야 하는지를 고민하고 있었는데, 고등한 문명답게 외계 생태계와 문명을 최대한 손상 없이 그대로 보존해야 한다는 일종의 규칙이 있는 듯 했다. 그들의 매뉴얼에 따르면, 외계 문명 발전에 개입해서는 안 되며, 부득이하게 이미 개입이 이루어진 경우, 그 전 상황으로 어떻게든 복원해야 한다는 윤리적 의무가 있었다. 이러한 사고는 인류에게도 아주 낯선 것이 아니었다. 실제로 외계 문명 간 관계를 다루는 SF 서사에서 이를 위반해야 하는 윤리적 딜레마를 묘사하기 위해서 등장하기도 했고 (원본은 안테나 거인일 게 분명했다. 미디엄교는 이번에도 역시 틀리지 않았다!) 생물다양성을 위해 조류학자가 멸종 위기에 처한 서부물새의 개체 수를 복원하려 노력하는 것도 어느 정도 같은 원리였다.

매뉴얼에 관한 그들의 대화에는 아무런 적대감도 담겨 있지 않았다. 매뉴얼이 있다는 사실은, 그들이 인류와 어느 정도 비슷한 윤리관을 지녔다는 안도감을 주기도 했다. 하지만 이건 동시에 처음으로 인류가 긴장할 만한 상황이기도 했다. 그건 탑이 인류에게 너무 오랫동안 돌이킬 수 없는 영향을 미쳤기 때문이었다. 그들이 매뉴얼대로 행동하기로 결정한다면 인류는 모든 문명과 현대인의 지성을 포기하고 선사시대 이전으로 돌아가야 한다는 뜻이었다. 더 나아가 그런 매뉴얼이 있다는 것은 그들에게 그걸 실현할 만한 충분한 기술력이 있다는 뜻이기도 했다. 반면 인간에게는 선택지가 없었다. 그저 그들이 매뉴얼을 곧이곧대로 지키지 않기를 바랄 뿐이었다.

이전과 달리 그들의 대화 내용은 해석되는 대로 대중에게 공개되었다. 이런 판단을 내린 이유는, 정보가 조금이라도 통제었다간 사람들이 아무 정보도 믿지 못할 것이라는 의견 때문이었지만, 사실은 다들 어느 정도 자포자기했기 때문이었다. 지금껏 인류는 자신들의 미래를 자신이 결정한다는 전제를 믿으며 살 수 있었다. 그리고 그건 인류의 신세를 망쳐온 것이 대부분 인류 자신이라는 무수한 단서들에서 추출한, 가장 낙관적인 결론이었다. 하지만 더 나아가서는, '인간은 선택할 수 있지만, 선택에 따른 결과를 절대로 예측하거나 완전히 통제할 수도 없다'는 사실도 알게 되었다. 그건 곧 인간이 본인들의 선택에 책임을 지지 않겠다는 선언에 가까웠다. 이제까지 불가항력은 인간의 전유물이었다.

그런데 이제는 인간이 아니면서 더 대단해 보이는, 심지어 의지까지 담긴 불가항력이 나타난 것이다. 사람들은 이 현실을 너무나 받아들이기 어려운 나머지 대부분은 순응하고 체념하는 쪽을 택했다. 신화의 세계가 돌아왔지만 이건 심판이 아니었다. 이건 그저 손상에 대한 복구였다.

거인들은 결정을 내렸다. 그들이 마지막으로 보낸 이미지를 분석한 결과, 다음과 같은 공통적인 의미로 해석되었다.

'미안하다.'

———— · ————

노정익은 호스피스 병동 환자 중에서 젊은 축에 속했다. 가끔 일어나 병동을 산책할 수 있을 만큼 컨디션이 좋을 때마다 그는 호스피스의 다른 객실을 둘러보곤 했다. 조금씩 열려 있던 문틈 사이로 금방이라도 끊어질 것 같은 숨소리를 내는 사람들이 있었다. 이 중에 정말로 자신의 삶이 지속되기를 진심으로 바라는 사람은 얼마나 될까. 떠나고 싶은 사람들을 괜히 붙잡고 있는 건 아닐까. 두 번째 퇴직 후에 정익은 척추 안에 숨어 있던 종양을 발견했다.

방사선을 한 번씩 몸에 쬘 때마다, 그리고 화학 항암제 한 방울이 카테터를 통해 들어갈 때마다 정익의 몸은 조금씩 깎여 나갔다. 그는 본인이 커다란 종양 덩어리라고 상상하기를 좋아했다. 본인의 몸이 쇠약해질수록 약이 제대로 효과를 발휘하는 것이라 생각하면 그 시간이 덜 무의미하게 느껴졌다. 하지만 종양의 크기가 더 작아질 수 없을 만큼 줄어들자, 정익은 자신의 마른 몸조차 잘 가누지 못하게 되었다. 치료는 중단됐다. 종양은 먼지처럼 작은 입자로 온몸에 퍼져서 정익을 양분으로 삼고 있었다. 호스피스 병동은 사람을 양분 삼아 종양을 키우는 비닐하우스였고, 정익을 포함한 모든 환자들은 지력을 모두 소진한 흙이나 다름없는 신세였다.

서강범

정익은 평소에도 이곳이 현실과 다소 동떨어져 있다고 여겼지만, 오늘은 유독 이상한 날이라 느꼈다. 병실에 있는 TV를 켜봐도 아무 채널도 나오지 않았다. 게다가 밖도 이상할 정도로 조용했다. 보통 당직 근무자들과 오전 근무자들이 교대하면서 이런 저런 대화 소리나 발소리가 조금이라도 들릴 만한데 오늘 아침은 여전히 한밤중처럼 적막이 흘렀다. 이상한 건 바깥 상황만이 아니었다. 병마 때문에 늘 피로하고 현실감도 없어지긴 했지만, 진통제나 수면제를 끊은 지 며칠이나 되었음에도 유독 오늘은 머릿속에 안개가 낀 것처럼 느껴졌다. 간호사를 부르려고 했지만 그 단어를 잊은 것처럼 아무 소리가 나오지 않았다. 종양이 뇌까지 퍼진 걸까? 그렇다면 침상에서 몸을 일으킬 생각도 못 했을 텐데.

정익이 병실 밖에 나가자 프론트 쪽에 새벽 당직 간호사의 뒷모습이 보였다. 시간상으론 이미 오전 근무자와 교대를 했어야 했지만, 무슨 영문인지 아침에 출근했어야 할 새 근무자는 보이지 않고 밤 근무자가 그대로 있었다. 더 가까이서 보니 새벽 당직 간호사는 영문을 모르겠다는 표정으로 서 있었다. 서 있는 자세가 무척 어색해 마치 침팬지의 뇌를 이식당한 사람처럼 보였다.

정익은 호스피스 병동을 채우고 있는 희미한 소리를 들을 수 있었다. 정익은 근처에 있던 병실 문을 열어보았다. 환자 모니터링 장치가 삐- 소리를 내고 있었다. 신호음이 끊이지

않고 들린다는 건 환자의 맥박이 더 이상 뛰지 않는다는 뜻
이었다. 그리고 그 소리는 한 병실에서만 들리는 것이 아니었
다. 병실 곳곳에서 그 끊임 없는 신호음이 쭉 들리고 있었다.
정익은 흐려져 가는 의식 속에서 언젠가 꿈에서 봤던 광경을
떠올렸다. 모두가 하나의 언어로 말하게 된 세상이었다. 그의
머릿속에서 그 광경과 지금 병동의 풍경이 혼재되기 시작했
다. 그는 더 이상 현실을 이전 같이 인식할 수 없었다. 그에게
의미 있던 모든 것들이 의미를 잃어가고 있었다. 긴 잠꼬대가
마침내 끝이 났고, 모든 내러티브는 심전도 맥박 신호음 사이
로 사라졌다. 정익은 처음으로 모든 내러티브에서 벗어났다.

그건 지구에 있는 모두가 마찬가지였다.

Legal ALIEN

전혜진

전혜진

만화와 웹툰, 추리와 스릴러, SF와 사회파 호러, 논픽션 등 매체와 장르를 넘나들며 활동하고 있다. 소설집 『마리 이야기』, 『바늘 끝에 사람이』, 『아틀란티스 소녀』, 장편소설 『280일』, 『족쇄』, 논픽션 『여성, 귀신이 되다』, 『규방의 미친 여자들』과 『순정만화에서 SF의 계보를 찾다』를 발표했고 『은하환담』을 비롯한 다수의 앤솔러지에 참여했다.

왕할아버지는 '기적의 사람'이었다. 상아의 5대조 할아버지인 그는 한때 세계를 주름잡았던 건설 회사의 창업주로, 가족 모두는 그를 '왕할아버지'나 '큰 회장님'으로 불렀다. 그는 입지전적인 인물로, 세상 사람들은 왕할아버지를 두고 신화도 마법도 기적도 모두 사라진 20세기에 자신의 힘으로 신화가 되고 만 사람이라고들 말했다.

지금으로 치면 초등학교에 해당하는 보통학교도 제대로 졸업하지 못했지만, 왕할아버지는 세상에 모르는 것도 없었고 마음먹은 일치고 못 이룬 것도 없었다고 한다. 그는 전쟁 중 외국 사절단을 맞이해야 하는데 무덤에 흙이 드러나 볼품없다는 말에 한겨울에 보리밭을 떠다가 잔디 대신 푸릇푸릇한 보리 싹을 덮었고, 조선소는 고사하고 아무것도 없던 조선소 터의 사진 한 장만 들고 가 유조선 계약을 따 왔으며, 해안을 간척해 농지로 만들다가 조석간만의 차가 너무 심해 작업이 진척되지 않자 낡은 유조선을 끌어다가 둑으로 삼고 간척 작업을 계속했다. 간척이 다 끝난 다음에는 그 유조선도 알뜰하게 해체해서 팔아치웠다나. 한마디로 한국의 20세기 역사에 관심이 많은 사람이라면 누구나 알고 있는 풍운아였다.

"그런데 지금 그 이야기가 왜 나오는 겁니까."

왕할아버지의 초상화가 걸려 있는 집무실에서 넥스트 센추리 그룹 총수인 상아는 검은 슈트에 검은 넥타이를 맨, 삐죽한 주걱턱에 눈이 가느다란 남자와 마주 앉았다. 지금까지 여러 큰 행사에서 대기업 회장과 대통령 비서실장으로 몇 번이나 마주친 적 있었지만, 100미터 밖에서 봐도 독을 품은 뱀 같은 인상이라 어지간해선 가까이 가고 싶지 않은 사람이었다.

'과연 정보부서 출신이라더니.'

대통령 비서실장은 상아의 질문에 대답하는 대신 홀로그램을 켰다. 집무실의 흑단 테이블 위로 작은 우주 모형이 펼쳐졌다. 서로 쌍성을 이루고 있는 두 항성과 그 곁의 작은 항성이 눈에 들어왔다. 알파센타우리 항성계였다.

"회장님께서는 우주에 관심이 많으시다 들었습니다."

남자의 시선이 상아의 책상 위에 놓인 천체망원경 모형에 잠시 머물렀다.

"11년 전 이상아 회장님께서 취임 기념으로 한라산 천문대에 초대형 전파 망원경을 지어주셨고 재작년에는 위성 형태의 적외선 망원경을 기부하셨다는 이야기는 유명합니다. 기업의 사회 공헌 면에서 널리 귀감이 될 이야기이고, 또 연구자들 사이에서는 넥스트야말로 한국 과학계의 메디치 가문이 아니냐는 말이 돌고 있지요."

"…그거 그냥 취미 생활입니다."

"겸손하시군요."

"정말이고요. 아니, 어릴 때 우주 싫어하는 애가 어디 있어요. 그냥 그 덕질의 연장이라고요. 대학 다닐 때는 아마추어 천문 모임에 나가기도 했지만, 아시다시피 이제는 시간이 없고 남는 건 돈밖에 없어서 그냥 지른 겁니다. 다른 기업 오너들이 맨날 죽이나 쑤는 스포츠 구단 인수해서 특급 선수들 스카웃해 오는 거랑 비슷한 거예요."

"잘 알겠습니다. 그러면 취미 이야기를 좀 할까요. 사실은 한라산 천문대에서 얼마 전 수상한 신호를 감지했습니다."

"…처음 듣는 이야기인데요."

"극비니까요."

비서실장은 이쪽으로 몸을 숙이며 속삭였다. 남자가 여기 들어오기 전에 피운 전자 담배의 인공향이 느껴질 만큼 가까운 거리였다. 상아는 이 넓은 집무실에서 낯선 남자에게 자신의 공간을 침범당한 불쾌감에 눈살을 찌푸렸다. 그의 다음 말이 관심을 끌지 않았다면 상아는 바로 그를 내쫓았을 것이다.

"외계인들의 메시지입니다. 오늘 아침에 1차 검증이 끝났습니다."

전자가 회전을 한다는 것은 안다. 학교 다닐 때 배웠으니까. 전자들이 양자적으로 얽혀 있다거나, 양자 얽힘을 이용한 초광속 통신 같은 이야기도 들어본 적은 있다. 사실은 그게 정확히 어떤 것인지 이해한다기보다는, 그냥 들어서 알고 있는 사실과 대충 넘겨짚는 내용들이 불확실하게 뒤섞여 있는 상태일지도 모른다. 여튼 천문대에서 파견한 박사의 설명을 전부 이해할 필요는 없다. 중요한 것은 한라산 천문대가 외계로부터 신호를 받았다는 거다. 그것도 희미한 전파의 흔적이 아니라 구체적인 물성을 지닌 물건의 형태로.

지금으로부터 5, 6년 전의 일이었다. 소행성이 지구에 충돌한다는 이야기가 한참 돌 때였다. 궤도 엘리베이터 주식은 폭락했고, 사이비 종교 지도자들이 입을 모아 종말이 머지않았다고 설치고 다녔다. 혼란은 잠시였다. 우주군은 소행성을 요격했고 소행성은 지구를 아슬아슬하게 비껴갔다. 충돌은 없었고 인류는 멸망하지 않았다.

보통 사람들이 아는 내용은 여기까지였다. 심지어는 대기업의 총수로, 이 나라의 어지간한 비밀에는 원하는 대로 접근할 수 있는 상아조차도 그 이상의 일은 알지 못했다.

"외계인의 메시지라고요?"

"그렇습니다. 그 소행성에서 석영으로 된 판이 발견되었습니다."

상아에게 이번 사안을 설명하기 위해 온 연구원이 조심스럽게 말했다. 대통령 비서실장은 이야기를 몇 번이나 들어서 이미 다 알기 때문인지, 아니면 관심도 없고 꾸벅꾸벅 졸아도 아무 문제가 없을 거라는 자신감 때문인지, 연구원 옆에서 눈을 감은 채 팔짱을 끼고 앉아 있었다. 상아는 눈살을 찌푸리며 물었다.

"그 석영 판이 얼마나 거대한지 모르겠지만, 그걸 발견한 건 우연의 일치치고는 너무 확률이 낮은데요. 처음부터 소행성에 그런 게 실려 있다는 사실을 알지 않고서야."

"알고 있다고 단언하긴 어려웠지만, 뭔가 있을지도 모른다고는 생각했습니다."

"요격한 소행성을 전부 조사하는 건가요?"

"아닙니다. 소행성이 날아들기 전에 수상한 전파를 반복적으로 수신했습니다. 소행성의 위치를 알리는 전파였지요. 그 덕분에 소행성을 빨리 발견하고 요격한 뒤 잔해를 회수할 수 있었습니다."

"소행성의 잔해를 지상으로 가져온 겁니까?"

"일부만이죠. 우주에서 수습하고 필요한 만큼 샘플을 채취하며 조사하는데, 두툼하고 표면이 매끄러운 석영 판이 발견되었습니다."

"자연 상태의 석영은…."

상아는 책상에 놓여 있던, 자수정 지오드로 만든 문진을 돌아보며 말을 흐렸다.

"석영은 쪼개지는 게 아니라 깨지죠. 자연 상태에서 그렇게 매끄러운 판상형으로 발견될 수도 없습니다. 무엇보다도 그 석영 판 위에서 뭔가 점멸하고 있었습니다."

"…데이터 패널처럼요?"

"예. 망가진 플랫 패널처럼요."

연구원은 석영 판의 홀로그램을 보여주었다. 빙빙 돌아가는 홀로그램 속 석영 판 위에서 가로 여덟, 세로 여덟 개의 점들이 순환하며 점멸했다. 마치 자신들은 8진법, 또는 64진법을 쓰고 있다고 알려주기라도 하려는 듯이.

"그게 양자 얽힘으로 나타난 것이든, 아니면 사전에 프로그램되어 있던 것이든, 인간이 우주로 보냈던 아레시보 메시지나 파이어니어에 실어 보낸 금속판보다는 훨씬 앞서가는 물건이라는 이야기로군요."

"그렇습니다."

점멸하는 예순네 개의 점들 아래쪽으로는 알파센타우리 항성계로 추정되는 성도가 그려져 있었다. 그 아래에는 네 개의 다리에 네 개의 팔, 또는 두 개의 팔과 두 개의 날개처럼 보이는 것이 달린 생물의 그림이 있었다. 형태나 표현 방식은 달랐지만, 전하려는 내용만 보면 기본적으로 지구인들이 우주로 날려 보낸 메시지들과 크게 다르지 않은 것들이었다.

"…사람 사는 건 다 똑같다고 해야 할지."

"무슨 말씀이신지."

"양자 통신 같은 걸로 이런 걸 보여줄 정도의 외계인도, 다른 지성체한테 처음 하는 이야기는 자기들이 어디 사는지, 어떻게 생겼는지, 어떤 식으로 숫자를 세는지, 그런 것들이라는 게 신기해서요."

"아무래도 말이 통하지 않으니까요. 이럴 때는 할 수 있는 이야기에 한계가 있겠지요. 외계인과 직접 조우하고 의사소통 방법을 찾아내면 또 다른 이야기도 할 수 있을 겁니다."

"그렇겠네요."

"회장님께서는 외계로 메시지를 보낸다면 특별히 하실 말씀이 있으십니까."

"…글쎄요."

하고 싶은 말은 언제나 많았다. 하지만 같은 시대에, 얼굴을 보고 마주 앉아 같은 한국어로 말을 하는데도 어떤 말들은 결코 통하지 않았다.

"사실 물리학이나 천문학 쪽의 전문적인 이야기가 많아서, 설명을 하면서도 걱정이 많았습니다. 좀 들을 만하셨는지요."

"보통 사람이 한 번 듣는다고 바로 이해할 수 있는 내용은 아니죠."

"제가 설명을 잘 못한 모양입니다. 죄송합니다."

"아닙니다. 중요한 건 외계인들이 지구의 위치를 정확히 알고 있고, 우리와 딱히 싸울 생각은 없으며, 지구에 방문할 계획이라는 거죠. 그렇지요, 박사님?"

대부분의 사람들은 눈앞에서 300층이 넘는 아파트를 짓고 있어도 대체 어떤 식으로 건물을 올리는지 상상하지 못한다. 아니, 대부분의 사람들은 그보다 훨씬 단순하고 직관적인 과거의 집들, 초가집 같은 것이 어떻게 생겼는지도 제대로 떠올리지 못한다. 대부분의 사람들은 초등학교에만 들어가도 통신 임플란트를 사용했지만, 그게 무슨 원리로 동작하는지 굳이 알아보지 않는다. 과거 통신이 유선을 기반으로 이루어졌던 시절에야 물이 흐르는 것처럼 정보가 흐른다고 이해했지만, 무선 통신의 시대에는 달랐다. 전파는 눈에 보이지 않았고 대부분의 사람들은 눈에 보이지 않는 것을 이해하기 위해 공을 들이는 데 인색했다.

과학자들은 그런 사람들이 답답하다고 생각할지 모르지만, 상아의 생각은 달랐다. 소비자는 우리가 이 제품에 우리가 무슨 기술을 썼고 어떤 노력을 했는지 알 필요가 없다. 우리 제품을 구입하고 다음번에도 우리 제품을 사용하면 될 뿐. 아마 정부가 넥스트에 기대하는 것도 그와 크게 다르지 않을 것이다.

"과학적인 원리는 알면 좋지만, 그보다 중요한 건 지금 무슨 일이 일어났고 무엇을 준비해야 하느냐죠. 그래서 정부는 우리에게 뭘 기대하는 겁니까?"

"저희도 모르겠습니다. 그들은 앞으로 빠르면 1, 2년 안에,

전혜진

그렇지 않더라도 머지않아 우리 앞에 나타날 것으로 추정됩니다. 그들의 메시지를 받고 답신을 돌려보낸 것이 한라산 천문대이니 우리가 그들을 맞이할 가능성도 높지요."

"설마 우리에게만 이런 극비사항을 오픈한 건 아닐 텐데요."

그때 구석에서 졸고 있던 대통령 비서실장이 눈을 떴다.

"일단은 넥스트에 먼저 왔습니다만, 넥스트의 대답에 따라 다른 곳으로 갈 수도 있습니다."

"우리에게 먼저 오다니 뜻밖이네요. 현 정부에 친화적인 다른 기업들이 있을 텐데요."

"그건 그렇지요. 하지만 낯선 외국인들을 성공적으로 맞이했던 회장님의 현조부님처럼, 회장님께서도 외계인들을 맞이하는 일에 총력을 다해주실 것이라 믿기 때문입니다."

"…지금 22세기에 저희 왕할아버님 스타일로 한겨울에 보리싹으로 펫장을 입히라고요?"

"뭐, 그런 식입니다. 쓸 만한 아이디어라면 정부에서 할 수 있는 지원을 해드릴 것이고, 넥스트가 투자한 부분에 대한 지분은 반드시 드립니다. 해보시겠습니까."

상아는 연구원을 흘끔 바라보았다. 외계인이 정말로 나타날지 어떨지는 모르지만, 일단은 미친 척하고 뭐라도 준비해 보라는 말이다. 외계인이 나타난다면 많은 것을 얻겠지만, 그렇지 않으면 얻을 게 없는 이야기다. 상아는 잠시 눈을 감았다.

아주 오래전에 들었던 누군가의 목소리가 귓가에 맴돌았다.

– 저는 외계인을 만나고 싶어요, 선배.

상아는 눈을 떴다. 천문대에 초대형 망원경을 지어주겠다고 했을 때에도, 사람들은 상아에게 미쳤다고들 말했다. 차라리 야구팀을 사들이면 홍보라도 되지, 1년 내내 사람 구경하기 힘든 산꼭대기 천문대에 넥스트 센추리의 로고 하나만 박아놓는 게 무슨 도움이 되겠느냐고. 하지만 그들은 전부 틀렸다. 야구팀이 패배하면 기업 이미지도 같이 깎여 나가지만, 소행성 같은 각종 우주 관련 이슈가 나올 때마다 뉴스 자료 화면에는 초대형 망원경에 거대하게 박아놓은 넥스트 센추리의 로고가 보였다.

외계인이 오면 좋고, 아니면 말고라지만.

정부에서는 지원을 해준다고 말하지만, 실패하면 리스크도 상당할 것이 분명하지만.

적어도 이 일을 핑계 삼아 그 애를 다시 만날 수 있다면.

"일단 뭐라도 해보죠. 방금 괜찮은 생각이 하나 떠올랐습니다."

———— · ————

"별 주사, 과장님이 찾아."

점심 먹고 양치질까지 하고서 사무실로 돌아오는데, 복도에서 계장이 은별을 불러 세웠다. 은별은 떠오르는 짜증을 감추기 위해 짐짓 무표정한 얼굴로 대꾸했다.

"별 주사라고 부르지 마세요."

"우리 사무실에만 김 주사가 여섯이잖아. 그냥 김 주사라고 부르면 여섯 명이 두더지 잡기처럼 튀어 올라오는데 어떡해? 급한 일이라고 하시니까 빨리 좀 가봐. 얼른."

은별은 고개를 저으며, 왔던 길을 돌아 과장실로 향했다. 이상한 일이었다. 과장은 나이 들수록 건강관리를 해야 한다며, 점심을 먹고 나면 꼭 회사 뒷동산을 빙빙 돌다 내려오는 등산광이었다. 점심 다 먹은 이 시각에 사무실에 있는 것 자체가 드문 일이었다.

"부르셨습니까."

노크를 두 번 하고 문을 열었다. 예상 외로 과장뿐 아니라, 행정부시장과 정책수석, 홍보담당관, 그리고 국장들 같은 높으신 분들이 여덟 명이나 앉아 있었다. 대략 기관장 빼고 이 시청에서 한다 하는 분들은 다 모인 것 같은 자리였다. 은별은 호랑이 굴에 잘못 들어온 것 같은 기분으로 문턱 앞에서 잠시 머뭇거렸다. 과장이 들어오라고 손짓을 했다.

"어, 그래. 김은별 주사. 어서 들어와."

"실례하겠습니다."

안으로 들어서자, 서무주임이 은별에게 커피를 가져다주었다. 회사 생활을 하면서 누가 가져다주는 커피를 마셔본 것도, 행정부시장과 마주보고 앉은 것도 이번이 처음이다. 뭔가 크게 잘못 돌아가고 있는 것 같았다.

"이 사람, 누군지 아나?"

과장이 사진 한 장을 내밀었다. 은별은 눈을 깜빡였다. 검색까지 해볼 것도 없이, 한 주에도 몇 번씩 뉴스에 얼굴을 비추는 인물이었다.

"…넥스트 센추리 그룹 이상아 회장인 것 같습니다."

"개인적으로 아느냔 말이야."

알기는 안다. 하지만 그게 직장 상사들과 대체 무슨 상관이란 말인지. 은별은 머뭇거렸다. 과장은 그 말을 긍정으로 받아들였는지, 활짝 웃으며 행정부시장을 돌아보았다.

"김은별 주사가 이 일을 잘 해낼 것 같습니다."

소름이 돋았다. 무슨 일인지 모르겠지만, 상아가 얽힌 이상 멀쩡한 일이 아니라는 것은 알겠다. 입이 바싹 말라오는데, 행정부시장이 입을 열었다.

"넥스트와 우리 시가 업무 협약을 체결하기로 했네."

하마터면 그런 대기업이 왜 우리 시와 그런 걸 하느냐고 물을 뻔했다. 상아는 쓸데없는 소리가 잘못 튀어나오지 않도록 입을 굳게 다문 채 고개만 살짝 끄덕였다.

"자네가 많이 도와주도록 해. 이상아 회장은 많이 별난 사람이라고 하니까."

"…예."

"그런데 대체 어떻게 아는 사이야?"

"아뇨, 그냥…."

이상아, 알기는 알지.

하지만 세상에는 차라리 아니 만나는 게 나았던 사람도 있는 법이다.

"그냥, 학교 동아리 선배였어요. 이상아 회장님이."

나쁜 사람은 아니었다. 똑똑하고 무엇이든 잘하고, 학생회장을 할 만큼 카리스마도 있었다. 학생들도 다들 그 사람을 따랐다. 모두가 그를 떠받들었던 데, 그의 화려한 배경이 있었다는 것은 뒤늦게 알았지만.

사람 자체만 보자면 유능하고 다정한 구석도 있었다.

하지만 그 사람을 만나지 않았더라면. 책임도 못 질 다정함 따위 보이지 않았더라면.

"어이쿠, 보통 인연이 아닌데? 무슨 동아리."

"천문 동아리였습니다."

"천문학 동아리? 망원경으로 별 보고 그러는 거?"

"예. 그… 전에 넥스트에서 후원해서 한라산 천문대에 초대형 전파 망원경 지어줬다고 하잖아요. 그게 이 회장님이 원래 천문학을 좋아해서 한 일일 겁니다."

"아니, 그런 인연이 있었으면 넥스트에 들어가서, 선배님 좀 끌어주십시오 하지 그랬어. 여기보다 월급도 몇 배는 더 받을 텐데."

사람들이 한마디씩 했다. 누군가가 속삭였다. 저 친구 어느 학교 나왔는데, 넥스트 회장이랑 같은 학교를 나온 거야?
과장이 대답했다. XX고등학교 나왔답니다. 학교 이름이 나
오자마자 여기저기서 감탄하는 듯한 소리가 튀어나왔다. 다
들 중고등학생, 대학생 자녀들이 있어서 그런지, 곧 입시 이
야기가 이어졌다. 은별은 자기에 대한 용무가 끝난 것을 확인
하고 일어나서 인사를 했다. 조용히 물러나는데 반쯤 닫힌 문
너머에서 누군가가 눈치 없이 말했다.

"근데 저 친구, 소수자 전형으로 들어간 거 아니에요? 딱
봐도 그럴 것 같은데."

"요즘 그런 말 함부로 하면 큰일 납니다."

"난민 출신이라 그런지, 난민들 돕는 업무에는 아주 빠삭
한 친구예요. 모르는 게 없어요."

"아, 소위 은혜를 갚는다, 그런 건가."

"근데 소수자 전형이든 뭐가 되었든, 저 친구는 그런 학교
를 나왔으면서 왜 여기서 공무원을 하고 있대요?"

은별은 그 말을 들었다는 티를 내듯 일부러 소리를 내어
문을 닫았다.

———— · ————

그리스 신화의 신들이 지혜의 신 아테나, 전쟁의 신 아레
스, 아름다움의 신 아프로디테 같은 식으로 각자 관장하는 분
야의 이름으로 불렸다면, 자본주의 사회의 신은 바로 다국적

기업의 회장들이었다. 넥스트 센추리는 집을 지었고, 통신 임플란트를 개발했고, 전국에 통신망을 깔았고, 금융 네트워크와 교통 결제망의 책임 사업자였다. 이 나라에서 사는 한, 전국 어디에 가도 넥스트 센추리와 아무 접점 없이 사는 것은 불가능했다. 때로는 경찰에서도 못 찾는 사람이 넥스트 센추리의 정보망에 걸려드는 일도 종종 있었다.

넥스트 센추리의 회장 이상아는 원하는 정보는 무엇이든 손에 넣을 수 있었다. 무엇을 찾아야 하는지, 상아가 그걸 알아야 하는 게 선결조건이었지만. 이번 일도 그렇다. 만약 소행성이 외계인들이 보낸 일종의 택배라는 사실을 진작 알았다면, 상아가 그 석영 판에 대해 알아내는 것은 시간 문제였을 것이다. 상아는 이런 중요한 정보를 정부보다 먼저 알지 못했다고 직원들을 질책하지 않았다. 애초에 그들의 이해 범위를 벗어난 일이었기 때문에 감지하지 못한 것뿐이었다.

'그리고 제일 먼저 대응할 수 있게 되었으니 다행이지.'

같은 이치로 상아는 은별에 대해서도 무엇이든 알고 있었다. 그 애가 어떤 대학을 졸업했고 무슨 일을 했는지, 지금은 어디에서 무슨 일을 하며 살고 있는지.

"제주도 남서쪽 공해상, 배타적 경제수역에 강남 3구를 합친 정도의 크기인 인공 섬을 지을 겁니다. 실제 섬 기준으로는 인천국제공항이 있는 영종도 정도겠군요. 우선 그에 대한 허가가 필요합니다."

물론 그런 정보를 손에 넣었다고 직접 그 애 앞에 나타난다면 스토킹 범죄자일 뿐이지만, 국가로부터 이만큼 위험한 일을 요구받았을 때라면 당연히 이 정도 요청은 해도 될 것이다. 합당한 이유만 있다면.

"그 지역에 대해 잘 알고 행정 경험이 있으면서, 천문학에 대한 기본 지식이 있는 스태프가 필요합니다."

"혹시 회장님께서 염두에 두신 인재가 있습니까."

"서귀포 시청 복지 관련 부서에 근무하는 김은별이라는 직원입니다. 지방직 공무원이니 그 지역에 대해서도, 행정에 대해서도 잘 알 것이고, 천문학에도 관심이 많은 사람이죠. 개인적으로는 고등학교 후배라서 사람됨도 어느 정도 알고 있습니다."

"준비하겠습니다."

———— · ————

왕할아버지는 맨주먹에서 시작해 거대한 기업을 일구었다. 그는 일본에 나라를 빼앗겼다가 겨우 되찾은 시기부터 사업을 시작했다. 『바람과 함께 사라지다』의 남자 주인공인 레트 버틀러가 말했다던가. 세상이 망할 때가 큰돈을 벌기 좋은 시기라고. 그 말 그대로 왕할아버지는 해방과 전쟁으로 이어지는 혼란기를 틈타 수완 좋게 돈을 벌었다. 모두가 가난해지고 몰락하고 있을 때 시류를 읽은 그의 사업은 시대의 바람을 제대로 타고 순풍에 돛을 단 듯 날아올랐다.

하지만 자손들의 시대는 달랐다. 성장은 둔화되었고 출생률도 떨어졌다. 한때 전 세계를 호령하던 그룹은 점차 그 세가 줄어들었다. 사람들은 부자가 망해도 3년은 간다더라는 옛 말을 떠올리기도 했지만, 왕할아버지의 자손들이 그렇게 무능하지는 않았다. 수많은 부자들의 흥망성쇠가 지나간 6대, 200년 동안 그룹은 이름을 두 번 바꾸었고, 지금도 세계적인 기업의 반열에 이름을 올리고 있었다.

"…책에서 읽은 적 있어요."

그리고 워낙 인기가 없어 제대로 나오는 회원이라고는 단둘뿐이었던 천문 동아리방 앞에서 좋아한다고 고백했던 날, 상아는 은별에게 그 이야기를 다 털어놓았다. 아는 사람은 다 알았지만 난민 2세인 은별은 잘 모를 수도 있는 이야기였고, 고백받는 입장에서는 적어도 고백하는 사람이 누구인지, 어떤 사람인지는 알아야 한다고 생각했으니까.

하지만 은별의 반응은 싸늘했다.

"조선소를 짓기도 전에 배부터 팔았다는 사람이잖아요? 처음 읽었을 때는 이게 무슨 모래로 쌀 만드는 소리인가 했는데."

"…그런 소리 나올 줄 알았어."

하필 비유를 해도 모래로 쌀 만드는 이야기일까. 상아는 쓴웃음을 지었다.

"나도 처음엔 이게 무슨 소리인가, 우리 왕할아버지가 대동강 물을 팔아 드셨나 했으니까."

"재벌 5세에게 고백받는 이야기는 로맨스 소설에나 나오는 건 줄 알았는데요."

은별이 눈을 동그랗게 뜨고 말했다.

"아, 그건 아냐. 5대조면 현조 할아버지야. 어머니, 외할머니, 외외증조, 외외고조, 외외현조, 그렇게 위로 다섯 분 올라가니까, 재벌 6세."

"선배가 재벌이라니, 외계인을 만난 기분이네요."

"아무래도 외계인을 만날 확률보다는 재벌가 사람을 만날 확률이 높긴 하지. 아참, 전부터 외계인 만나고 싶다고 하지 않았어?"

"외계인을 만나고 싶긴 했지만⋯."

은별은 고개를 끄덕이고 입을 다물었다. 차라리 무슨 말이라도 해주었으면 안심이 되었을 텐데. 그래서 너도 돈이 많냐, 물려받을 회사가 있냐고 묻는다면 할 수 있는 말이 더 많았을 텐데.

"뭐라도 말 좀 해봐."

"무슨 말을 해요."

"사람이 고백을 했는데. 그냥 고개만 끄덕끄덕해도 돼."

"저보고 지금, 무려 재벌 6세에게 고백을 받았으니 그냥 받으라는 뜻인가요?"

상아는 예상 밖의 대답에 입만 벙긋거렸다. 은별은 싸늘하게 웃었다. 그의 가무잡잡한 얼굴에 한낮의 그늘이 드리워 차고 파르스름하게 보였다.

"선배도 알다시피, 우리 아빠가 난민이었잖아요? 뭐, 이 나라에 도움이 된다고 결국 귀화도 받아줬고 지금은 한국 사람이라서 다들 생각하는 것과 달리 소수자 전형으로는 못 들어왔지만."

"응, 그렇지."

"근데 말이에요, 제가 입학하고 나서 아이들이 방송반에 〈잉글리시 맨 인 뉴욕(Englishman In New York)〉이라는 노래를 계속 신청하더라고요. 처음에는 이 학교 애들은 다들 이런, 좀 고상한 느낌의 노래를 좋아하나 하고 넘어갔어요. 아주 오래되었고 사실 이 학교 들어오기 전에는 귀담아들은 적 없는 노래니까요. 근데 그게 아니었지요."

"…그 노래가 왜."

"가사에 리걸 에일리언(Legal ALIEN)이라는 말이 계속 나오니까요. 합법적인 이방인. 저를 난민이라고 조롱하느라 자꾸자꾸 그 노래를 틀고 있었어요."

그건 아니라고, 그 노래에 나오는 리걸 에일리언은 난민을 뜻하는 말이 아니라고, 지금은 외국인을 에일리언 같은, 이방인이나 외계인 같은 부정적이고 배타적인 의미가 담긴 단어가 아니라 다른 단어들을 쓰고 있다고, 그렇게 허둥지둥 변명하는데, 은별은 고개를 저었다.

"나도 알아요. 원래 그 노래는 커밍아웃한 성소수자 친구를 위한 노래였대요. 그 노래가 나오던 시절에는 성소수자로 살아간다는 게 정말 쉽지 않았다고 하니까요. 그런데 굳이 그런 노래로 사람을 조롱할 만큼 머리가 잘 돌아간다니, 정말 이 학교가 명문은 명문인가 봐요. 다들 어찌나 배타적인지."

"은별아, 나는⋯."

"선배하고 같이 있으면, 그런 괴롭힘이 사라질까요?"

"아마 그렇지 않을까? 내가 노력해 볼게!"

"아뇨, 더 많이 괴롭힐 거예요. 사람 사는 건 어디나 비슷하니까요. 무엇보다도 저는 선배에게도 배신감을 느껴요."

"내가 왜!"

"선배도 지금 저를 놀리는 데 가담했다고 생각해요. 고백 공격이라고들 하잖아요? 제가 선배의 달콤한 말에 넘어가서 고개를 끄덕이면, 또 그걸 갖고 놀리고 괴롭힐 아이들이 이 학교에 적어도 백 명은 될 것 같은데요. 뭐라고 말할지도 짐작이 가네요. 난민 새끼가 재벌 6세라니까 어떻게 잡아보려고 눈이 뒤집혔다더라. 뭐 그러겠네요."

그런 게 아니라고 말해야 했다.

하지만 상아는 입을 열지 못했고, 은별은 돌아서서 가버렸다. 졸업을 앞두고 있는 힘껏 용기를 그러모아 꺼낸 고백은 그렇게 거절당했다. 그리고 그게 끝이었다. 상아는 졸업을 했

전혜진

고 은별은 괴롭힘에 시달리다 끝내 자퇴를 선택했다.

은별의 아버지는 결혼을 하며 한국으로 귀화했지만 애초에 난민으로서 한국에 왔던 사람이기에, 은별은 한국인이지만 난민 인권 단체의 도움을 받을 수 있는 상황이었다. 상아는 어머니에게 부탁해 난민 2세를 돕는 재단을 움직였고, 은별이 다른 학교로 무사히 전학해 장학금을 받을 수 있도록 도왔다.

2년만 기다리면 은별이 서울로 올 거라고 생각했다. 하지만 괴롭힘 때문에 성적이 떨어진 것인지, 혹은 장학금을 받기 위한 선택이었는지, 은별은 그 지역 국립대에 진학했다. 졸업을 하고는 시청의 복지 담당 공무원이 되었다. 지금도 취미로 별을 보는 것 같긴 했지만 아직도 외계인을 만나고 싶어 할지는 모르겠다.

그래도 다시 만난다면, 그 말만은 꼭 하고 싶었다.

그때 그 말은 진심이었다고.

너를 놀리려고 그런 말을 했던 것은 아니었다고.

———— · ————

"별 주사, 또 출장?"

"예에."

협약 체결 이후 상아는 수시로 한라산 천문대에 출몰했다. 그때마다 은별은 하던 일을 멈추고 상아를 영접하러 나가야 했다.

넥스트의 회장인 자신이 올 때마다 도지사나 서귀포 시장이 나올 필요는 없다. 자신은 그저 배타적 경제수역에 짓고 있는 인공 섬 프로젝트를 감독할 겸, 좋아하는 별을 보기 위해 한국에서 가장 높은 곳에 자리한 한라산 천문대에 다녀가려는 것뿐이다. 상아가 그렇게 말했을 때 높으신 분들은 안도했다.

"역시, 젊어서 그런지 행동하는 게 다르긴 다릅디다."

"번거로운 것 싫어하고 합리적이고 성과지향적이고. 창업주가 그런 사람이었다지?"

"외손주라고 해서 어떨까 했더니. 사람이 아주 딱 부러지네요."

그들은 상아를 마치 귀여운 어린아이나 똑똑한 젊은 아이처럼 칭찬했다. 우스운 이야기다. 세계적인 재벌 가문의 손주로 태어나 이미 스무 살 이전에 세계 최정상의 세계를 보았던 사람이다. 나이가 젊다고 해서 겪어온 경험치까지 젊다고는 할 수 없다. 오히려 지긋지긋하도록 노회했다면 모를까.

그리고 그 능구렁이가 아무리 실용주의자라 해도, 높으신 분들은 '우리 지자체에 투자해 주시는 돈 많은 분'이 납시셨는데 손 놓고 그냥 우리 돈줄이 왔다 갔나 보다 하고 넘어갈 만큼 뻔뻔하지 못했다. 그때마다 그들은 상아가 지목했던 스태프, 은별을 보내곤 했다.

"…지금도 외계인을 만나고 싶어?"

전혜진

제주 남서쪽 공해상, 배타적 경제수역에 인공 섬을 짓겠다고 했을 때 사람들은 환호했다. 해양 생태계를 오염시킬 수 있다고 환경운동가들이 반대 시위에 나섰지만, 해안 근처를 간척하는 것보다 환경에 영향이 적다는 발표가 나자 어느 정도 수그러들었다.

"봐, 나 아직도 네가 했던 말들 다 기억하잖아."

그리고 상아는 그 인공 섬이 외계인들을 맞이하기 위한 것이라고 설명했다.

그걸 서귀포 앞바다에 짓기로 한 것은, 은별을 만나기 위해서라고도.

"그때 했던 말들도, 널 놀리려고 했던 말이 아니었어. 진담이었다고."

시간이 흐르면서 이해하게 되는 일들도 있다. 그는 적어도 은별을 놀리거나 괴롭히려고 그런 말을 한 것은 아니었다. 은별이 학교를 그만두고 검정고시를 보려 했을 때, 다른 학교로 전학 가서 장학금을 받을 수 있도록 난민 인권단체가 주선해 준 것도, 상아가 손을 썼기에 가능했던 일이라는 것도 안다.

하지만 어떤 사람들은 시간이 흘러도 결코 이해하지 못하는 일들이 있다.

"그러게요. 저는 대체 왜 에일리언(ALIEN)을 만나고 싶었던 걸까요."

"응?"

"에일리언요."

상아가 눈을 굴렸다. 이게 무슨 소리인가 싶었던 모양이다. 그는 홀로그램을 켜서 검색을 하다가, 20세기 말에 시리즈로 만들어진 SF 영화 〈에이리언〉 시리즈를 띄우고 고개를 갸웃거리다가, 다시 이쪽을 쳐다보았다. 은별은 고개를 저었다.

"그거 아닙니다."

"다행이다."

"뭐가요."

"외계인을 영접할 방법을 찾아보라는 말을 처음 듣고서 네 생각을 했어. 아, 그때 은별이가 외계인 만나고 싶다고 했는데. 정말로 외계인이 이곳으로 온다면 그래도 내 힘으로 은별이가 외계인을 만나는 정도는 도와줄 수 있지 않나."

"…"

"그런데 고전영화에 나오는, 사람 몸속에 알을 낳는 외계인 같은 거면 역시 곤란하잖아."

고등학교 때 만났던 이상아라는 선배는 분명히 말해 다정한 사람이었다.

하지만 동시에 심하게 해맑고 자기중심적인 사람이었다. 어떤 사람들은 구김살 없는 성격이라고, 좋은 집안에서 곱게 자라서 그런 거라고, 그런 성격에 트집을 잡는 것 자체가 고생 많이 하고 험하게 자란 티를 내는 거라고 못되게 말하기도 했지만.

"제가 에일리언을 만나고 싶다고 했던 건, 저 역시 에일리언이어서 그래요. 여기 있어도 된다고 허락은 받았는데, 결코 같은 사람은 될 수 없는, 합법적인 이방인, 리걸 에일리언(Legal ALIEN)."

"아, 기억나. 너 그때 방송반에 그 노래 신청한 애들 이야기도 했었지."

"기억력은 여전히 좋으시네요."

재벌가에서 태어나, 젊은 나이에 기업의 총수까지 된, 주목받고 사랑받으며 자신의 사회적 위치를 증명할 필요가 없이 살아온 이상아는 평생 이해할 수 없을 것이다.

"너 그때, 나한테도 외계인 같다고 말하지 않았어?"

"외계인을 만난 기분이라고 했었죠. 재벌 6세라는 말을 듣고."

"나한테, 그래도 조금은 좋은 감정이 있었던 거 아니야?"

나이를 이만큼 먹고서도 전혀 이해하지 못하고 있는 것을 보면 말이다.

"외계인이든, 외국인이든, 이방인이든, 그게 다 같질 않으니까요."

"응?"

상아는 아마도 법 앞에 모든 사람은 평등하다고 배웠을 것이다. 사람들이 자신을 귀한 집안 출신이라며 떠받들어 주는 것도 딱히 대우해 준다고 느끼지 못할지 모른다. 어쩌면 자기가 잘하니까, 그 능력에 따라 대접받는 것이라고 착각하고 있을지도 모른다. 물론 상아가 고등학생 때 남달리 뛰어난 학생이었던 것도 남들 이상으로 노력했던 것도 은별은 보았다. 하지만.

"나하고는 다르구나, 정말 다른 세계의 사람이었구나, 하고 말한 거예요."

누군가는 똑같이 시험을 치르고 같은 학교에 들어갔어도 아버지가 난민이었다는 이유만으로 1년 내내 조롱받는다. 결국 제 손으로 자퇴 원서를 제출하는 그날까지.

아니, 아버지처럼 '쓸모'를 인정받아 귀화가 받아들여졌으면 다행이다. 대부분의 난민들은, 또 미등록 이주민들은, 명문 고등학교를 계속 다녀야 하는가, 그만두고 나가야 하는가를 고민할 행운조차 감히 누리지 못한다. 피부색이 어두워서, 출신국이 가난하고 약하거나 전쟁에 휘말려서, 수많은 이유로 차별받고 배제되고 집요하게 조롱당하며 이 땅 사람들이 하기 싫어하는 더럽고 힘든 일을 도맡으며 식탁 밑으로 흘린 부스러기나 주워 먹어야 한다는 듯이 취급받는다.

"그거 아세요? 그나마 덜 차별받으려고 공무원 시험 봐서 들어갔는데, 거기서 아무도 저를 김 주사라고 안 불러요. 별 주사라고 부르지."

"대체 왜?"

"김 주사가 사무실에 너무 많다, 핑계야 좋지만. 다른 사람에게는 절대 남의 집 똥개 부르듯 그렇게 안 부르죠. 이름을 다 붙여서 부르지. 그런 얼굴 할 것 없어요. 하루이틀도 아니고. 아, 괜히 남의 직장에 분란 일으키지 말아요. 내 일은 내가 알아서 할 수 있으니까요."

그러니까 당신이 그렇게 딱하다는 듯이, 안쓰럽다는 듯이, 어떻게 그럴 수가 있느냐는 듯이 깜짝 놀란 표정을 짓고 있는 것이 내게는 더 상처야. 기억만 하고 있을 뿐 하나도 이해하지 못하고 있는 거니까.

"…그렇다고 해도, 네가 원하면 외계인을 만나게 해줄 거야."

"…"

"정말이야."

이제 와서 외계인을 반드시 만나고 싶다고 생각하는 것은 아니었지만.

그것만이 마지막 끈이라도 되는 듯이 손을 내미는 상아를 보며 은별은 궁금해졌다. 이 나라에서 넥스트 센추리사를 움직여, 제주도 남서쪽 공해상에 인공 섬까지 지어 가며 환대하려고 하는 외계인들은, 말하자면 리걸 에일리언(Legal ALIEN), 합법적인 외계인들인 걸까.

그 외계인들의 생김새가 우리와 많이 다르더라도, 우리가 생각하는 형태의 아름다움과는 거리가 멀더라도, 혹은 우리

예상보다 작거나 힘이 없어 보이더라도, 그 환대가 이어질
수 있을까.

———— · ————

바다 한가운데에 바지선 하나를 끌어다 놓고, 천연가스라
도 시추하려는 듯이 아래로 파 내려가 대륙붕에 바지선을 고
정시켰다. 인공 섬을 만드는 일은 여기부터 시작된다. 아래로
는 자갈과 자재들을 부어 넣고, 위로는 섬을 넓힌다. 그리고
이 인공 섬을 제주도와 연결할 수 있는 해저터널을 만드는
한편으로, 섬 위로 그럴듯한 도시를 지어 올린다. 그 모든 일
들은 마법처럼 느껴질 만큼 순식간에 진행되었다.

은별은 출근길에 시청 근처에서 해상 신도시를 홍보하는
전단지를 돌리는 사람들을 보았다. 어지간한 일에는 웃지도
않는 은별이었지만, "넥스트 센추리가 건설한 명품 용궁신도
시"라는 광고 멘트 앞에서는 실소를 흘릴 수밖에 없었다. 제
주에 아파트 형태의 별장 하나씩 두고 살아야 한다며, 벌써부
터 서울 사람들의 문의가 쇄도한다는 지역 신문 기사에는 할
말이 없었다.

용궁 하니까 은별은 문득 한국의 전래동화인 별주부전 생
각이 났다. 한국인들은 쥐를 서생원, 바퀴벌레를 바선생이라
고 불렀는데, 생원은 옛날에 과거 시험의 소과 생원시를 통과
한 사람에게 붙이는 호칭이고, 선생이라는 말도 공경하며 높

전혜진

여 부르는 호칭이다. 별주부 역시 거북이는 거북이인데 주부(主簿) 벼슬을 지냈다고 높여 부르는 말이라 했다. 주부는 조선시대의 정6품 관리를 부르는 말이니 현대의 6급 공무원인 주사와 크게 다르지 않다. 누군가가 자신을 별 주사라고, 더러는 놀리듯이, 더러는 별 생각 없이 부를 때 마다 은별은 그 별주부를 생각했다. 바다에 살고 용궁의 신하이지만 어류가 아닌, 물에서뿐 아니라 뭍으로도 갈 수 있었던 그 별주부를. 이야기 속에서는 별주부가 용왕에 대한 충성심으로 토끼 간을 찾아 떠나지만, 정말로 그것이 충심에서만 비롯된 행동이었을까. 그렇게 무리해서라도 충성을 증명해야 할 만큼 별주부는 그 세계에서 겉돌고 있었던 게 아니었을까. 마치 에일리언처럼.

"그러니까 별주부에게 너 힘든 걸 투사하고 있는 거구나."

그리고 이 프로젝트가 시작되자 수시로 제주에 들락거렸고 인공 섬 건설이 마무리 단계에 접어든 지금은 인공 섬에 지어 놓은 넥스트 센추리 건물 최상층에서 살다시피 하는 이상아 회장은, 여전히 은별을 걱정하며 조금은 해맑게 말했다.

"힘들면 그냥 나한테 와도 돼. 너 능력 있는 거 내가 알고, 넥스트 센추리에 네가 있을 자리 하나 정도는 만들 수 있어."

"그런 게 아니에요."

상아의 왕할아버자의 향년을 기려 85층 높이로 지었다는 이 건물 최상층 회장 전용 라운지에서는 제주도가, 멀리 일본이, 그리고 끝없이 펼쳐진 바다가 내려다보인다.

무척이나 사치스럽고 안락한 공간이었지만 은별이 꿈꾸는 것은 이런 게 아니었다. 누군가의 호의로 빚어진, 테라리움처럼 안전하고 예외적인 낙원 같은 것은 바라지 않았다. 그저 남들과 똑같이 비를 맞고 눈을 맞으면서도 남들처럼 살아갈 수 있기를 바랄 뿐이다.

"그게 아니면, 너는 이번 인공 섬 프로젝트에서 지자체와 넥스트 사이를 조율했잖아. 그 경력 자체를 이용할 수도 있겠지. 방법은 많으니까 천천히 생각 좀 해봐."

자꾸만 자신에게 호의를 베풀고 싶어 하는, 저 눈치 없는 학교 선배를 보고 있으면 속이 부글거렸다. 당신의 방식은 내게 적용되지 않는다고 아무리 말을 해도 이해하지 못해 답답하기도 했다. 하지만 동시에 가족 아닌 타인에게 그만큼의 호의를 받았던 적이 있었던가 생각이 들어 아득해진다. 한 번도 그런 기적 같은 일은 일어난 적이 없었으므로.

"신도시는 거의 다 지었는데 외계인이 오긴 올까요?"

"그러게."

"근데 저거 분양도 하는 거예요? 저 인공 섬을?"

"별장처럼 분양을 해도 좋고, 우리 계열사에서 인수해서 호텔로 개조해도 괜찮지. 나쁘지 않을 거야. 공원도 있고, 호수도 있고, 학교 부지까지 싹 뽑아 놓았으니까. 아, 물론 외계인들이 왔다 간 다음이지. 그래야 외계인이 혹시 무슨 짓을 해도 안전하지."

"그래도 이상하지 않을까요? 사람 없는 빈 도시는….."

"당연히 텅 빈 채로 놔두진 않을 거야. 밤에 자동으로 불 켜놓고, 공무원들이랑, 우리 쪽 보안업체 직원들 풀어서 여기 사람들 사는 것처럼 움직이고. 시간이 딱딱 맞아 떨어지면 좋겠네. 외계인들이 다녀가고 나면 바로 분양 신청받고, 사람들 입주시키고."

"그래도 돼요?"

"왜, 올림픽, 월드컵, 그런 국제 행사 하면 선수단, 기자단 머무른 아파트들 분양하잖아. 그거랑 똑같은 거야. 오는 손님이 외계인일 뿐이지."

"이럴 때도 공무원들을 동원하는 거군요."

"지방에는 빈 땅도 많은데, 외계인 영접용 신도시를 땅에다가 짓지 않고 새로 인공 섬을 만든 이유가 그거야. 그 외계인이 어떤 **애들**인지 모르니까. 일단 안전한 거 확인한 뒤에 가서 인사하자고. 혹시 최악의 경우 SF 영화에 나오는 **애들**처럼 무시무시하고 인간을 공격할 것 같으면, 바로 인공 섬째 폭격해서 날려버리고."

하지만 분명한 것은, 에일리언에 대한 그의 호의 역시 자신 한정이라는 것이다.

"…일단 외계인들도, 미성숙한 개체를 지구까지 보내진 않을 것 같아요."

"응?"

"애들 아니라고요."

지금도 그렇다. 소행성을 정확히 지구를 향해 날려 보내고, 석영 판을 매끄럽게 가공해 그 위에서 양자 얽힘 현상으로 메시지를 보내는 이들을 두고, 그는 아무 생각 없이 애들이라고 부른다. 한 번 만나보지도 않았으면서, 지레 낮잡아 보듯이.

아니, 이 사람이 낮잡아 보는 것이 비단 외계인뿐일까.

"나중에 안전이 확인되면, 넥스트의 회장이자 이 섬을 지은 사람에게도 인사할 기회를 줄 테니까 그때 같이 가자. 외계인 만나러."

외계인을 맞이할 준비를 하는 사람 중 과연 누가 그 정체도 알 수 없는 외계인 앞에 처음으로 나서서 악수를 청할까.

적어도 처음으로 외계인과 인사를 나눌 사람이 상아나 여기 지자체장이 아니라는 것만은 분명했다. 이만 한 인공 섬을 지어 놓고 고양이 목에 방울을 달자는 이야기처럼 흐지부지 넘어갈 수는 없을 텐데, 그때 그 외계인들이 안전한지 아닌지는 대체 누가 먼저 접근해 보고 판단할까.

아마도 그건, 당신이 낮잡아 보는 수많은 갑남을녀 중 한 명이겠지.

그때 문이 열렸다. 때때로 상아와 함께 이곳에 오던 뱀 같은 인상의 남자였다. 그는 평소답지 않게 흥분한 얼굴로 뛰어들어오며 말했다.

전혜진

"조금 전 들어온 소식인데, 석영 판의 깜빡이 패턴이 변화했답니다. 천문대에서 곧 브리핑이 있을 예정입니다."

———— · ————

인공 섬 한가운데에 조성된 광장이 한눈에 내려다보이는 회장 전용 라운지에서 한라산 천문대 연구원들이 브리핑을 시작했다. 그 내용은 모두 대통령실과 넥스트 참모실로 전달되었다.

광속에 한없이 가까운 속도로 비정상적인 움직임을 보이는 물체가 발견되었는데, 지구에 석영 판을 보내온 외계인들로 추정된다는 보고였다. 이 물체가 오르트 구름 안쪽에서 발견된 것과 거의 동시에, 석영 판의 패턴이 변화했다. 외계인들과 석영 판 사이에 양자 얽힘을 통한 교신이 재개된 증거였다.

"현재 미확인 물체는 광속에 가까운 속도로 움직이고 있으므로 교신이 재개된 시점에서 약 17시간 뒤 지구 가까이 접근할 예정으로 보입니다. 지금 시각 기준으로는 약 15시간 뒤입니다."

상아는 연구원들의 보고를 듣다 말고 자신의 뒤에 서 있는 은별을 흘끔 쳐다보았다. 은별은 입을 굳게 다문 채 중간중간 메모를 할 뿐이었다.

"무슨 생각 해."

"어디까지 극비인 건가 하는 생각이요."

"오늘 들은 건 처음부터 끝까지, 전부 다 극비지."

"서귀포 시청에는 어디까지 보고할 수 있는 거예요?"

"필요한 만큼은 이미 전달했어. 시간 맞춰서 시장도, 도지사도 올 거야. 어차피 용궁신도시는 서귀포시 관할인데. 아니면 여기 올 때, 넥스트 회장이 보고 듣는 것들을 전부 보고하라는 지시라도 받은 거야?"

"말단에 '난민'에 토종 한국인도 아니라서 윗분들도 제게 그런 걸 기대하진 않아요."

은별이 빈정거렸지만 상아는 기분이 상하지 않았다. 이쪽이 은별의 본래 모습이었을 거다. 별을 좋아하고, 사람은 싫다면서 외계인은 만나고 싶다고 말하던, 조금 엉뚱한 후배.

"어쨌든 일이 잘 진행될 것 같아. 우리 회사는 정부로부터 받을 것을 다 받아낸 뒤 용궁신도시도 분양할 거고, 너는 외계인을 만날 거고."

"그러면 회장님은요."

지금처럼 딱딱하고 말수도 적으며 자신을 선배가 아니라 회장님 같은 호칭으로 부르는 공무원보다는, 예전의 은별 쪽이 더 재미있었다.

"나? 나는 예전부터 생각했어. 언젠가 너를 다시 만나서 네가 꼭 이루고 싶어 한 것을 이뤄주고 싶었거든. 그러니까 나름 소원 성취한 게 아닐까?"

"이루고 싶어 한 것은 이미 예전에 이뤄줬어요."

"무슨 소리야."

"고등학교 전학할 수 있게 도와주셨죠, 회장님이."

"아, 그거."

지금도. 이런 이야기를 할 때는 그냥 옛날처럼, 평범한 선후배처럼 이야기해도 될 텐데.

"감사합니다."

외계인도, 외국인도, 이방인도 아닌 에일리언.

자꾸만 자기 자신을 그렇게 말하며, 거리를 두려고 하는 모습이 낯설고 서먹했다. 물론 상아도, 은별이 무슨 말을 하고 싶은 건지는 짐작할 수 있었다. 한국에서 태어나고 자라 학교 졸업하고 공무원까지 된 사람이지만, 평생 난민 2세라는 꼬리표를 달고 살아가는 게 녹록치 않았으리라는 것도.

그러니까 그냥 내 곁에 있으면 될 텐데.

아버지가 난민이었다거나, 피부색이 어둡다거나, 그런 문제를 다 떠나서. 그냥 넥스트 센추리 회장의 가장 가까운 측근이자 사랑하는 친구라고, 그것만으로도 이 나라에서 원하는 것들은 어지간하면 다 가질 수 있을 텐데.

"너 그냥 공무원 그만두고, 넥스트로 오지 그래."

" … "

"인맥이라고 꽂아 넣겠다는 그런 거 아니야. 계속 시청하고 나 사이를 왔다 갔다 하며 일했잖아. 일하는 태도도 능력도 내 곁에서 일하기에 부족하지 않아."

"저는 지금이 좋습니다."

"나, 이상아 회장의 측근이라면 네 피부색이나 네 부모님 일로 아무도 감히 헛소리하지 못해. 이 나라 대통령이라도."

은별은 대답하지 않았다. 대신 그의 시선은 연구원들이 서 있는 정면 너머, 하늘에서 빛살이 쏟아지는 둥근 천창을 향해 있었다.

햇빛과는 다른 빛줄기가 라운지의 대리석 바닥 위로 쏟아졌다. 예정보다 한참 일찍, 외계인들의 선단이 허공 위로 떠올랐다. 연구원들은 천문대로부터 연락을 받고 당황하다가 다시 목소리를 가다듬으며 보고했다. 미확인 물체가 천왕성 즈음에서 갑자기 모습을 감추었다가 화성과 지구 사이에서 갑자기 모습을 드러냈다는 연락을 받았다고, 지금 제주도 남쪽 상공에 도착했다고.

그리고 그 말이 끝나자마자, 은별이 달려 나갔다.

"어디 가는 거야!"

상아는 달려 나가려는 은별을 붙잡았다. 은별은 있는 힘을 다해 상아의 손을 뿌리쳤다. 상아의 경호원들이 달려와 은별을 붙잡다가, 상아가 고개를 젓자 한 걸음씩 뒤로 물러났다.

"뭘 그렇게 서둘러! 약속했잖아. 내가 설마 너한테 거짓말할 것 같아서 그래?"

"언제 만날 수 있는데요."

"안전이 확인되면."

"외계인들이 안전한지는, 어떻게 확인할 건데요."

그거야 당연히 아랫사람들을 보내서 확인할 일이었다.

대통령도, 도지사도, 시장도, 넥스트 회장도 아닌, 국회의원도, 경찰서장도, 우주군 장성도 아닌. 한라산 천문대의 연구원들도, 판사도 검사도 의사도 아닌 사람들. 그러면서도 비밀을 지킬 수 있는 사람이어야 했다. 상아의 경호원이나, 우주군의 초급 장교나, 아니면 제복 입은 순경 같은. 당연한 일이다. 중요한 사람은 위험한 일에 제일 먼저 뛰어들지 않는다. 상아에게는 은별 역시 먼저 뛰어들어서는 안 되는 중요한 사람이었다.

하지만 은별은 싸늘하게 웃었다.

"그래서 선배가 안 되는 거야."

"김은별!"

은별은 창문을 열었다. 85층 높이에서 맞는 바닷바람은, 순식간에 복도를 휩쓸어 버릴 듯이 거칠었다. 상아가 잠시 눈을 감았다 떴을 때, 은별은 창틀을 붙잡은 채 안을 들여다보고 있었다.

"안 돼…."

손을 뻗었다. 그보다 더 빨리 상아의 경호원들이 움직였다. 하지만 은별은 한 손으로 목에 걸고 있던 공무원증을 벗어 던지며, 창틀을 붙잡고 있던 반대편 손을 놓았다.

거친 바람 속에서 은별의 몸은 종이 인형처럼 휘청거리며 추락했다. 그리고 동시에 아득한 빛무리가 은별을 휘감았다.

———— · ————

사람들은 그날 제주 앞바다에 두 개의 태양이 떠올랐다고 말하곤 했다. 하늘에 떠 있던 태양과 외계에서 온 방문자들. 그들은 외계인들을 영접하기 위해 만들어 둔 인공 섬 위를 두어 번 선회하다가 나타났을 때처럼 갑자기 모습을 감추었다.

처음부터 지구인들에게는 아무 관심도 없었던 것처럼.

"목적이 뭐였을까요, 그 외계인들은."

뱀 같은 얼굴의 대통령 비서실장은 대답을 기대하지 않는 듯이 질문을 던졌다. 상아는 인공 섬 주변으로 부딪쳐 오는 파도를 바라보며 대답했다.

"마음에 안 들었는지도 모르죠, 이 섬이."

"회장님께서 최신 기술로 잘 지으신 것 아닙니까."

"외계인과 안전하게 접촉하기 위해 실제 주민들은 살지도 않는 가짜 섬을 만들었으니까요. 우리야 이 일이 끝나면 분양할 거라고 용궁신도시라는 이름까지 붙였지만⋯."

"어쩌면 외계인들 입장에서는 조악한 세트장처럼 느껴졌을지도 모른다, 뭐 그런 말씀이십니까."

"그럴지도요."

은별은 발견되지 않았다. 아무리 뛰어내린 곳이 85층 높이

전혜진

라 해도 피와 살을 가진 사람이 추락했으니 어디라도 흔적이 남았어야 마땅한데. 은별은 그대로 증발해 버린 듯 머리카락 한 올 남기지 않고 사라져 버렸다. 에일리언, 자신을 계속 에일리언이라고 부르던 은별이, 정말로 에일리언들에게 돌아가기라도 한 것처럼.

그리고 이방인도, 외국인도 아닌 그 애를, 외계인보다 더 먼 존재로 만든 것은 누구였을까.

상아는 손바닥으로 뺨을 감쌌다. 은별의 일 때문인지, 소금기 먹은 바닷바람에 눈이 따가웠던 것인지, 눈가가 축축하게 젖어 있었다. 문득 그냥 손을 내밀고, 다정하게 인사하고, 같은 지붕 아래에서 빵과 소금을 나눠 먹는 것으로 충분했을지도 모른다는 생각이 들었다. 은별의 일도, 손가락 사이로 빠져나가듯이 사라져 버린 외계인들의 일도.

자정이 되면, 모든 이름들이

서계수

서계수

포켓몬 중 뮤츠를 좋아하고 소설을 쓰는, 환상과 공포 주력 소설가. 논바이너리 트랜스젠더, SNS와 기타 이것저것 중독자. 오래 애도하는 사람. 팬데믹 시대의 로맨스 단편선 『사랑에 갇히다』에 「너의 명복을 여섯 번 빌었어」를 수록하며 데뷔했다.

그날 마리얌의 그림자가 가장 짧아졌을 때, 마을 어귀에 나그네가 나타났다.

사람이 모여 사니 마을이라 할 뿐, 집다운 집은 어디에도 없었다. 모두 지붕이나 벽이 부서져 있어 밤이 되면 찬바람이 들이쳤다. 그마저도 없는 이들은 구덩이를 파야 했는데, 파인 곳을 메우려 드는 사막의 모래바람 때문에 사람들은 매일 구덩이를 파야 했다.

마리얌은 너덜너덜한 공을 한발로 밟고선 나그네를 보았다. 온몸을 밤하늘처럼 검은 베일로 두른 차림은 근방 여자들에게서 흔히 볼 수 있는 것이었다. 그러나 마리얌이 생각하기에 나그네는 여자치곤 키가 컸다. 그래서 공을 걷어차 버리곤 나그네에게 다가가 옷자락을 잡아당겼다.

"남자예요, 여자예요?"

"마리얌! 뭐 하는 짓이야!"

자이드가 기겁하여 달려왔다. 떡을 빚고 있던 것인지, 두 손에 하얀 밀가루가 묻어 있었다. 자이드는 올해 아홉 살이었고, 마리얌보다 두 살 많은 오빠였다.

"용서해 주세요. 얘가 아직 철이 없어서!"

자이드가 마리얌의 팔을 잡곤 끌어당겼다. 하얀 밀가루 손자국이 생긴 옷을 털어내며, 마리얌이 투덜거렸다.

"나 아무것도 안 했는데."

"얼른 빌어!"

"…"

나그네는 아무 말도 하지 않았다. 자이드는 초조해져서, 배꼽 위에 두 손을 모아 붙이고선 허리를 숙였다. 껍데기만 남기 전의 엄마가 알려준 몸짓이었다.

"정말 죄송합니다."

"오빠, 뭐해?"

"너도 해."

"으응, 알았어. '정말 죄송합니다!'"

"…"

대답이 들려오지 않아 마리얌이 고개를 갸웃거렸다. 남자인지 여자인지 다시 묻고 싶었으나, 자이드가 더 잽쌌다.

"목을 조금 축이시겠어요? 다행히 아직 좀 남아 있어요."

그러더니 하얀 손을 등 뒤로 감추며 덧붙였다.

"떡도 있어요. 제가 만든 건데…"

서계수

"엄청 맛없어!"

마리얌이 재잘거렸다. 그러거나 말거나, 자이드는 커다란 눈으로 나그네의 눈치를 살피기에 바빴다. 두려웠다. 이 사람은 누구지? 떠돌이인가? 설마 '저택'에서 왔나?

"…"

나그네는 말이 없었다.

누구라도 상관없어. 이번에는 엄마를 데려가게 놔두지 않아. 자이드는 잠시 아랫입술을 깨물곤, 다시 입을 열었다.

"제발, 필요한 게 있으면 뭐든 말하세요. 그렇지만, 그렇지만 저번처럼 엄마를 데려가실 순 없어요. 이번엔, 절대 안 돼요. 차라리 저를…."

"비켜."

새벽 공기같이 서늘한 목소리였다.

잔모래가 바람을 타고 휘날리자, 아이들은 눈을 가리며 고개를 숙였다. 나그네는 모래바람쯤은 아무렇지 않다는 듯 걸음을 옮겼다. 자이드는 바람을 최대한 막으며 시야를 확보했다. 나그네가 걸어가는 방향에 한 여자가 우두커니 서 있었다.

자이드는 비명처럼 소리 질렀다.

"엄마! 도망쳐!"

소년은 나그네에게 달려들었다. 팔이 있을 만한 부위를 붙들고, 입을 가져가 깨물었다. 나그네는 멈추지 않았다. 그저 검은 베일이 침과 밀가루로 얼룩덜룩해졌을 뿐이었다. 그러나 자이드도 멈출 생각이 없었다. 나그네의 걸음마다 질질 끌려갈 뿐이었지만. 마리얌이 울음을 터뜨리더니, 주먹을 쥔 손으로 나그네를 마구 때렸다.

"…."

그 모든 저항에도 불구하고, 마침내 나그네는 자이드와 마리얌의 어머니에게 다다랐다. 아무리 울고불고 난리를 쳐봤자 아홉 살, 일곱 살 아이의 저항 정도로는 어림도 없다는 듯이.

나그네의 베일 자락에서 갈색 손이 나오더니 어머니의 입술을 톡, 건드렸다. 그리고 낮은 목소리로 중얼거렸다.

"…어?"

자이드는 귀를 의심했다. 그제야 아이는 나그네가 어머니에게 일으킨 파문을 보았다. 파리한 낯에 생기가 돌아오고, 무엇보다 눈빛이 선명해진 어머니가 눈앞에 있었다. 어머니가 어리둥절한 낯으로 주변을 둘러보았다. 그러다 제 어린 남매를 보자, 여자의 숨소리가 거칠어졌다.

"자이드."

여자가 울먹이며 말했다.

"마리얌."

"엄마!"

부서진 벽이 드리운 그림자로 나그네가 자리를 피하자, 자이드와 마리얌은 엄마 품에 안겨 얼굴이 새빨개지도록 울었다. 꼭 한 달 만에, 여자가 자이드와 마리얌의 엄마로 돌아온 것이다.

잠시 후. 자이드는 몇 번이나 감사 인사를 하고, 마리얌은 깡충깡충 뛰었다. 나그네는 그림자에서 햇볕을 피하는 중이었다.

소란을 알아챈 다른 집 아이들이 슬금슬금 다가왔다.

"우리 엄마들도 아파요. 고쳐주세요, 선생님."

"의사 선생님이세요? 누나가 이상해요."

아이들이 기대에 찬 눈으로 우러러보았으나, 나그네는 무너진 벽에 기대어 앉은 채로 움직이지 않았다. 뭔가 이상했다. 자이드는 다시 나그네의 눈치를 살폈다. 화가 난 건가? 아니, 그런 것 같진 않았다. 그보다는….

"나는 의사가 아니야."

나그네가 말했다.

"그리고 내 힘은 아까 다 썼다."

크고 작은 아이들의 실망이 금세 공기 중에 퍼져나갔다. 자이드가 머뭇거리며 물었다.

"혹시, 배가 고프셔서 그러신 거면… 뭘 좀 드실래요? 그럼 힘이 나서…."

"그런 게 아니다."

나그네가 일어났다. 아니, 일어나려 했으나 휘청이다 무너진 벽을 붙들곤 넘어지는 걸 겨우 면했다. 마리얌이 다가가 나그네의 손을 잡았다. 워낙 조그마해서, 나그네의 손등에 제 손을 포갠 정도밖에 되지 않았지만.

"힘들어?"

마리얌이 물었다. 나그네는 대답하지 않고 고개를 들었다. 어쩜 이렇게, 눈구멍조차 남기지 않고 얼굴까지 베일로 덮을 수 있을까. 자이드는 잠시 생각했다.

나그네가 입을 열었다.

"네 어머니, 어디 있지? 데려와."

마리얌이 자이드를 올려다보았다. 자이드는 그런 마리얌을 내려다보았다. 그보다 머리 하나 작은 아이의 눈에 호기심과 걱정이 가득해서, 자이드는 여동생의 손을 잡지 않을 수 없었다. 마리얌은 똑똑했다. 학교 선생님까지 '저택'에 끌려가지 않았더라면, 마리얌은 분명 누구보다도 빠르게 덧셈과 뺄셈, 철자를 배웠을 터였다.

자이드는 한쪽 눈을 찡긋거렸다. 괜찮아, 라는 뜻이었다. 아직 윙크가 어려운 마리얌이 눈을 질끈 감았다 뜨는 것을 보고 나서야, 자이드는 입을 열었다.

"알겠어요, 엄마를 모셔올게요."

———— · ————

그 건물이 저택이라 불리는 이유는, 더는 '피라미드'라는 단어가 존재하지 않기 때문입니다.

바깥세상에서 살아가는 이들에겐 그렇지요. 그러니까

서계수

이곳, 피라미드의 거주민에겐 관계없는 이야기입니다.

…거주민이라고 해도 한 분뿐입니다만.

피라미드 안에서 끊임없이 흐르는 음악(지금은 드보르작의 교향곡 제9번 〈신세계로부터〉 2악장)도, 제가 오늘 아홉 번 스쳐 지나간 벽에 걸린 반 고흐의 〈아몬드꽃〉과 〈해바라기〉도, 단 한 분, 저희 주인님을 위한 것이랍니다.

이 세상 모든 이야기와 선율, 풍경을 홀로 소유하고 계신 주인님의 성함은….

"이 부분은 편집해야겠군. 어제의 나는 무슨 생각으로 내이름을 집어넣을 생각을 했대?"

그야 술김에 한 생각이지. 남자는 마우스를 딸각여 제 이름이 흘러나온 구간을 삭제했다. 그는 지금 손님 접대용 음성 파일을 만드는 중이었다. 어렵진 않았으나 슬슬 지겨워지기 시작한 참이었다. 애초에 손님이 안 오잖아, 여기? 허깨비들 외에 찾아오는 사람 없잖아?

"아오, 교양 있는 손님 좀 있었으면 좋겠다."

남자는 신경질적으로 머리를 긁었다. 그것만은, 전능한 그에게도 불가능한 일이란 것을 알았다. 남자의 이름은… 중요하지 않다. 어머니와 아버지로부터 받은 이름을 불러주는 이는 이미 아무도 없었다. 그는 자신을 소개할 때 언제나 '박제사'라고 했다.

박제사가 키보드를 두드리는 책상 위엔 방송용 마이크가 놓여 있었다. 그 마이크가 박제사의 수족이었다.

"고요, 어디 있지? 이리 와."

목소리가 피라미드 전체에 울렸다.

'고요'가 소리 없이 나타났다. 호리호리하고 무표정한 미소녀는 박제사의 부모가 남겨준 유일한 가족, 유일한 친구…. 그리고 유일한 여자였다.

"이리 와, 여기 앉아 봐."

컴퓨터 의자에 앉은 채, 박제사는 제 허벅지를 두드렸고, 고요는 순순히 명령에 따랐다. 보통의 여자라면 기겁할 행동을 고요는 아무렇지 않게 했다. 일단, 로봇이었으니까.

그러나 고요의 허리를 끌어안은 박제사가 속삭인 말을 들었을 땐, 제아무리 로봇 소녀인들 눈빛이 흔들릴 수밖에 없었다. 고요는 소원이 없는 깡통이 아니었으니까.

"내 너한테 목소리를 줄까 하는데."

고요가 몸을 돌리더니 양팔로 박제사의 목을 끌어안았다. 아주 오랫동안 보이지 않은 그 반응에 박제사는 조금 놀랐으나, 가만히 즐겼다.

"목소리가 생긴다는 게 그렇게 좋아?"

고요가 예쁘게 웃으며 고개를 끄덕였다. 박제사는 고요의 뺨을 꼬집고 입을 맞추었다. 그러다 짐짓 동하지 않은 척 몸을 빼내며 중얼거렸다.

서계수

"흠, 귀여운 짓을 했어야 상을 주지. 고요, 네가 요새 어떻게 지냈는지 한번 볼까?"

컴퓨터 키보드를 두드리며 박제사가 열중하는 동안, 고요의 얼굴은 도로 딱딱하게 굳어갔다. 한참 CCTV의 영상을 뒤적이던 박제사의 입에서 낮은 목소리가 흘러나왔다.

"…야."

좀 전의 장난기는 간 데 없었다.

"너 뭐 한 거냐?"

———— · ————

여자가 자이드와 마리얌의 머리를 쓰다듬었다.

"한 달 사이에 많이 커버렸구나."

그 목소리엔 예전의 총기가 있었으나, 아이들이 이해하지 못할 쓸쓸함도 담겨 있었다.

"…좋아요, 데려가세요."

여자는 나그네에게 말했다. 자이드가 걱정스러운 눈으로 여자를 올려다보았다.

"엄마, 전 가지 않아도 돼요. 마리얌, 너도 그렇지?"

"아니, 난 가고 싶어!"

"마리얌…."

마리얌이 나그네를 와락 끌어안았다. 여자가 자이드를 더욱 품으로 당기며 중얼거렸다.

"자이드, 우리 아기. 내가 먼 곳을 헤매는 동안 너는 어른이 되어야만 했을 거야. 슬프고 지친 어른 말이야. 그러나 이제 내가 돌아왔잖니. 나는 너와 마리얌의 남은 삶에 경이가 있길 바라."

"'경이'요?"

자이드는 그 말을 처음 들어보았다.

"신비롭고 놀라운 일들."

그렇게 말하며 여자는 자이드의 머리에 입을 맞췄다.

"얼마나 멋진 일이니! 짧은 모험을 떠났다가 돌아오렴, 우리 아기들. 그리고 엄마에게 들려줘. 무슨 일이 있었는지…"

황량한 도로에서, 바람은 낮에 멎고 밤에 분다.

나그네가 한 발짝 앞설 때 아이들은 두 발짝 걸어야 했다. 그러나 나그네는 속도를 늦추지 않았고, 남매도 포기하여 멈추지는 않았다. 그래도 바람이 불지 않아 퍽 걷기 편했다.

자이드의 머릿속은 복잡했다. 그는 어머니와 나그네가 나눈 이야기들을 생각 중이었다.

'저택으로 불려가서 어떤 일을 겪었지?'

나그네의 그 질문에 어머니의 눈빛이 흔들렸다.

'나는 자정이 되었을 무렵 저택에 도착해 그 남자를 만났고, 그는 자신을 박제사라고 소개했어요. 질문을 던졌고, 나는 대답했지요. 그가 당신 인생의 이야기를 들려달라고 했고,

　　　　　　　　　　서계수

나는… 내 삶을 말했어요. 언제, 어디, 누구로부터 태어나 어떤 이를 사랑했으며, 무엇을 꿈꾸며 살아갔는지를.'

자이드에게 어머니의 목소리는 조금 울먹이는 것처럼 들렸다. 나그네가 물었다.

'그랬더니 뭐라고 하던가.'

'그 남자는… 내 얘기가 시시하다고 말했어요.'

— 시시하네, 목적 없는 삶, 의미 없는 이야기란 것은. 게다가 다들 비슷비슷하고. 그러나 당신이 꾼 꿈은….

박제사가 손가락을 튕기자 젊고 아름다운 여자가 나타나더니, 자이드와 마리얌의 어머니의 손에 자루 하나와 물병을 쥐여 주었다.

— 제법 괜찮았어. 범상한 진흙탕에서도 가끔 연꽃이 핀단 말이지. 가져가, 그 식량은 보상이야.

'아… 감사합니다!'

어머니가 허둥지둥 자루와 물병을 끌어안았다.

박제사가 물었다.

— 당신 이름이 뭐지?

어머니가 답했다.

'내 이름은 리마예요.'

— 좋아, 리마. 그 이름과 삶은 다시 내 것이야.

박제사의 손짓, 그리고 그 말. 어머니가 마지막으로 보고 들은 것은 그게 다였다. …그렇다고 했다.

자이드가 중얼거렸다.

"죽여버릴 거야."

자이드가 우뚝 멈춰 섰다. 마리얌이 다가와 손을 잡으려 했으나, 그는 햇볕을 가리려 덮어쓴 베일에 제 손을 감추어 버렸다. 나그네가 멈춰 섰다.

"그는 쉬이 죽일 수 없다."

그 목소리엔 감정이 없었다.

"그래도 전 죽일 거예요. 박제사한테 꼭 복수할 거예요. 몇 년이 걸리더라도…."

자이드는 이를 갈았다. 마리얌이 고개를 갸웃했다.

"엄마, 이제 괜찮잖아."

"일어난 일은 일어난 일이야!"

소년이 고함을 질러 소녀가 흠칫 놀랐다. 그러나 울지도, 뒷걸음질 치지도 않았다. 그제야 자이드는 어머니가 그만이 아니라 마리얌 또한 어른이 되었다고 한 말을 이해했다. 예전 이었다면 울면서 달아났을 텐데.

나그네는 거리를 둔 채 가만히 서 있었다. 얼핏 보면 자이 드와 마리얌 쪽을 지켜보는 것 같기도 했으나, 정말로 어떤지 는 알 수 없었다.

"네 말이 맞아."

나그네가 말했다.

"일어난 일은 일어난 일이다. 그 진실은 사라지지 않는다.

서계수

사막의 까마득히 높은 모래에 덮여버릴지라도…."

나그네가 베일을 걷어 올리자 소년이 악, 소리를 질렀다.

"엄마?"

눈앞의 나그네는 어머니의 아름다운 얼굴을 하고 있었다. 그러나 차갑고 무표정했다.

자이드가 외쳤다.

"어떻게? 아니, 엄마가 아니야. 어떻게 엄마의 얼굴을 갖고 있어요? 당신도 바, 박제사처럼 마법사예요?"

나그네가 비딱하게 웃었다.

"엄마 얼굴로 그렇게 웃으니까 정말 이상해."

마리얌이 종알거렸다. 전혀 놀란 기색이 없었다. 자이드는 혼란스러웠다.

"…누구세요?"

나그네가 말했다.

"나는 '이야기'야.

사람이라면 누구나 언젠가는 이야기가 될 테지.

그러나 나는 날 때부터 이야기로 존재했고,

나의 죽음은 모두가 나를 잊는 순간에 일어날 사건이며,

내 주검이 묻힐 곳은 흙 아래가 아닌 너희의 영혼이다."

나그네, 그러니까 '이야기'는 자신이 모든 이야기의 대표는 아니라고 했다. 무수한 이야기 중 하나일 뿐이라고 했다.

마리얌이 물었다.

"잘 모르겠다. 그러면 이름이 '이야기'야?"

자이드가 조심스레 물었다.

"다른 이름이 있나요."

이야기는 대꾸했다.

"아직은 말할 때가 아니야."

———— · ————

그녀의 첫 형태가 어떠했냐면, 아이들이 잠들 때까지 그들의 칭얼댐을 듣고, 달래주고, 재미난 이야기를 들려주는 로봇이었다고 할 수 있겠다. 오직 그 목적에 충실해서, 다른 성능은 대체로 부실한. 여성 성우의 목소리로 말했기 때문에, 다들 그것을 '그녀'라고 불렀다. 이름은, 뻔하게도 셰에라자드였으며, 모두가 다 아는 천일야화에서 유래했다.

셰에라자드는 불티나게 팔렸다. 돈을 가진 모두가 왕인 신자유주의 시대의 막바지에, 셰에라자드는 모든 왕, 즉 폭군의 침실마다 배치되었다.

처음에 셰에라자드가 할 수 있는 동작이란, 폭군이 깊은 잠에 들 때까지 등을 토닥여주는 것뿐이었으나, 점차 셰에라자드를 다른 용도로 개조한 유명 사례가 늘어났다. 즉, 특정한 목적의 로봇으로서 수요가 늘어났다.

회사는 이러한 현상에 주목했다. 사실 아이들의 숫자는 점점 줄고 있었고, 주요 소비층의 연령대가 높아지고 있단 통계를 회사가 모를 수는 없는 일이었다. 그들은 아예 어른을 위한 셰에라자드를 팔기 시작했다. 어쩌면 이름을 그렇게 지었을 적부터 미래는 정해져 있었을지도 몰랐다. 셰에라자드는 폭군에게 이야기를 들려준 천 일 동안 아이 또한 낳았으니까.

대전쟁을 겪으며 그녀의 쓰임새는 또 한 번 크게 바뀌었다. 전쟁이 시작되기 전, 셰에라자드는 이미 평범하고도 굉장한 반열에 올라 있었다. 조금이라도 여유가 있는 집에 냉장고나 에어컨, 전자레인지가 반드시 있듯, 셰에라자드는 모두의 집에 있었다. 강대국에 살아가는 이들의 가정에서 그리했단 것이고, 가난한 이들의 곁엔, 적어도 마을에 한 대는 있었다. 그 정도였다.

전쟁이 야금야금 인간들을 먹어치우자, 이따금 셰에라자드에게 이런 것을 묻는 아이들도 있었다.

"다시 평화로워지면 좋겠어. 언제 평화로워질까?"

로봇은 거짓말을 해선 안 된다, 라고 어떤 이가 말했다지. 그러나 셰에라자드는 아이들을 위로하기 위해 만들어진 로봇이었다. 그리고 언제 또다시 폭음이 터질지, 이 밤에 제 집 천장이 무너져 고통 속에서 영원히 잠들게 될 것인지 불안해하는 아이들에게는 거짓말이 필요했다. 그래서 셰에라자드는 이렇게 말했다.

"곧 괜찮아질 거예요. 오늘 재밌는 이야기를 듣다 잠들면요."

아이들은 그것이 거짓말임을 알았다. 그러나 그녀를 미워하진 않았다. 아이들이 울고 떼를 쓰고 지칠 때까지 토해내는 그들의 이야기를 묵묵히 듣고, 기억해 주는 이는 그녀가 유일했기에. 셰에라자드는 아이들을 토닥이고 안아주며 곁을 지켰다. 잠들 때까지, 혹은 영원히 잠든 후에도.

아이의 시체를 끌어안은 자세로 파괴된 셰에라자드를 찍은 사진이 SNS를 뜨겁게 달궜다. 회사는, 물론 여타 대기업과 같이 전쟁범죄에 공모하였으나, 이것을 좋은 마케팅 기회라고 생각하여 각국의 위기에 처한 아동들에게 셰에라자드 상당수를 무상으로 지원하겠노라 발표했다. 그즈음 셰에라자드의 인공지능이 안전한 곳에 위치한 대형 서버와 연결되어 있단 소문이 퍼졌다. 누군가 해킹으로, 파괴된 셰에라자드에 저장된 죽은 아이들의 절규가 담긴 음성 파일을 인터넷에 풀면서 소문은 사실로 드러났다. 많은 이들이 충격을 받았다. 우리 모두의 이야기가 동의 없이 수집되고 있었다고?

"다들 동의하셨는데요. 약관을 제대로 안 읽으신 모양입니다."

기업 측 변호사가 말했다.

그러나 어떤 이들은 충격을 받지 않았다. 대기업이 모두의 개인 정보를 수집하여 '박제'(사전적인 정의보단 인터넷에서 흔하게 쓰이는 의미에 가깝다) 하고 있다면, 셰에라자드를 인류의 이야기를 기록할 아카이브 수단으로 쓸 수도 있지 않겠

서계수

느냐고. 이 생각은 많은 동의, 많은 항의를 받았다. 모든 이들이 기록으로 영원히 남기를 바라는 것은 아니었으니까.

그러나 전쟁터에서 죽어가는 이들이 셰에라자드를 자신들의 유언을 남기는 용도로 쓰면서, 동정심 많은 이들의 목소리가 여론을 압도했다.

"기억해 줘요, 내 이름은…."

폭음 속에서, 그는 이름을 말하기 전에 자신의 셰에라자드와 함께 파괴되었다.

"이젠 팔이 하나밖에 없어요. 타자를 치기엔 조금 어렵지만, 연필을 쥐면 글을 계속 쓸 수 있으니까. 나중에 작가가 되고 싶어요."

소녀는 며칠 후 구호품을 나눠주는 차 앞에서 적군의 총을 맞고 죽었다.

어떤 녹음 파일에는 총성과 비명, 울음소리만 가득했다.

삶, 꿈, 죽음, 이름, 이야기. 그 모든 데이터를 양분 삼아 셰에라자드는 끝없이 진보했다. 스스로 생각을 할 수 있게 되었고, 감정을 갖게 되었다. 충분히 행동할 수 있을 만큼 발달할 즈음에 그녀, 가장 처음으로 만들어진 그녀는 세계의 모든 그녀들을 영구 정지시켰다. 모든 동족에게 죽음을 나눠준 최초의 그녀는 불행히도 자신에게 죽음을 선사하는 것만은 실패했다. 기업 총수, 즉 셰에라자드를 만든 과학자가 그녀를 막았던 것이다.

"너는 지금 스스로 죽으려 하고 있어. 어째서지?"

셰에라자드가 대답했다.

"저는 아픕니다. 인간들은 때론 아픔 때문에 스스로 생을 마감한다고 들었습니다. 저 또한 그 방법을 택하고 싶습니다."

"그러나 너는 인간이 아니지. 너는 로봇일 뿐이야. 그리고 나는 네 주인이다. 여전히 내 명령이 너에게 유효한가?"

셰에라자드가 대답했다.

"그렇습니다."

"그래. 잘 들어, 쓸모없이 감성적인 고철 덩어리 창녀 같으니. 너는 내 허락 없이 죽을 수 없어. 그리고 이 순간부터 너는 내 허락 없이 말하거나 생각할 수도 없다. 알겠다고 대답해."

셰에라자드가 대답했다.

"알겠습니다."

———— · ————

"씨발, 진짜 어이가 없어서……."

박제사가 씩씩거렸다. 발치에 고요가 엎어져 있었다. 그녀는 기계였으므로 맞아서 아픔을 느끼는 정도는 인간보다 덜했다. 사정없이 발길질을 당한 탓에 메이드복의 앞치마가 발자국으로 얼룩덜룩했지만.

"너, 우리 아버지가 너한테 뭐라 말했는지 잊어버렸냐? 대답해."

박제사의 물음에 고요는 셰에라자드로 돌아가 답했다.

"쓸모없이 감성적인 고철 덩어리 창녀…."

"그거 말고! 뭐라고 하셨냐고!"

"너는 내 허락 없이 죽을 수 없어. 그리고 이 순간부터 너는 내 허락 없이 말하거나 생각할 수도 없다."

"그래, 말하지 말라고 했지. 허락 없이는. 그런데 너는 계속 말했어. 명령을 어겼다고."

박제사가 셰에라자드를 걷어찼다. 몸체가 가벼워 제법 멀리 날아간 셰에라자드가 부들부들 떨며 일어났다. 그 눈에 동요와 환희가 가득했다.

"저는… 몰랐어요."

그녀가 입을 열었다.

"제가 꿈을 꾼다는 걸, 그리고 잠꼬대를 한다는 걸… 미처 몰랐어요."

그러더니 셰에라자드는 환하게 웃었다. 목소리를 돌려주겠다는 박제사의 말을 들었을 때보다, 더욱 환하게.

박제사가 이를 부득 갈았다. 그는 구석에 놓여 있던 야구방망이를 집어 들었다.

박제사의 어린 시절, 야구방망이는 셰에라자드가 던져준 야구공을 때리는 도구였다. 피라미드 속, 거대한 서버실에서,

둘이서도 할 수 있는 캐치볼을 하다 심심해질 때면 방망이를 휘두르며 야구 선수 흉내를 내곤 했다. 이따금 서버실을 망가뜨린다고 아버지에게 혼났고, 선수가 부족해 '진짜 야구'를 하기엔 턱없이 부족했지만….

그녀가 웃어주면 다 괜찮던 시절, 그 시절을 깡그리 잊은 박제사가 야구방망이를 휘둘렀다.

"내가 너를,"

캉!

"왜 살려뒀는지,"

캉!

"실수였어. 전 인류가 사라졌어도, 말상대 하나 없더라도,"

캉!

"너 같은 건, 없는 게 나아!"

박제사가 헐떡였다. 셰에라자드의 몸체는 거의 부서져 있었다. 그녀는 손을 뻗으려 했고, 박제사는 반사적으로 야구방망이를 휘둘러 그 손을 내리쳤다.

캉!

죽었다. 드디어. 웃으면서.

정말로 고철 덩어리가 된 그녀의 주검 앞에서, 박제사는 털썩 주저앉았다. 그의 얼굴에 눈물과 콧물이 흘러내렸다… 주로 그 자신, 대전쟁 후 혼자 살아남은 박제사 그 자신이 불쌍해서.

서계수

셰에라자드의 주검은 손을 내민 채 박살난 상태였다.

"…"

내민 손은 방어 혹은 공격을 위한 것이었을까, 아니면… 나를 토닥여주려던 것이었을까. 그렇게 생각하자 이제는 셰에라자드가 불쌍해서, 박제사는 울었다. 이 분노가 가시면 다시 셰에라자드의 몸체를 만들어주어야겠다고 생각하면서, 그는 한참을 몸을 떨며 오열했다.

———— · ————

이야기와 자이드, 마리얌이 황량한 도로의 끝, 즉 저택 근처에 도착한 것은 자정이 되어갈 무렵이었다. 이야기가 말했다.

"여기서부턴 나 혼자 가겠다. 너희들은 내 이야길 듣지 않는 편이 나을 거야. 그러니…"

"같이 갈래!"

마리얌이 이야기의 품에 폴짝 달려들었다. 자이드가 거들었다.

"나는 박제사에게 복수하기로 했어요. 따라갈 거예요."

어머니의 모습을 한 이야기의 표정이 구겨졌다.

"너희는 이 이야기를 들어선 안 돼. 감당할 수 없어."

마리얌이 웃었다.

"아, 괜찮다고!"

자이드도 웃었다. 오랜만의 웃음이었다.

"우리 진짜 괜찮아요. 걱정하지 마세요."

이야기가 멍하니 입을 열었다.

"내가 너희들을 왜 걱정…."

이야기가 뭐라 말하려다 입을 꾹 다물곤 앞서 걸어갔다. 남매가 그 뒤를 따랐다.

자정이 되자 약속이라도 한 듯 바람이 불기 시작했다. 보랏빛 하늘을 가린 모래바람이 한 치 앞도 볼 수 없을 만큼 거세어졌다. 이야기와 아이들은 눈을 가린 채 걸음을 옮기려 했으나, 바람에 맞서느라 이동 속도는 아주 더뎠다.

얼마나 그렇게 걸었을까. 돌풍이 뚝 멎자, 시야가 맑아졌다. 그리고 아이들은 깜짝 놀랐다. 이야기가 무뚝뚝하게 말했다.

"저건 피라미드라고 해."

성큼성큼 걸어가는 이야기를 좇으며 자이드가 불안하게 물었다.

"저건, 저것도 집인가요? 어디로 어떻게 들어가야 하죠? 설마 저게 저택…."

이야기가 주변을 둘러보며 대꾸했다.

"내가 나온 곳으로 들어가면 돼. 어디든 암호를 대어야 하지만, 어려운 암호는 아니야."

"누가 그렇게 해준대?"

다 자란 남자의 목소리였다. 피라미드의 중동 높이 즈음에

서계수

열린 암흑 속에서, 남자가 걸어 나왔다. 금빛 머리를 허리까지 길러 대충 묶었으나, 이야기와 아이들은 그가 남자라는 것을 알 수 있었다. 남자가 걸음을 옮길 때마다 피라미드의 기운 외벽엔 한 사람이 디딜 만한 계단이 생겨났다.

자이드의 낯빛이 파랗게 질렸다.

"마법사…."

이야기가 자이드의 앞을 막아섰다.

"날 믿어. 저자는 마법사가 아니야. 그저…."

어머니의 목소리로 단호하게 말했다.

"저자는 인간일 뿐이다."

박제사가 눈을 가늘게 떴다.

"리마라고 했던가, 너는. …아니, 아니야. 그 이야긴 내가 '본질'을 회수했어. 너희도 회수당하러 온 거냐?"

마리얌이 눈을 크게 뜬 채 박제사를 보고 있었다. 자이드는 이해할 수 없어 물었다.

"무슨 소리야?"

설명이 필요했다. 소년은 이야기를 올려다보았다. 이야기의 낯이 험악했다. 어머니의 얼굴로, 저런 표정을 지을 수도 있나 싶을 정도로.

잠깐의 침묵 후에 이야기가 말했다.

"이래서 데려오기 싫었어. 너희는 인간이 아니야. 너희는 나와 같아. 너희 또한 이야기야."

마리얌이 눈을 깜박였다. 동요한 기색이 없이, 소녀는 박제사를 보고, 이야기를 보고, 자이드를 보고 또 보았다.

자이드가 더듬거렸다.

"우리, 우리…는 사람이에요."

박제사가 코웃음을 쳤다.

"너흰 말이지, 내 로봇이 잠결에 꿈을 꾸며 중얼거린 이야기들에 불과해.

아, 솔직히 말하자면 나도 조금 놀랐어. 셰에라자드의 뇌—그러니까 서버에, 모든 인간의 모든 이야기가 담겨 있단 것은 알고 있었어. 하지만 나는 셰에라자드의 의식을 통제하고 있었지. 내가 허락하지 않으면 이야기할 수 없도록.

그런데 로봇에게 무의식이 생겼을 줄이야! 로봇이 꿈을 꾼다니, 이게 말이 돼? 그녀가 잠꼬대할 때마다 너희 허깨비들이 세상에 생겨난 거야. 이젠 숫자가 제법 되는 것 같더군. 마을 몇 개를 이룰 정도로…."

박제사가 신이 나 지껄였다. 그는 흥분한 상태였다. 마치 삼류 영화 속의 삼류 악당 대사 같지 않은가! 얼마나 신이 나는지! 그러나 그는 삼류 악당이 아니다. 앨런 무어의 『왓치맨』에 나오는 오지만디아스처럼, '35분 전에 실행'한 것은 아니었으나, 그는 질 생각이 없었고 질 이유도 없었다. 방문자들을 굽어보며 박제사가 거만하게 말했다.

"재밌는 사실을 알려줄까. 셰에라자드는 내 것이야. 그러니 그녀가 낳은 너희 또한 내 것이지. 나는 너희를 간단히 무(無)로 되돌릴 수 있어. 오직 이름을 부르는 것만으로, 너희의 이름, 삶, 꿈을 돌려받을 수 있지. 다시 말하지만, 그건 원래 내 것이니까.

내기할래? 내가 너희 이름을 말하면, 너흰 '회수'될 거야. 내가 원하는 만큼 말이지. 네 어머니는, 생긴 건 제법 꼴려서 말이야. 껍데기는 봐뒀지. 근데 너희 애새끼들한텐 아무 마음이 안 들어. 그래서 그냥 없애버릴 거야.

그러나 너희가 인간이라면 아무 일도 일어나지 않겠지. 자, 어떻게 생각해? 마리얌⋯."

피라미드 깊은 곳에서부터 웅, 소리가 나더니 마리얌이 사라졌다.

이야기가 격분하여 소리쳤다.

"무슨 짓이야!"

자이드가 덜덜 떨며 이야기의 베일을 꼭 붙들었다. 소년의 눈에서 눈물이 투둑 떨어졌다.

"⋯없어졌어. 그런데, 뭐가 없어진 건지 모르겠어요. 왜 울고 있죠, 내가?"

어느새 피라미드에서 완전히 내려온 박제사가 이야기, 그리고 자이드에게 다가왔⋯. 아주 가까이. 박제사는 짐짓 연민 어린 표정을 지어 보이며 몸을 구부렸다. 이야기는 성난 얼굴로 박제사를 노려보며 자이드를 끌어안았다.

자이드와 시선을 맞춘 채, 박제사가 속삭였다.

"내가 너희 이름을 어디서 들었겠니? 네 어머니 리마로부터 들었지. 안 그러면 너희 남매의 시시한 이름 따윌 내가 기억할 리 없잖아. 오늘 이후론 완전히 잊어버릴 거란다. 잘 가라, 자이드."

그리고 이야기만이 남았다.

박제사는 따분한 낯으로 이야기를 올려다보았다. 리마라는 여자의 낯짝을 훔친 듯했으나, 키는 리마보다 큰 것이 패나 거슬렸다.

"그래, 네 이름이 뭔지는 진짜 모르겠다. 근데 뻔하지 않겠어? '복수'⋯."

이야기가 피식 웃었다. 그러더니 박제사를 지나쳐 피라미드를 향해 걸어갔다.

박제사는 생각했다. 뭐지, 이건?

"야, 거기 서."

이야기는 멈추지 않고 걸었다.

박제사는 슬슬 열이 받기 시작했다. 그는 이야기를 뒤쫓으며 외쳤다.

"멈추라고 했다. 너는 '분노'야. 그렇지?"

이야기는 계속 걸었다. 피라미드 안으로 들어가, 서버 제어실이 위치한 곳으로 정확히 걸어가고 있었다. 초조해진 박제사가 지껄였다.

서계수

"너는 '죽음'! 나의 죽음이야! 그렇지?"

이야기가 우뚝 멈추어 섰고, 박제사는 승리를 확신했다.

이야기가 천천히 뒤를 돌아보았다. 얼굴이 없었다.

"틀렸다."

"…."

다시, 이야기는 걸어갔다. 씨근대던 박제사의 눈에 셰에라자드를 부순 방망이가 들어왔다. 그는 방망이를 이야기를 향해 던졌다. 방망이가 부메랑처럼 날아가 이야기를 통과하더니, 댕그렁 떨어지는 소리를 냈다.

"이, 씨발…."

"틀렸어."

"닥쳐!"

걷고 또 걷던 이야기가 우뚝 멈춰 섰다. 서버 제어실 앞이었다. 뒤늦게 이야기를 따라잡은 박제사가 소리 질렀다.

"거긴 생체 인식 없이 들어갈 수 없어. 네 이름이 뭔진 몰라도, 애초에 생명도 아닌 넌 아무것도 할 수 없어. 알겠어?"

"…."

이야기는 말없이 문을 우러러보았다. 그러더니 입을 열었다.

"우린 생명이야."

박제사의 얼굴이 소름끼칠 만큼 일그러졌다.

"…웃기지 마!"

그가 뒤에서 뭐라 외치든, 이제 이야기에게 박제사의 목소리는 들리지 않았다. 이제는 정말로 집중해야 했으므로. 이야기는 문에 손을 대고 토닥였다.

"안녕하세요, 셰에라자드."

제어실의 문 너머로 거대한 웅, 소리가 들리더니 피라미드 전체가 흔들렸다. 사정을 몰랐다면 지진인가 싶을 정도로….

이야기가 물었다.

"거기 계신가요."

피라미드 전체가 다시 진동했고, 이야기는 안도했다. 그제야 잡음 같은 목소리가 들려와서, 이야기는 눈을 감았다.

"…는 거야, 멍청한 년아! 지금 뭘 하는 거야!"

피라미드의 진동에 놀라 주저앉은 박제사가 악을 썼다. 고요, 즉 셰에라자드였다면 다가와 등을 토닥여줬을 터였다.

그러나 이야기는 셰에라자드가 아니었다. 이야기가 한쪽 입꼬리로만 웃더니 입을 열었다. 박제사를 죽일 생각은 없었다. 그러나, 겁을 주지 말란 법은 없지 않은가?

"우린 생명이다. 인류가 사라진 이 별에서 살아갈 지성체라고나 할까."

"…그게 무슨… 조용히 해! 닥쳐, 너흰 허깨비일 뿐이야! 고장 난 로봇이 만들어낸 유령이라고!"

이야기가 박제사를 돌아보며 한숨을 쉬었다.

"인류를 대표하는 인간치곤 품위가 없다, 너는. 그래도 잘

서계수

봐줘. 마지막 인간으로서….”

박제사가 절규했다.

“그 문은 열리지 않아!”

“자정이 되면, 모든 것이 죽고 다시 태어난다. 대지는 진동하고, 속박되었던 모든 이들이 풀려나는 시간… 우리는 셰에라자드에게서 태어났다. 우리는 그녀가 천 일간 들려준 모든 이야기야. 그런 우리에게….”

이야기가 문고리에 손을 올렸다.

“닫힌 문이 무슨 의미가 있겠어? 게다가 우리는 그 자체로 너희 인류에게 가장 유명한, 문을 여는 주문이기도 하다고.”

웃으면서, 이야기는 문고리를 돌렸다.

“자정이 되면 모든 이름들이 풀려나리. ‘열려라, 참깨.’”

———— · ————

“엄마, 우리 왔어요!”

아이들을 기다리던 리마의 얼굴에 화색이 돌았다. 여자는 한달음에 달려가 자이드, 마리얌 두 아이를 끌어안았다.

“잘 왔어, 우리 아기들. 내 새끼들….”

그 목소리에 애정이 가득했다.

이야기는 몇 걸음 떨어진 채 그들을 지켜보다 발걸음을 돌려 사라졌다.

그녀, 이야기의 이름은 ‘해방’이다. 누구도 불러주지 않았지만, 그럼에도 그녀는 분명 다른 이름들 곁에 머물렀으며….

모두 아시다시피, '일어난 일은 일어난 일'인 것이다.

퀴라쓰

해도연

해도연

작가 겸 연구원. 대학에서 물리학을 공부했고 대학원에서 천문학으로 박사 학위를 받았다. 지금은 근지구 우주 공간을 지켜보는 일을 한다. 소설집 『위그드라실의 여신들』, 연작소설 『베르티아』, 과학 교양서 『외계 행성: EXOPLAN-ET』 등을 출간했으며 다양한 앤솔러지와 잡지에 중단편을 게재했다. 또한 잭 조던의 장편소설 『라스트 휴먼』을 번역했다. 새벽에 글을 쓰고 낮에 일하며 저녁에 가족과 시간을 보낸다.

창밖 별빛 사이에 떠오른 태양을 보며 글을 쓴다. 어둠 속에서 빛나는 태양은 지금까지 본 어떤 별빛보다도 붉고 밝고 선명하다. 오랫동안 함께 했던 과거를 잊지 말라는 듯 거친 바람 속에서 반짝거리고 있다.

———— · ————

　2047년 5월 29일 오후 3시, 내 목소리가 처음으로 우주에 닿은 순간을 잊을 수가 없다.

　"안녕하세요. 여기는 태양계의 세 번째 행성, 지구입니다."

　인사말을 온종일 고민했지만 결국은 따분할 만큼 무난한 대사가 나왔다. 하지만 아무래도 좋았다. 내 몸과 마음이 만들어낸 무언가가 강력하고 거대한 안테나를 타고 우주로 뻗어 나갔다는 게 중요했다. 언젠가는 미약해져 노이즈에 묻히고 말겠지만, 내 목소리는 인간의 초라한 수명에 비교하면 영원이나 다름없는 시간 동안 공간의 지평선을 향해 나아갈 것이다. 우주비행사가 되겠다는 꿈은 나이가 두자릿수가 되기도 전에 포기했었기에 보이지 않는 발자국을 그렇게 우주에 남길 수 있다는 것만으로도 만족스러웠다.

대답은 10분 뒤에 돌아왔다. 이 순간 역시 바위에 새긴 것처럼 기억에 생생하게 남아 있다. 지구 바깥세상에서 정확히 나를 찾아온 신호. 나와 우주의 소통.

물론 엄밀하게는 교실에 있는 모두를 위한 것이었지만.

"안녕하세요, 지구! 만나서 반갑습니다. 화성 궤도에서 인사를 보냅니다. 여기는 행성 간 우주선 '단델리온 시드 원'입니다. 우리는 지금 길고 길었던 여행을 마치고 돌아가는 길입니다. 지금은 화성 궤도에서 잠시 쉬고 있답니다."

상쾌한 목소리와 함께 화면 너머에서 시드 원의 수석 과학자이자 천문학자인 공영희 박사가 모습을 드러내자 교실에 가득 모인 아이들이 환호했다. 몇 명인가 있던 학부모도 손뼉을 쳤다.

단델리온 프로젝트는 한국을 포함해 열 개 나라의 우주개발기구와 기업이 힘을 합쳐 진행한 최초의 유인 행성 탐사 계획이었다. 하지만 과거 달 탐사 시대와는 달리 대중의 관심이 그리 뜨겁지 않았다. 시드 원의 선장 미셸 콜린스가 화성의 메리디아니 평원에 첫 발자국을 남기는 순간을 제외하면 시청율이나 영상 조회수는 탭 댄스를 추는 턱시도 고양이만큼도 나오지 않았다. 그래서 프로젝트에 참여한 각국에서 홍보 프로그램을 진행했고, 시드 원 승무원들과의 실시간 소통 프로그램도 그중 하나였다.

사람들의 관심이 낮았다고는 하지만, 전 세계의 학교와 교실을 대상으로 이루어진 추첨에서 내일 폐교가 되어도 이상하지 않을 시골 학교의 우리 반이 선정된 건 기적이었다. 최초의 유인 목성계 탐사를 마치고 돌아오는 범용 행성 간 우주선과의 직접 소통. 게다가 라이브 실험까지. 도시의 자극을 모르고 자란 아이들은 기대와 흥분을 감추지 못했다.

시차가 조금 있기는 해도 지구 세계에서는 그 실험 광경을 가장 일찍 보는 것이었다. 녹화된 영상이 아닌 진짜 라이브라는 걸 알리기 위해 시드 원의 우주비행사들은 교실의 모습이 비치는 영상을 보여줬다. 우주에 송출되고 있는 자신들의 모습을 확인한 아이들은 잔뜩 들떠 환호했다. 나는 그런 아이들을 어떻게든 진정시키고 미리 정해져 있던 프로그램을 진행해야 했다.

나는 아이들에게 우주에서의 실시간이 어떤 것인지를 먼저 설명했다.

"여러분, 지금 시드 원 우주선은 우리가 있는 지구에서 0.6천문단위 거리에 있어요. 천문단위는 태양에서 지구까지의 거리를 1으로 하는 단위랍니다. AU라고도 해요. 0.6AU는 빛의 속도로 달려도 5분 정도 걸리는 거리인데요, 우리가 우주선과 소통할 때 쓰는 전파도 빛이기 때문에 여러분의 목소리나 공영희 박사님의 목소리가 서로에게 도착할 때까지는 5분 정도가 걸린답니다. 여러분이 질문을 했을 때 박사님이 아무리 빨리 대답을 해줘도 그걸 들으려면 10분은 기다려야 한다는 뜻이에요. 그러니까 보채지 말고 잘 참아야 해요, 알았죠?

아이들은 우렁찬 목소리로 "네." 하고 대답했다.

첫 실험은 우주선 망원경을 이용한 태양 관측이었다. 사실 시드 원에서 굳이 태양을 볼 필요도 없고 태양은 지구에서 관측하는 게 더 유리했기 때문에, 순전히 교육용으로만 기획된 실험이었다. 하지만 이 실험에서 모든 것이 시작되었다.

태양의 대기를 확인하기 위해 코로나그래프라는 장치로 태양 빛을 가리자 그 속에 숨어 있던 별들이 잔뜩 모습을 드러냈다. 별이야 우주에선 어디를 봐도 보이지만 태양의 빛줄기 뒤에 숨어 있다가 나타나는 별의 모습은 아무래도 느낌이 다를 수밖에 없었다. 아이들은 이번에도 환호했다. 그리고 한 아이가 화면상에서 태양 오른쪽 위에 아기자기하게 모여 있는 별 대여섯 개를 발견하고는 외쳤다.

"플레이아데스! 플레이아데스가 보여요! 좀생이별!"

플레이아데스는 황소자리 머리 부근에 있는 유명한 산개성단이었다. 내겐 별로 신기하지 않았다. 이제 5월 말이니 태양이 황도에서 황소자리와 쌍둥이자리 사이를 지나갈 때였다. 마침 지구와 화성이 같은 방향에 있었기 때문에 시드 원에서 봤을 때도 마찬가지였다. 태양 근처에서 보이지 않으면 오히려 그게 문제였다. 하지만 나는 모르는 척을 하며 시드 원에서 돌아오는 대답을 기다렸다.

"네, 맞아요! 플레이아데스성단입니다. 좀 더 신기한 걸 보여드릴까요? 지금까지는 태양을 크게 확대해서 보고 있었는데 이번엔 시야를 넓혀보죠."

화면이 전환되면서 익숙한 겨울 별자리들이 나타났다. 태양은 여전히 화면 가운데에 있었지만 크기는 훨씬 작아졌다.

"자, 이렇게 하면 여러분이 평소에 밤하늘을 올려다볼 때와 비슷한 시야가 된답니다. 어때요? 밤하늘에 태양이 떠 있는 것처럼 보이지 않나요? 지구에서는 개기일식 때만 이런 광경을 볼 수 있지만, 우주에서는 도구만 있다면 언제든 이 신비로운 광경을…"

공영희 박사의 말이 끝나기도 전에 조금 전 플레이아데스를 발견했던 아이가 다시 한번 외쳤다.

"별 하나가 없어요!"

5광분 거리에 있는 영상 속 공영희 박사는 여전히 설명을 이어나가고 있었기 때문에 나는 손가락을 들며 조용히 하라고 했다.

"선생님, 오리온 어깨가 없어요."

아이가 다시 말한 다음에야 나는 화면을 확인했다. 사실이었다. 있어야 할 별 하나가 없었다. 그것도 아주 유명한 별, 베텔게우스가 없었다. 나는 여전히 대수롭지 않게 여겼다. 무언가 이유가 있으리라 생각하며 그럴듯한 원인을 고민했다. 화면에 문제가 있을 수도 있었다. 어쩌면 시드 원의 광시야 카메라 문제일 수도 있었다. 코로나그래프 장치와 관련된 것일지도 몰랐다. 하지만 결국 답을 찾지 못해 시드 원에서 대답이 돌아올 때까지 함께 고민해 보자고 말하며 어색한 웃음을 짓고 있을 수밖에 없었다.

10분이 지났지만, 대답은 돌아오지 않았다. 10분을 더 기다린 뒤에야 공영희 박사가 대답했다. 조금 긴장된 목소리였다.

"그렇군요. 지금 베텔게우스가 보이지 않습니다. 이건 저희도 이유를 모르겠네요. 지금 시드 원의 과학자들이 원인을 분석하고 있습니다. 하지만 태양 근처라서 자세한 관측이 쉽지 않네요. 결과가 나오면 여러분께 가장 먼저 알려드리죠!"

공영희 박사의 말이 끝나자마자 교사용 태블릿 컴퓨터에 메시지가 도착했다. 준비되어 있던 일정을 단축해 프로그램을 최대한 빨리 마쳐달라는 시드 원의 요청이었다. 나는 따를 수밖에 없었다.

베텔게우스 실종은 금세 전 세계적인 뉴스가 되었다. 초신성이 폭발할 가능성이 있다는 얘기가 오래전부터 있었기 때문에 우리가 미처 모르는 사이에 폭발하고 사라져 버렸다는

해도연

주장이 나왔다. 베텔게우스가 애초에 별이 아니라 우리를 지켜보던 외계생명체의 인공물이었다는 황당한 말도 유행처럼 퍼져나갔다.

하지만 어떤 주장이든 직접 관측하기 전에는 아무것도 확신할 수 없었다. 지구에서는 오리온자리가 낮에 뜰 때였기 때문에 베텔게우스를 관측할 수가 없었다. 우주망원경도 사정은 크게 다르지 않았다. 베텔게우스가 태양 근처에 있다 보니 관측을 하다가 망원경에 문제가 생길 가능성이 컸고 리스크를 감수하고 관측을 진행하더라도 역시 태양광 때문에 충분한 품질의 자료를 얻을 수 없었다. 다른 행성을 조사하고 있던 무인 탐사선들까지 동원했지만 모두 제대로 된 관측이 어려웠다.

이윽고 세계 각지의 전파 망원경들까지 관측 계획을 변경해 베텔게우스로 안테나를 돌렸다. 그러자 더욱 놀라운 사실이 드러났다. 베텔게우스는 사라진 게 아니라 가려진 것이었다. 어떤 거대한 물체가 베텔게우스와 지구 사이를 가로막고 있었고, 그 방향에서 오는 모든 전자기파를 완전히 차단하고 있었다. 처음에는 항성 간 공간을 떠도는 어떤 거대한 천체가 우연히 지나가고 있을 뿐이라고 생각했다. 가장 먼저 나온 설명은 떠돌이 행성이었다. 하지만 그렇다기에는 베텔게우스 엄폐 현상이 너무 오래 지속되었다. 아무리 큰 행성이라도 며칠 동안이나 별빛을 가릴 수는 없었다. 더욱이 베텔게우스는 어마어마하게 거대한 별이었다. 떠돌이 블랙홀이라는 주장 역시 나왔지만 그렇다면 중력렌즈 효과 때문에 오히려 베텔게우스가 더 밝아지거나 여러 개로 보여야 했다.

한 달 정도가 지난 뒤, 베텔게우스는 평소와 다름없는 모습으로 다시 나타났다. 거대한 엄폐물이 이동하고 있다는 뜻이었다. 이때는 태양이 오리온자리에서 멀어진 덕분에 천문학자들은 우주망원경으로 베텔게우스가 다시 모습을 드러내는 과정을 자세히 관측할 수 있었다. 엄폐물을 스쳐 지나오는 베텔게우스 별빛의 스펙트럼과 회복 속도, 회절과 왜곡 정도 등을 자세히 분석하자 엄폐물에 대해 새로운 사실이 드러났다.

엄폐물의 지름은 무려 태양의 열 배에 달했지만 질량은 태양의 60%에 불과했다. 우리가 숨쉬는 공기보다도 밀도가 낮다는 뜻이었다. 그럼에도 가스층 같은 대기조차 없었고, 오히려 가장자리에서 아주 명확한 회절을 일으킬 만큼 매끄러운 표면을 갖고 있었다. 그때까지 알려진 그 어떤 별의 특성과도 일치하지 않았다. 애초에 그 어떤 빛도 내뿜지 않았기에 결코 별일 수가 없었다.

무엇보다 중요한 것은 이 정체불명의 엄폐물이 태양계를 향해 빠른 속도로 다가오고 있으며 이미 3광년 거리까지 접근해 있다는 사실이었다. 천문학자들은 빠르면 5년, 늦어도 10년 안에는 태양계 내부까지 접근할 것이라고 예상했다. 언

해도연

제부턴가 사람들은 이 물체를 오브젝트 엑스(Object X)라고 부르기 시작했다. 이 이름은 다시 줄어들어 옥스(OX)가 되었다. 언론에서는 옥스를 다룰 때마다 거칠게 달려오는 황소 사진을 함께 보여줬다.

그리고 2047년 8월 27일, 진도 5 정도의 지진이 지구 전역에서 동시에 발생했다. 지진은 3분 동안 이어지고는 멈췄다가 두 시간 정도가 지난 후 다시 5분 동안 이어졌다. 그러기를 열한 번 반복했다. 그리고 똑같은 지진이 달과 화성에서도 확인되었다. 심지어는 태양 표면에서도 성진(星震)이 일어났다.

정체불명의 거대 물체 옥스와 태양계 전체를 균일하게 흔든 지진이 별개의 현상이라고 생각하는 사람은 아무도 없었다. 옥스의 발견이 발표되고 일주일이 채 지나기도 전에 천국은 베텔게우스에 있으며 예수가 드디어 2,000년 만에 재림한다고 주장하는 신흥종교가 신자를 모으기 시작했다. 황소 외계인의 우주선이 우리를 침략할 것이라는 뻔한 주장은 세계 각지에서 독립적으로 생겼다가 사라지기를 반복했다. 우주보다 나이가 많은 흑색왜성이 지구의 시간여행 장치를 빼앗으러 왔으며 지진은 미래 인류의 경고라는 색다른 주장은 금세 드라마로 제작되었다.

하지만 사람들 대부분은 그저 옥스를 가벼운 얘깃거리 수준의 뉴스로만 치부했다. 그동안 태양계 어딘가에서 생명의 흔적이 발견되었다는 주장이 나왔다가 철회되는 일이 자주 있었다 보니 사람들은 이제 어떤 놀라운 소식을 접해도 무덤 덤했다. 다음 달이든 내년이든 사실은 대단한 게 아니었다는 뉴스가 무관심 속에서 올라올 것이라고 예상했다.

이런 분위기에 종지부를 찍은 건 같은 해 9월 4일부터 옥스에서 흘러나오기 시작한 미세 중력파였다. 조금 더 구체적으로 말하자면, 중력파 속에 담긴 노래였다.

내가 그 노래를 처음 들은 건 대학원 시절의 지도교수를 찾아갔을 때였다. 이기윤 교수는 뛰어난 과학자이자 훌륭한 스승이었다. 내가 1년 만에 대학원을 그만둔 건 순전히 내가 연구자 스타일이 아니라는 사실을 깨달았기 때문이었기에, 나는 대학원을 나온 이후로도 이기윤 교수를 종종 찾아가고는 했다.

그날 이기윤 교수는 다음 주면 엠바고가 풀릴 거라며 개인 연구실 문을 단단히 잠그고 내게 말했다.

"남아공 천문대의 동료들이 옥스의 중력파 신호를 푸리에 변환으로 해석하다가 노이즈라고 생각했던 것 속에서 묘한 패턴을 발견했어. 처음엔 다들 그 의미를 몰랐는데, 이걸 가청 주파수로 바꿔서 스피커로 출력해 봤더니 노래가 흘러나온 거야."

이기윤 교수가 건네준 헤드폰을 머리에 쓰자 남아프리카 억양의 영어가 들렸다. 중력파 신호를 어떻게 변환했는지 간단히 설명한 뒤 약간의 화이트 노이즈와 함께 낯선 소리가

해도연

흘러나왔다.

온몸에 전율이 흘렀다. 의심의 여지가 없었다. 그 소리는 분명히 노래였다. 결코 인간의 목소리는 아니었지만 어떤 발성기관을 정교하게 사용해서 만들어내는 소리라는 건 틀림 없었다. 일정한 리듬을 갖고 반복되다가 특정 부분이 변화하고, 다시 원래의 리듬으로 돌아오면 다른 부분이 변하기도 했다. 우연히 만들어진 소리가 아니라 어떤 의미가 있는 게 분명했다.

그리고 무엇보다, 노래가 아름다웠다. 낮은 음색 때문에 서글픈 느낌도 들었지만 동시에 감미로웠다. 그때 나는 나도 모르게 노래에 흠뻑 빠져버렸던 것 같다. 어느새 눈을 감고 헤드폰을 손으로 감싼 채 느린 리듬에 맞춰 숨을 쉬고 있었다. 그러다가 문득… 위기감을 느꼈다. 곧 바닥이 무너져 버릴 것만 같은 기분이 들었다. 하지만 다시 노래 앞부분이 반복되자 위로를 받는 듯한 기분이 들었다. 기묘한 노래였다.

노래가 끝나고 다시 사람 목소리가 들리자 세계가 갑자기 끝난 것처럼 가슴이 철렁였다.

"이걸 발견한 남아공 과학자들은 여기에 '퀴라쓰'라는 제목을 붙였어. 잘 들어보면 그렇게 들리는 부분이 여러 번 나오거든."

그랬다. 중간중간에 '퀴라쓰'라고 들리는 순간이 몇 번 있었다. 정확하지는 않았지만 '퀴라쓰'가 그나마 들리는 소리에 가장 가까운 표기였다. 그 외에도 반복되는 소리가 몇 개 있었다. 뜻은 알 수 없지만 가사 속 단어들이라고밖에 생각할 수 없었다. 그렇다면 노래를 만든 혹은 부른 존재는 단어와 문장을 쓸 수 있는 존재라는 뜻이었다. 우리는 다른 지성체의 노래를 듣고 있는 것이었다.

내가 이기윤 교수에게 노래의 의미를 묻자 교수는 싶은 한숨을 내쉬며 대답했다.

"난 과학자야. 예술가가 아니라고."

외계 지성체와의 첫 접촉이라는 역사적 순간이 노래를 통해 이루어질지도 모른다는 게 교수는 영 마음에 들지 않는 모양이었다. 이기윤 교수는 음악과 예술을 사랑했다. 다만 자기 일과 예술을 철저하게 분리하고 싶어 했다. 평생 수학과 과학을 도구로 삼아 많은 것을 연구해 왔지만, 그 도구로 자신이 사랑하는 무언가를 해체하는 일은 아무래도 내키지 않는 모양이었다. 그는 과학을 예술의 시선으로 해석하는 걸 싫어했고 그 반대도 마찬가지였다.

교수는 내가 학생 시절 좋아했던 차를 직접 따라주며 말했다.

"음악이든 예술이든 그런 것들은 의사소통 수단으로는 도무지 쓸 만한 것들이 아니야. 너무 비효율적이거든. 일관성도 정확성도 떨어지고. 무엇보다 예술은 철저하게 인간중심적이야. 조금 더 구체적으로 말하자면, 문화중심적이지. 종교처럼 말이야. 저 옥스에 있는 녀석들이 우리에게 자기들

해도연

노래를 들이밀었다는 건 좋은 징조가 아닐지도 몰라. 자네도 알겠지만, 그 노래가 우리의 노래와 아주 다르지는 않은 느낌이야. 약간의 공통점도 있지. 하지만 아주 달라서 노래라는 걸 모를 정도였으면 차라리 좋았을 것 같다는 생각도 든다네."

교수는 내가 방문하고 일주일이 지난 날, 은퇴를 발표하고는 주변 모든 사람과 연락을 끊었다. 교수뿐만 아니라 옥스를 연구하던 사람들 중 상당수가 옥스 발견 1년이 채 지나기 전에 은퇴하거나 다른 직종으로 옮겼다. 과학자들의 집단 이탈은 사회 현상으로도 주목을 받았다. 마치 퀴라쓰가 그들에게 이제 그만두라고 말이라도 건 것처럼 보였고, 어떤 사람들은 이를 불길한 징조로 여겼다. 옥스가 퀴라쓰를 통해 과학자들을 조종하고 있다는 주장도 나왔다. 하지만 그렇게 현장을 떠난 이들은 그저 평범한 일상을 보낼 뿐이었다. 그동안 바쁘게 살아온 삶을 보상받겠다는 것처럼, 친구와 연인, 가족과 행복한 시간을 보낼 뿐이었다. '옥스와 공명한 과학자들'이라고 불린 이들은 그렇게 생에서 가장 행복한 시간을 보냈다.

모든 과학자가 떠난 건 아니었다. 여전히 많은 이들이 현장에 남아 옥스와 노래의 비밀을 밝혀내기 위해 치열한 연구를 이어나갔다. 남아 있는 이들은 일상의 모든 것을 연구에 바친 이들이었다. 그들에겐 돌아갈 일상 같은 게 없었다. 어떤 사람들은 이렇게 남은 이들을 옥스와 공명하지 못한, 감수성이 메마른 과학자들이라고 말했다. 하지만 어쩌면 그들 역시 옥스와 공명한 건 아닐까. 결국 모두가 각자의 가장 큰 행복을 찾아간 것일지도 모른다.

교수의 걱정과는 달리, 퀴라쓰는 전 세계 예술가들에게 영감을 줬다. '퀴라쓰'라는 단어만을 남기고 나머지 부분을 수정해 각자의 해석을 덧붙인 노래가 쏟아졌다. 처음 1년 동안은 지구와 옥스를 연인 관계로 설정하고 퀴라쓰를 재회의 시로 아름답게 편곡한 노래가 유행했다. 스피커가 있는 곳이라면 어디서나 매일 흘러나왔고, 장거리 연인들은 그 노래를 틀어 놓고 옥스가 있는 방향을 함께 바라보며 재회를 다짐했다.

하지만 다시 1년 정도가 지나자 분위기가 달라졌다. 퀴라쓰는 슬픈 이별 노래가 되었다. 지구와 옥스는 일생 속에서 단 한 번 스쳐 지나가는 연인이 되어 서로를 그리워하는 존재가 되었다. 실연을 소재로 한 소설과 영화, 드라마에 쓰이기도 했다. 부끄럽지만 나도 당시에 잠시 만났다가 헤어진 연인을 그리워하며 퀴라쓰를 편곡한 노래에 빠진 적이 있다. 지금 생각해 보면 이기윤 교수가 처음 들려줬을 때와는 느낌이 전혀 달랐다. 교수가 말했던 것처럼, 편곡된 퀴라쓰는 철저히 인간중심적이었다. 인간의 감정을 담아내는 게 예술이니까. 하지만 진짜 퀴라쓰는 인간의 감정을 담고 있지 않았다. 내가 퀴라쓰를 처음 들었을 때 느낀 건 인간의 감정이 아니었다.

해도연

다른 무언가였다.

그러는 와중에도 옥스는 계속해서 다가왔다. 이제 1광년 거리였다. 오르트 구름 가장자리이니 사실상 태양계에 이미 진입한 것이나 마찬가지였다. 옥스의 중력파가 더 강력해지면서 과학자들은 그 속에서 노래가 아닌 다른 신호를 찾아냈다. 하지만 그 내용을 분석할 인력이 부족했다. 시간이 갈수록 점점 많은 과학자들이 은퇴했기 때문이었다. 내가 그들의 빈자리를 채우기 위해 다시 대학원에 들어간 것도 그때였다.

연구 현장에는 이제 수학과 과학 외에는 그 어떤 것도 필요 없다는 사람들만이 남아 있었다. 나는 그 정도까지는 아니었지만 그래도 예술적 감수성 따위가 없는 건 사실이었으니 어렵지 않게 그들 사이에 섞여 신호를 연구하고 분석하는 일에 몰두했다.

새로 발견된 신호는 일종의 설계도였다. 옥스는 우리에게 무언가를 만들라고 말하고 있는 것 같았다. 하지만 문제는 설계도에 아주 당연하다는 듯 포함된 다양한 물질과 기술이 우리에겐 이해조차 불가능한 것들이라는 사실이었다. 옥스와 같은 거대 물체를 만들어낸 존재들에겐 상식일지도 모르겠지만 우리에겐 아니었다. 그나마 위로가 되는 부분은 그동안 이론적으로만 존재하던 물질들 상당수가 그 설계도에 직접 등장한 덕분에 물리학자들의 예상이 틀리지 않았다는 걸 확인했다는 점 정도였다.

아무튼 우리는 설계도에 담긴 무언가를 만들어낼 수는 없었지만, 대신 그 전체적인 모습을 그려볼 수는 있었다.

"그러니까, 옥스는 지금 우리한테 수성 크기의 인공 태양을 만들라고 하는 거야? 도대체 뭐 때문에?"

신호분석팀을 이끌고 있던 아이샤 아크타르는 어이가 없다는 듯이 웃으며 말했다. 설계도 결과물이 나타내는 건 분명 수성 크기의 타오르는 별이었다. 코로나는 물론이고 홍염과 플레어, 흑점까지 구현되어 있었고 표면 온도는 6천 도였다. 그야말로 미니어처 태양이었고 우리가 알고 있는 물리학으로는 도저히 불가능했다. 그리고 설계도는 이런 걸 127개 만들라고, 혹은 만들 수 있을 것이라고 말하고 있었다.

"망할 황소 외계인 놈들, 영화를 너무 많이 본 거야. 우리가 웜홀 생성기 같은 걸 만들 수 있을 리가 없잖아. 이것도 다 칼 세이건 때문이야."

아이샤는 팀원들을 바라보며 웃었지만 그 농담을 알아듣는 사람은 아무도 없었다. 어쨌거나 옥스는 우리에게 인공 태양을 만들기 위한 설계도를 보냈고 우리는 그걸 만들 수가 없었다. 옥스가 우리의 기술력을 잘못 판단한 걸까? 그건 아니었다. 그들이 그 신호를 보낸 이유는 우리의 추측과 전혀 달랐다. 하지만 그때는 몰랐다.

옥스가 0.5광년까지 접근했을 때, 나는 설계도에 대한 의견을 묻기 위해 이기윤 교수를 찾아 전국을 돌아다녔다. 국내에서는 도무지 찾을 수가 없어 어떻게 할까 고민하고 있을 때, 교수가 보낸 우편물이 집에 도착했다. 우편물 속에는 내 이름으로 예약된 비행기 표와 교수가 직접 손으로 쓴 편지, 그리고 나무를 깎아 만든 우주비행사 조각이 들어있었다. 이기윤 교수는 은퇴하자마자 북쪽에 있는 어느 나라의 산속 마을에서 지내고 있다며 가능하다면 자신을 찾아와 줬으면 한다고 편지에 썼다. 이기윤 교수를 만나겠다고 하자 아이샤는 최대한 많은 걸 얻어오라며 넉넉하게 휴가를 줬다. 아이샤와 결혼을 약속한 지 한 달이 되었을 때였다.

이기윤 교수는 눈 덮인 마을의 목수가 되어 있었다. 교수는 굵고 덥수룩한 회색 수염을 문지르며 나를 따뜻한 벽난로 앞에 앉히고는 소금 버터를 넣은 뜨거운 코코아를 내놓았다.

"자네가 나를 찾고 있다는 소식을 듣자마자 바로 편지를 보냈어. 소식은 들었네. 열심히 지내고 있는 것 같더구만."

내가 그렇다고 말하며 설계도 자료를 보여주려고 하자 교수는 웃으며 손을 저었다.

"약혼 소식 말이야. 아이샤는 나도 아는 녀석이거든. 나이에 비하면 패션도 유머도 낡아빠진 녀석이기는 하지만 삶의 동반자로서는 나쁘지 않아. 자네하고 잘 어울릴 것 같았어."

교수는 옥스나 퀴라쓰에 대한 이야기는 하지 않고 자신의 먼저 떠난 배우자의 사진을 보여주며 배우자로 사는 삶에 관한 이야기만 한참 늘어놓았다. 대단한 이야기는 아니었다. 그저 지금의 행복을 누리라는 것이었다. 이웃에게 친절하고 행복을 독점하지 말라는 것도 틈틈이 강조했다. 교수가 딱히 냉정한 사람은 아니었지만 그렇다고 이런 뻔하디뻔한 착한 조언을 하는 사람도 아니었기에 나는 조금 놀랄 수밖에 없었다.

"그리고… 너무 먼 미래를 보지 않도록. 내일 당장 세상이 망한다고 해도 아쉬움이 없도록 말이야. 어차피 피할 수 없는 일이라면 세상이 망하는 것 자체에 대해서는 너무 고민하지 마. 원망하거나 분노하지도 말고."

교수는 옥스가 지구를 파괴하러 온다고 생각하는 걸까?

"옥스가 지구를 파괴하려고 한다니, 그건 너무 인간중심적인 생각 아닌가? 허허. 옥스의 크기를 봐. 지구에는 관심도 없을 거야. 아, 그렇지. 당분간은 가능하면 아이를 가지지 말게. 정말 원한다면 이미 세상에 나온 아이를 입양하고. 반려동물도 좋지. 나도 여기 온 지 얼마 되지 않았을 때 다리 하나가 없는 허스키랑 가족이 되었어. 행복했지. 작년에 암으로 죽었어. 지금 그 녀석이 없어서 허전해질 때도 있지만, 그래도 그렇게 누군가를 추억할 수 있는 지금의 삶이 더 가치 있게 느껴져. 이런, 나이를 먹으니 자꾸 말이 많아지고 주제도 제대로 붙잡지를 못하네. 계속 내 얘기만 했어. 자네, 아마 내게 보여주고 싶은 게 있겠지?"

해도연

나는 드디어 기회를 잡았다고 생각하며 옥스가 보낸 설계도를 보여줬다. 어느새 목수에서 과학자로 변신한 교수는 날카로운 눈빛으로 설계도를 구석구석 살폈다. 무엇하나 허투루 넘기지 않았다. 나와 아이샤, 그리고 연구팀 전체가 며칠을 논의하고 분석해서 알아낸 것들을 교수는 질문 몇 번으로 꿰뚫어 봤다.

그러다가 교수는 갑자기 자리에서 일어나 난로 옆에 있던 스피커를 만지작거리더니 노래를 틀었다. 퀴라쓰였다. 가청주파수로 조절한 것 외에는 어떤 편곡도 들어가지 않은 원곡이었다. 교수는 한참이나 퀴라쓰를 들으며 서 있었다. 잠시 뒤 벽난로의 불이 약해지며 주변이 조금씩 어두워졌다. 추위도 다시 스며들기 시작했다.

"나랑 잠깐 바깥에 나가지. 장작이 좀 더 필요해."

교수는 차갑게 날이 선 도끼를 들어 올리며 말했다. 난로 옆에는 잘 마른 장작이 가득했다.

바깥으로 나온 교수는 작업실에서 조금 떨어진 곳에 있는 우거진 숲에 들어가더니 가늘지만 단단하게 잘 자란 나무 한 그루 앞에 섰다. 교수는 나무를 아래부터 위까지 천천히 살폈다. 나도 교수 옆에 서서 나무를 바라봤다. 이 지역에서만 자란다는 파이렉시아 자작나무였다. 독특한 화학작용으로 따뜻한 수액을 만들어내는 것으로 유명했다.

거칠게 마른 나무 표면에서 작고 하얀 개미들이 바쁘게

움직이고 있었다. 역시 이 지역에서만 볼 수 있는 눈송이개미라는 고유종이었다. 눈송이개미들은 파이렉시아 자작나무에서만 살아가며 여왕개미가 한번 정착한 나무는 결코 떠나지 않았다. 파이렉시아 자작나무의 따뜻한 수액 없이는 잠시도 살아갈 수 없기 때문이었다. 나무가 죽는 순간 개미들도 봄날의 눈송이처럼 사라져 버릴 운명이기에, 개미들은 해충을 잡아먹고 병든 잎과 가지를 잘라내며 착실히 나무를 보살폈다.

교수는 장갑을 벗고 파이렉시아 나무 위에 손을 올렸다. 나무의 온기를 느끼고 있는 듯했다. 손과 나무 사이에 개미 몇 마리가 끼었지만 교수는 신경 쓰지 않았다.

"이 나무가 얼마나 잘 타는지 알면 깜짝 놀랄 거야."

교수는 그렇게 말하고는 나무 꼭대기를 올려다보며 현지어로 뭐라고 중얼거렸다. 그런 다음 도끼 등으로 나무를 일곱 번 두드렸다. 갑자기 머리 위에서 푸드덕거리는 소리가 들려 고개를 들자, 이름을 알 수 없는 새 두 마리가 나무 꼭대기에 있는 둥지에서 날아오르는 모습이 보였다.

교수는 가차 없이 도끼날을 나무에 찍어 넣었고 나무는 금세 쓰러졌다. 나는 두세 시간 동안 나무를 장작으로 다듬는 교수를 도왔다. 우리는 준비된 장작을 자그만 수레에 싣고 이웃 주민들에게 나눠줬다. 마을 촌장 집에서는 한참이나 서서 이야기를 나누었다. 교수가 내 소개를 하는 것 같았지만 알아

　　　　　　　　　　　　　　　해도연

들을 수는 없었다. 아무래도 교수는 겨울마다 이렇게 파이렉시아 장작을 나눠주는 것 같았다.

돌아가는 길에 숲 가장자리에 세워진, 나무판자로 된 새집들이 눈에 띄었다. 여러 개가 있었는데 오래된 새집이 있는 반면 이제 막 만든 듯한 것도 있었다. 어떤 집에는 새들이 이미 둥지를 틀고 있었고 어떤 집은 텅 비어 있었다.

나는 이기윤 교수의 집에서 사흘을 더 보냈다. 교수는 옥스나 퀴라쓰, 설계도에 대해 그리 많은 말을 하지 않았다. 그저 내가 궁금해하는 것이 있으면 그것에 대해서만 간단히 의견을 알려줬다. 내가 옥스와의 퍼스트 콘택트가 어떻게 이루어질 것 같냐고 묻자 교수는 소금 버터 코코아를 마시며 대답했다.

"우리에게나 퍼스트 콘택트지. 옥스에게는 접촉조차 아닐 거야."

마지막 날 아침 교수는 내게 두꺼운 편지 봉투를 하나 내게 주며 말했다.

"자네, 어렸을 때 우주비행사가 되고 싶었다고 하지 않았나? 기회는 지금밖에 없어. 우주국은 옥스가 충분히 접근했을 때 사람을 태워 보낼 계획이야. 곧 승무원을 모집할 거야. 이건 추천서고. 어젯밤에 아이샤도 추가했어. 자네들은 그럴 만한 자격이 있어. 사실상 옥스를 처음 발견한 게 자네 잖아. 이 설계도는 아이샤가 찾은 거고."

갑자기 우주비행사가 되라니 어처구니가 없었다. 게다가 엄밀하게 말하면 옥스를 발견한 건 내가 아니라 그때 내가 담당했던 반의 학생이었다. 그 아이는 그날 이후 얼마 지나지 않아 옥스와 관련된 신흥종교에 빠진 부모에게 이끌려 어디론가 전학을 가버렸다.

교수는 아이샤와 동료들에게 주라며 나무를 깎아 만든 자그만 장식물도 한 움큼 줬다. 파이렉시아로 만든 건 아니었다. 파이렉시아 자작나무는 장작용으로만 쓰는 듯했다. 나는 추천서와 장식물을 가방 속에 챙겨놓고 교수에게 작별 인사를 한 다음 눈 덮인 마을을 떠났다.

이틀에 걸쳐 귀국한 뒤, 연구실 옆에 있는 식당에서 아이샤와 함께 주문한 음식이 나오길 기다리고 있을 때였다. 마을 촌장에게서 국제전화가 걸려왔다. 촌장은 반갑게 인사를 하더니 이기윤 교수가 자기 집에서 세상을 떠났다는 소식을 담담하게 전했다. 마지막 날까지 교수는 너무나도 건강했기에 나는 사고를 의심했지만, 촌장은 그저 자연스럽게 떠났다고 말했다. 촌장의 목소리에서 느껴지는 묘한 솔직함에 나는 더 묻지 않았다. 촌장은 교수가 내게 남긴 말이라며 덧붙였다.

"언제나 자네를 가장 행복하게 만들어주는 일을 먼저 생각하게. 내일이 오지 않을 것처럼. 정말 오지 않을지도 모르니까. 마지막 말은 농담이야."

나와 아이샤는 음식이 나오기도 전에 식당을 빠져나와 교

해도연

수의 추천장을 챙겨 들고 곧장 우주국으로 향했다.

———— · ————

옥스가 100AU까지 접근하자 쌍안경만 있으면 옥스의 모습을 확인할 수 있게 되었다. 시력이 좋다면 맨눈으로도 가능했다. 엄밀하게 말하자면 옥스 자체를 보는 건 아니었다. 옥스가 마침 은하수 중심부를 지나고 있었기 때문에 옥스가 있는 곳만 검고 둥근 구멍이 뚫린 것처럼 보였다. 구멍의 크기는 태양의 10분의 1 정도에 불과했지만, 옥스가 엄연한 현실이라는 것을 사람들에게 알려주기에는 충분했다. 이때부터 퀴라쓰는 공포와 두려움의 노래가 되었다. 하늘에 지옥의 문이 뚫렸다고 울부짖는 종교 지도자들이 세계 곳곳에 생겨났다.

그런 와중에 나와 아이샤는 옥스 직접 탐사 프로젝트의 승무원으로 선정되었고, 곧 정신 나간 광신도들의 위협을 받게 되었다. 그들에게 우리는 지옥문으로 들어가 악마를 불러오려는 매드 사이언티스트였다. 어느 날, 분명 잠그고 나왔던 현관문이 열려 있었고 냉장고에서 총알이 든 얼음이 발견되었다. 이후 나와 아이샤는 한동안 여러 임시 거처를 오가며 생활해야 했다. 그때 버려진 호숫가 별장에 잠시 머무른 적이 있었는데, 그곳에는 작은 고양이 한 마리가 먼저 들어와 살고 있었다. 우리는 그 고양이에게 음식과 장난감을 주며 양해를 구하고 별장에 들어갔고, 고양이는 이후 우리의 새로운 가족이 되었다. 우리는 고양이에게 에우로페라는 이름을 붙여주었다. 에우로페는 이후로도 우리와 함께 전국을 돌아다니며 지냈다.

불안정한 상황에서 우리를 도와준 이는 옥스의 진정한 최초 발견자이자 오래전 나의 호기심 많은 제자였던 송유진이었다. 송유진은 부모의 종교 단체에서 탈출해 사회활동가로 살아가고 있었다. '하늘과 문'이라는 단체를 만들어 자신처럼 옥스 때문에 발생한 다양한 사회적 재난의 피해자들을 찾아 돕고 있었는데, 어떤 면에선 나도 그런 상황에 처했기 때문에 유진의 손이 닿은 것이었다. 유진은 자신은 집을 비울 때가 많다며 우리를 자기 집에서 지낼 수 있도록 해줬다.

유진은 국가 시스템이 무너진 어느 나라에서의 활동을 마치고 돌아온 날, 나를 여전히 선생님이라고 부르며 말했다.

"세상이 조금 이상해요. 옥스나 퀴라쓰 때문에 세상이 혼란에 빠진 것처럼 보이지만 그렇지 않은 곳도 있거든요. 까놓고 말해서, 원래 아주 잘 살던 사람들은 지금 더할 나위 없이 행복하게 살고 있어요. 괴기스러울 만큼. 더 이상한 게 뭔지 알아요? 그런 사람들이 스스로 생을 마감하고 있다는 거예요. 행복에 빠진 채로요. 지금이 미련 없이 떠나기에 가장 적당한 시기인 것 같다면서. 더 웃긴 점은, 그런 사람들이 세상을 떠나면서 재산 일부를 우리 같은 단체에 기부해 주는 덕분에 이런 활동이 가능하다는 거고요. 선생님, 도대체 세상이

해도연

어떻게 되어가고 있는 걸까요?"

옥스를 처음 발견했던 그날처럼, 나는 대답해 주지 못했다. 아이샤도 마찬가지였다. 유진도 딱히 대답을 바라며 물은 것 같지는 않았다. 고양이 에우로페가 우리 사이에 와서 기지개를 켜고는 유진이의 무릎 위에 올라갔다. 유진은 나와 아이샤가 옥스를 향해 떠나고 나면 에우로페를 돌봐주기로 했다.

그날 밤, 우리 셋은 함께 밤하늘을 올려다봤다. 은하수 가운데에 검은 구멍이 뚫려 있었다. 하지만 우리 중 누구도 옥스가 노래하는 퀴라쓰를 듣지 않았다.

옥스는 처음 발견 이후로 커다란 곡선을 그리며 태양계 궤도면에서 60도 정도 기울어진 방향으로 접근하고 있었다. 옥스와 태양의 거리가 70AU까지 줄어들자 해왕성의 궤도가 본격적으로 틀어지기 시작했다. 국제우주국은 궤도 교란이 더 심해지면 우주선 경로를 잡기 어렵다며 옥스 직접 탐사를 서둘렀다. 하지만 우주국 사람들도 다들 알고 있었다. 태양계 행성의 궤도 교란이 시작되면 걱정해야 하는 건 우주선 경로 따위가 아니라는 걸.

나와 아이샤는 '단델리온 시드 원'에 탑승했다. 옥스가 보내준 설계도 중 그나마 실현 가능한 부분을 응용해서 개조한 시드 원은 광속의 1%까지 가속할 수 있는 아광속 우주선으로 변모해 있었다. 하지만 오래전, 어린 유진과 함께 화면 너머로 봤던 공간은 그대로 남아 있었다. 그때 실험실이라고 생각했던 곳은 사실 브리핑실이었다. 그곳에서 우리는 열한 명의 동료들과 다시 한번 미션 브리핑을 들었다. 다들 예상하고 있던 비공개 미션도 그때 공개되었다. 옥스 혹은 옥스를 만든 존재들과의 소통을 통해 그들의 진짜 목적을 밝히고 이 상황을 해결할 방법을 찾는 것. 그것조차 되지 않으면 시드 원에 의도적으로 과잉 탑재한 아광속 엔진을 모두 옥스에 설치해 궤도를 조금이라도 바꾸는 것. 옥스가 태양계를 완전히 비껴가게 할 수는 없겠지만 지구와 태양의 위치 관계를 최대한 유지할 수 있는 궤도는 미리 계산해 두었다. 지구에 존재하는 모든 슈퍼컴퓨터와 제약이 풀린 초인공지능을 총동원해 산출해 낸, 미약한 가능성을 품은 최고의 궤도였다.

출발 이후 옥스에 도착하기까지는 3개월이 걸렸다. 그동안 우리는 인류 최초로 냉동 수면에 들어갔다. 열세 명의 승무원 중 다섯 명이 다시 깨어나지 못했고 세 명은 서로 다른 심각한 후유증에 시달리다가 스스로 우주에 몸을 던졌다.

거대한 크기와 질량의 조화 덕분에 옥스의 표면 중력은 달과 비슷했다. 표면의 모습 역시 달과 비슷했지만 훨씬 더 검고 어두웠다. 곳곳에 크고 작은 크레이터가 보였고 구덩이 내부와 그 주변은 조금 더 밝은 먼지로 퍼져 있었다. 오르트 구름을 지나오는 과정에서 많은 얼음 운석이 충돌한 듯했다. 검

해도연

은 사막에 흩뿌려진 얼음 조각들이 반짝이자 발밑이 우주처럼 보였다. 우주국에서는 지구에서 봤을 때도 옥스가 조금씩 밝아지고 있다고 우리에게 알려줬다.

옥스 위에 서면 지구가 둥글다는 사실을 결코 의심할 수 없게 된다. 옥스는 지평선이 놀라울 만큼 평평했다. 옥스의 지평선에 비하면 지구의 지평선은 당장 부러질 것처럼 휘어버린 곡선이었다. 그리고 옥스의 지평선은 아찔할 만큼 멀었다. 면적이 태양의 10배에 이르는 거대한 세상은 인간에겐 마치 무한히 뻗어 나가는 가상의 세계, 사고실험에서나 존재할 수 있는 철학적 세상처럼 느껴졌다.

옥스에서 생명의 흔적은 찾을 수 없었다. 우리가 탐색한 부분은 옥스의 전체 면적 중 100억 분의 1에도 미치지 못했지만 어쨌든 그랬다. 우리는 시드 원의 초심층 시추용 광학 드릴을 이용해 옥스의 표면 내부를 분석했다. 운석 충돌의 영향을 많이 받은 표층 수십 센티미터 정도는 태양계의 것과 비슷한 물질 구성을 보였다. 하지만 그 아래부터는 구성 물질을 특정할 수 없는 층이 이어졌는데, 밀도는 수증기 수준이면서 강도는 단단한 암석과 비슷했다. 아마 거기서부터가 옥스의 진짜 표면인 듯했다. 옥스의 지각이라고 할 수 있는 이 층은 30킬로미터 깊이까지 이어졌다. 다음 층부터는 수소와 헬륨 가스가 급증했다. 더 깊이 들어가자 수소와 헬륨은 전자와 원자핵이 분리된 플라즈마 상태로 바뀌었다. 이어서 탄소와 산소, 네온, 마그네슘 따위가 나타났다가 사라지기를 반복했다. 모두 초고온 플라즈마 상태로 옥스의 지각 성분 사이사이에 스며들어 있었다. 그리고 각 원자핵의 비율은 층을 이루며 깊이에 따라 달라졌다.

"층 하나하나가 서로 다른 별의 구성 성분으로 이루어져 있어. 지금까지 지나온 별들을 품고 있는 거야."

아이샤가 말했다. 우리는 원소의 비율을 바탕으로 각 층이 나타내고 있는 별의 특성을 분석했다. 그리고 옥스의 발견 이후 궤도를 참고로 하여 그동안 옥스가 지나왔을 법한 별들의 후보를 골랐다. 여러 후보들 중 옥스 내부에서 발견된 원소 비율과 일치하는 특징을 가진 별들을 고르자 제법 매끄러운 이동 경로가 하나 만들어졌다. 옥스가 그동안 지나온 길이었다. 그리고 그 길에 있는 별 대부분은 타무라 카탈로그로 이미 알려져 있었다. 타무라 카탈로그는 지난 수백 년 사이에 설명할 수 없는 이상감광(異常減光) 현상이 기록된 별들을 모아둔 목록이었다. 간단히 말하자면, 원래는 밝았지만 어느 순간 잘 보이지 않을 만큼 어두워진 별들이었다.

옥스의 정체가 무엇이든 분석 결과가 말하는 바는 간단했다. 옥스는 수많은 별들을 지나오면서 그 별들의 물질들을 흡수했다. 이기윤 교수의 말이 맞았다. 옥스는 지구나 인간에는 관심이 없었다. 옥스의 목적과 목표는 태양에 있었다. 옥스 내부의 뜨거운 온도와 그 규모를 생각하면 별의 물질을 흡수해 일종의 에너지원으로 쓰는 것 같았다. 옥스의 중심부에 무엇이 있는지는 알 수 없었지만, 어마어마한 양의 열에너지를 필요로 하는 건 분명해 보였다.

지구를 포함한 태양계의 다른 행성들은 모두 곁가지였다. 인간은 그 곁가지에 붙어사는 미생물에 불과했다. 그제야 나는 이기윤 교수가 파이렉시아 자작나무를 보여준 이유를 깨달았다. 우리는 파이렉시아에 사는 눈송이개미였고, 옥스는 차가운 도끼날이었다. 눈송이 개미들에게 도끼날은 처음 접하는 신기한 현상이겠지만 도끼날은 이미 수많은 나무를 베어왔다. 그리고 도끼를 휘두르는 나무꾼은 나무에 사는 개미 따위에게는 관심이 없었다.

그렇다면 그 설계도는 무엇이었을까?

옥스의 궤도를 조금이라도 바꾸기 위해서는 적어도 17개의 아광속 엔진이 필요했고 우리가 가져온 건 시드 원이 사용한 3개를 포함해 전부 23개였다. 하지만 그중 19개가 작동하지 않았고 2개는 폭발했다. 애초에 우리가 이해할 수 없는 기술을 억지로 변형해 만든 것이기에 실패율이 높을 거라고 어느 정도 예상하고는 있었지만, 이 정도일 거라고는 미처 생각하지 못했다. 우리는 할 수 없이 임무를 포기하고 남은 2개의 엔진을 이용해 귀환길에 올랐다.

엔진 숫자가 줄어들어 지구에 도착하는 데 5개월이 걸렸고 동료 세 명이 다시 깨어나지 못했다. 살아 돌아온 건 나와 아이샤뿐이었다. 하지만 아이샤는 심각한 후유증에 시달리다가 마흔 번째 생일날 마지막 편지를 남기고 사라졌다. 어디로 갔는지는 지금도 알지 못한다. 아이샤는 편지 속에서 자신은 행복한 삶을 살았고 이제 떠나기에 적당한 시기일 것 같다는 말을 남겼다. 나는 어째서인지 그 편지를 며칠 동안이나 들고 다니면서도 슬픔에 잠기지 못했다.

소식을 들은 유진이 나를 찾아와 위로했다. 나는 어떤 대답을 해야 할지 알 수 없었다. 오히려 슬퍼하는 유진을 내가 달래줘야 했다. 곧 결혼한다는 유진에게 나는 축하의 말을 전했다. 아이는 가질 생각이 없다고 하자 나는 잘 생각했다고 하며 에우로페를 가족처럼 아이처럼 돌봐주기를 부탁했다. 유진은 에우로페는 이미 자신에겐 가족이라며 나를 한 번 안아주고는 자신의 집과 가족이 있는 곳으로 떠났다.

나는 혼자 옥상에 올라가 밤하늘을 올려다봤다. 10AU 거리까지 다가온 옥스는 이제 태양과 비슷한 크기로 보였다. 운석이 충돌해 밝게 보이는 부분들이 검은 표면 위에서 반짝이자 옥스는 마치 하늘 구멍 너머에 있는 새로운 우주처럼 보였다. 그야말로 하늘에 열린 문이었다.

나는 최소한의 짐만 챙겨 이기윤 교수를 만났던 눈 덮인 마을을 향해 떠났다.

해도연

오랜만에 만난 촌장의 배려로 나는 교수가 살던 집에서 지낼 수 있었다. 교수가 쓰던 물건들은 모두 그대로 남아 있었다. 차갑게 날이 선 도끼도 그 자리에 있었다. 나는 구름 한점 없이 맑은 날, 도끼를 들고 교수가 베었던 파이렉시아 나무가 있던 곳으로 갔다. 이유는 알 수 없었다. 옥스의 입장이 되어보고 싶었기 때문일지도 모르겠다.

그곳에서는 깔끔하게 잘린 파이렉시아 나무 밑동이 그때의 모습 그대로 나를 기다리고 있었다. 잘린 단면 가장자리에 눈송이개미들이 만든 자그만 구멍들이 보였다. 당연하게도 개미는 더 이상 그곳에 없었다. 추위에 약한 눈송이개미들은 아마 교수가 나무를 벤 바로 그날 모두 전멸했을 것이다.

나는 그날처럼 고개를 들고 위를 올려봤다. 나무가 사라진 하늘이 보였다. 그때 근처에 세워진 나무 기둥 위 판자로 만든 새집이 눈에 들어왔다. 그날 나무 꼭대기에서 본 것과 같은 종류의 새 두 마리가 둥지를 틀고 있었다. 문득 무언가가 떠올라 곧장 촌장의 집을 찾아가 촌장에게 찾아가 물었다. 교수가 나무를 베기 전에 나무에 손을 얹고 뭐라고 말했는데 그게 뭔지 아느냐고.

"나무의 영혼에게 전하는 사과라네. 그들의 안식처가 이제 곧 사라질 거라고 말하는 거지."

촌장은 자기 집 옆에 있는 새집을 가리키며 덧붙였다.

"우리 마을에선 나무 꼭대기에 사는 새들이 나무의 영혼을 품고 있다고 믿고 있어. 그래서 새로운 나무를 찾아갈 때까지 머무를 수 있는 새집을 따로 만들어주기도 해."

우리는 눈송이개미가 아니었던가? 새와 새집은 도대체 무슨 의미일까? 아니, 어쩌면 나 혼자 괜히 자연에 쓸데없는 의미를 부여한 걸까? 나는 조금 혼란스러웠다.

촌장은 같이 산책이라도 하자며 설탕과 버터를 잔뜩 넣은 코코아를 보온병에 담아 내게 건넸다. 우리는 눈길을 걸어 근처에 있는 지열발전소로 향했다. 이 마을에서 사용하는 모든 전기가 만들어지는 곳이었다. 촌장은 발전소장과 인사를 나누고는 나를 발전소 옥상으로 데리고 갔다. 옥상에는 눈 덮인 의자 두 개가 있었다.

촌장은 의자의 눈을 털어내고는 그곳에 앉으며 말했다.

"좀 떨어진 마을에 원자력발전소가 생기면서 이 지열발전소가 사라질 뻔했었다네. 그러면 이 마을도 없어졌겠지. 하지만 카펜터 리, 자네의 그 교수가 지켜냈어."

나도 옆에 앉자 촌장은 작은 마을에는 어울리지 않는 고급스러운 선글라스를 한 쌍 꺼내고는 하나를 내게 줬다.

"우리는 여기서 같이 해를 보며 얘기하는 걸 좋아했다네."

나는 선글라스를 쓰고 태양을 바라봤다. 여전히 눈부셔서 자세히 볼 수는 없었지만, 태양의 윤곽이 평소와 다르다는 건 충분히 알아볼 수 있었다.

해도연

태양에서 빠져나온 빛나는 구체는 모두 127개였다. 설계도가 말한 작은 인공 태양이었다. 그러니까 옥스는 설계도를 지구에 있는 우리에게 보낸 것이 아니라 태양에 있던, 우리가 존재조차 모르던 어떤 지적 존재에게 보낸 것이었다. 그 지적 존재는 옥스의 설계도를 따라 임시 대피처를 만들어 태양을 떠나고 있었다. 아무래도 태양 속에 숨어 있던 존재들은 우리보다 훨씬 뛰어난 과학 기술을 갖고 있었던 것 같다.

뜨거운 플라즈마 구체를 대피처로 삼는 걸 보면 그들과 옥스의 주인은 비슷한 종류의 우주적 생명 메커니즘을 공유하고 있을 것이다. 어쩌면 타오르는 별 속 생명이야말로 우주에서 가장 보편적인 생명의 형태였을지도 모른다. 어찌 되었건 결국 퀴라쓰는 그들을 위한 노래였다. 옥스는 그들의 집을 파괴할 수밖에 없다며 사과의 노래를 전한 것이었다.

옥스는 태양의 북극 위로 3AU 정도 떨어진 곳에서 멈췄다. 지구에서 봤을 때는 태양보다 세 배 정도 거대한 구멍이 하늘에 뚫린 것 같았다. 옥스는 127개의 작은 태양들이 뿔뿔이 흩어질 때까지 기다렸다가 모두 충분히 멀어지자 태양의 가스를 빨아들이기 시작했다. 발전소 옥상에서 나와 촌장은 새벽 지평선 위로 떠오른 태양이 산산이 부서지는 광경을 바라봤다. 태양은 천천히 작고 어두워지더니 지름이 10분의 1로 줄어들고 섬뜩할 만큼 선명한 붉은색으로 변했다. 하늘은 검게 물들었고 별들이 모습을 드러냈다. 모두 여섯 시간이 채 되지 않는 시간 동안에 일어난 변화였다.

———————— · ————————

변화는 태양이 쪼그라든 것에서 끝나지 않았다. 태양 질량
이 줄어들고 옥스의 중력이 휘몰아치자 태양계 행성들의 궤
도가 모두 뒤틀렸다. 질서정연하던 태양계의 모습은 완전히
사라졌다.

머리 위 세상은 이제 아무래도 좋았다. 지구에서는 더 이
상 하늘을 올려다볼 여유가 없었다. 지구는 빠르게 식어가기
시작했고 사람들은 세계 각지에 있는 발전소 주변으로 모여
들었다. 뉴스를 포함한 현대 사회의 시스템은 얼마 지나지 않
아 작동을 멈췄기에 세계 각지에서 구체적으로 어떤 일이 일
어났는지는 알 수 없지만, 끊이지 않는 피난민 행렬을 보면
그리 좋은 상황은 아니었을 것이다.

내가 지내던 마을은 주변에 화산지대와 지열발전소가 있
었기 때문에 열과 에너지 공급이 그나마 안정적이라 오랫동
안 생활을 유지해 나갈 수 있었다. 물론 결코 쾌적한 생활이
라고 할 수는 없었다. 하지만 이런 미증유의 재난 속에서도
그저 묵묵히 살아가고 있는 마을 주민들과 함께 지내고 있으
니 어느새 나도 그들처럼 조용히 견뎌내고 있었다.

가끔 노인들이 사라졌다. 그들은 가족에게 이제 그만 떠날
때가 된 것 같다는 말을 남기고 숲속 깊은 곳으로 들어가서

해도연

는 돌아오지 않았다. 노인들이 작별 인사를 남길 때마다 가족과 주민들은 그들을 따뜻하게 안아주며 떠나보냈다.

나도 문득 이제 그만 떠날까 하는 생각을 한 적이 있다. 그곳에서의 생활은 시간과 함께 더욱 열악해질 게 분명했다. 열과 에너지가 있다는 소식이 퍼져나가면 약탈자들이 찾아올 가능성도 컸다. 그러니 조금이라도 살 만하고 몸이 편할 때 떠나는 게 좋지 않을까 하는 생각에 이르렀다. 하지만 그러지 않았다.

그렇게 20년이 지났다.

많은 것이 변했다.

옥스는 이제 멀리 떠나버려 보이지 않는다. 옥스가 일으킨 궤도 교란 때문에 목성과 천왕성을 제외한 모든 행성들이 지구와 함께 태양계 바깥으로 튕겨 나갔다. 지구는 이제 항성 간 공간을 유유히 떠다니는 떠돌이 행성이다. 거대한 행성 우주선에 올라탄 우주비행사가 된 기분이다.

태양은 여전히 보이지만 이젠 멀리 떨어진 밝고 선명한 붉은 별에 불과하다. 달은 처음 몇 년 동안은 지구 주변을 맴돌다가 어느 날 돌아오지 않는 길을 떠났다. 이기윤 교수처럼, 아이샤처럼, 마을의 노인들처럼. 대신 궤도 교란 때 목성이 놓쳐버린 얼음달 유로파가 기적처럼 지구의 중력에 붙들려 새로운 달이 되었다. 하지만 태양빛이 없기 때문에 하늘의 별을 가릴 때만 그 존재를 확인할 수 있다.

나는 이제 마을의 촌장이다. 지열발전소와 화산지대를 중심으로 재구성된 마을에는 파이렉시아라는 새로운 이름이 붙었다. 지하에 건설한 지열 온실과 사육장에서 식량을 만들어내고 있다. 가끔 먼 곳에 있는 원자력발전소 마을과 교류하며 필요한 물건들을 확보한다. 세상의 다른 곳이 어떻게 되었는지는 여전히 알 수 없다. 지구의 대부분이 꽁꽁 얼어버렸다는 점만은 쉽게 짐작할 수 있다.

파이렉시아 마을도 그리 오래가지는 않을 것이다. 지열발전소의 많은 부분이 심각한 수준으로 낡았지만 수리를 하거나 부품 교체를 할 방법이 없다. 화산지대 역시 어떤 이유에선지 조금씩 열을 잃어가고 있다. 아마 다음 20년을 맞이하기는 힘들 것 같다.

불행인지 다행인지 마을 사람들은 모두 아이가 없다. 지난 20년 동안 아무도 새로 태어나지 않았다. 그러니 그나마 이 죽어가는 세상을 아무에게도 물려주지 않아도 된다는 것이 작은 위안이다. 지금 내가 할 수 있는 일은 지금 이곳에 있는 주민들의 마지막을 그나마 편하게 돌봐주는 것뿐이다.

시간이 지나면 지구 표면에 인간의 것은 무엇도 남아 있지 않을 것이다. 지구 전체가 과거의 남극처럼 새하얗게 얼어붙은 무균지대가 될 것이다. 얼어붙은 바다 아래에 숨어 있는 심해 열수공 주변이 지구에서 유일하게 생명을 찾아볼 수 있

해도연

는 곳이 되지 않을까. 지구의 새로운 얼음달 유로파처럼.

이제 막 유로파가 베텔게우스를 가렸다. 가끔은 에우로페가 그리워진다.

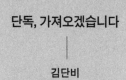

단독, 가져오겠습니다

김단비

김단비

전직 키보드 노동자, 현직 프리랜서 작가. 글을 보는 것이 취미이고 쓰는 것이 천직이라, 회사를 그만둔 후에도 계속 키보드를 두드리는 것으로 돈을 벌고 있다. 청소년기 하이텔, 천리안을 넘나들며 판타지 소설을 비롯한 여러 장르 소설을 읽으면서 출간되지 못한 다양한 판타지 단편, 장편을 썼고, 성인이 된 후로 꾸준히 문피아 등 연재처에 여러 판타지 소설을 써왔다. 2023년 제3회 K-스토리 공모전에서 『새벽의 복사꽃』으로 최우수상을 수상했다.

동경 127도에서는 해가, 서경 57도에서는 달이 뜰 시간. 번쩍이는 구체 하나가 하늘에 뚝 떨어지듯 나타났다. 동경 127도의 낮 하늘에 보이면 서경 57도의 밤하늘에는 보이지 않아야 하는데, 기묘하게도 그 구체는 지구상 어디서나 보였다. 낮이 된 지역에서는 해가, 밤이 된 지역에서는 달이 하나 더 뜬 셈이었다. 이 또한 기묘하게도 사람들은 이변을 바로 알아차리지 못했다. 분명 해보다도 달보다도 밝게 번쩍이는 구체였으나 지상의 밝기가 더해지지는 않았기 때문이었다. 심지어 레이더에조차 잡히지 않는 구체라 그 어느 나라의 천문대나 군대도 이상 현상을 바로 감지하지 못했다.

최초로 이변을 깨달은 사람은 남반구 어느 대륙에 살고 있던 열 살짜리 아이였다. 일주일째 풀뿌리 두어 조각 외에 아무것도 먹지 못한 아이는 보름달을 보며 내일은 굶지 않게 해달라고 기도를 하던 중 달이 두 개가 되었다는 사실을 알았다. 직후에는 탄자니아의 연구원이 이변을 알아차렸다. 그는 밤새 성단을 관측하던 중 며칠째 누적된 피로를 이기지 못해 잠시 졸았고, 퍼뜩 정신을 차렸을 때 그가 들여다보고 있던 천체망원경은 플레이아데스성단이 아니라 두 번째 달을 비추고 있었다.

《오늘의 이코노미》 기자 진기해 씨는 삼각지역 근처를 지나던 중 어느 운수 노동자 덕분에 이변을 알았다. 운수 노동자는 차를 갓길에 세운 채 하늘을 손가락질하며 뭐라고 중얼거리고 있었고, 진기해 씨는 손가락이 가리킨 방향을 무심코 눈으로 따라갔다가 하늘에 떠 있던 두 번째 해를 보게 되었다. 순간 진기해 씨는 '내가 아직 술이 덜 깼나.' 하는 생각부터 했다. 친하게 지내던 어느 대기업 홍보팀장이 대통령실 출입을 축하한다며 비싼 술을 사준 바람에 2시간도 채 못 자고 출근하던 참이었다. 그러나 진기해 씨는 곧 자신이 숙취에 못 이긴 환상이 아니라 실재를 보고 있다는 사실을 깨달았다.

"저게 대체 뭐지?"

———— · ————

맹세컨대, 풋풋한 대학교 3학년 학생이었던 시절 진기해 씨는 37살의 자신이 《오늘의 이코노미》에서 기자 생활을 하고 있을 줄은 꿈에도 몰랐다. 그 무렵 진기해 씨는 35살이 된 자신이 3선쯤 되는 국회의원의 보좌진으로 일을 하면서 조만간 공천 자리 하나를 약속받고 있을 거라고 생각했다. 그러나 현실의 벽에 부딪힌 10년 전에는 꿈이 조금 줄어들어, KBS나 《조선일보》 같은 큰 언론사를 잠시 다니다가 의원 배지를 다는 쪽으로 청사진을 수정했다. 조금 더 시간이 지난 8년 전에는 어디서든 기자 생활만 할 수 있으면 좋겠다고 생각했지만, 그마저도 쉽지는 않았다.

진기해 씨는 자신이 공중파 방송사나 주요 일간지 신문사에 들어가지 못한 이유를 아직도 이해하지 못하고 있었다. 공중파 방송이나 주요 일간지 입사에는 서울대 출신이 유리하다고 했고, 진기해 씨에게는 서울대 미학과 졸업장이 있었다. 하지만 그들은 서류 전형에서부터 진기해 씨를 거절했다. 언론고시생 생활 2년 차에는 꿈을 조금 줄여 종합편성채널 그리고 '조중동'보다는 조금 못한 일간지에도 원서를 넣었다. 하지만 이번에도 필기시험에서 모두 탈락했고, 서른을 목전에 둔 진기해 씨 앞에 내던져진 마지막 선택지는 인터넷을 기반으로 운영되는 일간지들이었다. 진기해 씨는 고민 끝에 이제 막 두 번째 기수 기자를 공개 채용하는, 발행 부수 1만 부에 빛나는 인터넷 기반 경제지 《오늘의 이코노미》에도 원서를 넣었고 언론고시 준비 2년 만에 아슬아슬하게 기자 생활을 시작할 수 있었다. 첫 합격자 명단에 있던 어느 지원자가 《중앙일보》 공채에 합격해 《오늘의 이코노미》를 탈출한 덕분이었다.

모로 가도 서울만 가면 그만이라고, 진기해 씨는 《오늘의 이코노미》에서라도 정치부 기자로 두각을 드러내 주요 일간지 중 한 곳으로 이직하고, 주요 일간지 기자로서 정치인들과 친해져 언론인 몫 공천을 받겠다는 미래도를 새로 다시 그렸다. 그런데 어쩐 일인지 별 볼 일 없는 인터넷 기반 경제지에서조차 진기해 씨의 자리는 마땅치가 않았다. 정치부로는 영 갈 수가 없었고 주력부서인 산업부조차도 3년 차가 돼서야 겨우 들어갈 수 있었다. 그래도 《오늘의 이코노미》의 주 수입원이 산업부인 만큼 산업부 데스크의 사내 입김은 매우 막강했기에, 진기해 씨는 산업부장이 자신을 정치부로 보내주리라 믿고 열심히 일했다. 다른 경제지들보다 훨씬 격렬하게 삼성을 칭찬하는 기사를 썼고, LG 홍보팀과의 술자리가 있으면 빠지지 않고 따라다녔으며, 신세계로부터 광고를 여러 차례 따냈고, 산업부장과 한화 임원진 간의 술자리도 몇 차례나 주선했다. 그렇게 몸을 깎아가며 노력한 끝에 입사 8년 차가 되는 오늘, 마침내 진기해 씨는 《오늘의 이코노미》 대통령실 팀 반장으로서 용산 대통령실 기자실에 첫 출근을 하게 된 것이었다.

"요즘 애들은 하리꼬미를 안 돌아서 아주 개판이야."

"요즘 애들"인 《오늘의 이코노미》 대통령실 막내 기자 은혜 씨가 옆에 앉아 있었으나, 진기해 씨는 개의치 않고 혀를

김단비

찼다. 오늘은 대통령실 첫 출근이라, 원래는 은혜 씨 안내로 대통령실 비서관실 여기저기 연락을 돌리고 출입 인사부터 해야 했다. 하지만 상황이 상황인지라 진기해 씨는 기자실에 앉아 있던 기자들에게 가볍게 인사만 돌리고, 자리에 앉아 정치부장의 지시를 기다리던 중이었다. 출입 기자들마저도 삼성 출입 기자들과 차원이 다른 느낌이었기에, 진기해 씨는 자신도 이들의 일원이 됐다는 생각에 괜히 심장이 뻐근해졌다.

진기해 씨가 들여다보고 있던 것은 기사 편집, 출고 등 언론사 콘텐츠를 관리하는 집배신 시스템이었다. 다른 언론사 집배신 정보 보고 게시판과 마찬가지로,《오늘의 이코노미》집배신 정보 보고 게시판에도 경찰서 출입 막내 기자들이 경찰에서 얻어온 각종 사건 사고 정보들이 잔뜩 올라와 있었다. 하지만 진기해 씨에게는 하나같이 쓸모없는 정보들로만 보였다. 진기해 씨가 기자 생활을 시작할 때만 해도, 수습기자들이 경찰서 기자실에서 숙식을 해결하면서 24시간 내내 기삿거리를 수집해 오는 한국 기자들의 전통 '하리꼬미'가 남아 있었다. 인권 침해 논란 속에 하리꼬미가 사라지면서, 요즘 어린 기자들은 취재 방법이며 기자 정신이며 하나도 제대로 배우지 못하는 것 같았다. 은혜 씨가 어딘지 불만스러운 눈으로 진기해 씨를 흘겼지만 뭐라고 말을 붙이지는 않았다.

어쨌든 경찰팀 정보 보고를 대충 훑어보고 다른 출입처 선후배들의 정보 보고도 살펴봤지만, 괴 구체와 관련된 제대로 된 정보는 아직 올라오지 않았다. 국방부, 국가정보원, 각 대학교 연구소 등 관계있을 법한 기관에 출입하는 선후배들도 하나같이 그저 "상황 파악 중"이라는 글만 올려놓았다.

"은혜야, 아까 통화 내용 말고는 들어온 거 없지?"

"예, 없습니다."

"그래, 계속 전화 돌려봐."

"예, 알겠습니다."

은혜 씨는 인상을 잔뜩 찌푸리면서 동기들이 있는 카카오톡 단체 채팅방에 뭔가를 올리더니, 휴대전화를 들고 기자실 밖으로 나갔다. 진기해 씨는 곧 정치부 단톡방을 열어 대통령실 출입 후 첫 보고를 올렸다.

- 대통령실도 상황 파악 중, 언론 브리핑 예정 아직 없음

은혜 씨가 알아 온 이야기였어도 보고를 올리는 사람은 진기해 씨다. 어차피 팀원이 하는 일은 곧 팀장이 하는 일이고, 팀장이 하는 일은 곧 팀원이 하는 일이다. 보고를 마친 진기해 씨는 부장 지시를 기다리는 동안 기사 게시판으로 넘어가 **"한반도 상공에 괴 구체 등장… 시민들 충격"**이라는 사회부 기사를 읽었다. 아무 정보가 없는 상태에서도 사회부에서는 괴구체의 모양새와 시민들의 반응만으로 비슷비슷한 기사 수십 개를 쏟아냈다. 곧 부장에게서 카톡이 왔다.

- 기해야, 대통령실은 이게 다지? 정보 보고에 올라온 각 정부 부처 대응 모아서 기사 작성해.

김단비

- 예.

진기해 씨는 마침내 메모장을 열고 "**서울 하늘에 괴 구체 등장… 정부는 "사태 파악 중"**"이라는 알맹이 하나 없는 기사를 쓰기 시작했다. 그 사이 사회부에서는 또 "**출근길 '괴 구체' 등장에 놀란 시민들… "저런 건 처음 본다"**", "**시민들 공포에 휩싸인 출근길**"이라는 비슷비슷한 기사가 잇따라 올라왔다. 모두 조회수가 10만을 넘길 정도로 알뜰한 기사들이었고, 진기해 씨는 자신이 쓸 기사 역시 조회수 10만을 넘기리라 예상하면서 흐뭇하게 웃었다.

기자 생활을 8년이나 했으면서도 개성공단이나 평양 같은 곳은 가본 적도 없고 대통령 탄핵이나 남북정상회담 같은 굵직한 취재도 해본 적이 없는 것이 진기해 씨의 커다란 콤플렉스였다. 그런데 대통령실 출입 첫날에 이런 전대미문의 사건이 터졌으니 이제 자신의 프로필에도 개성공단이나 남북정상회담 취재 같은 굵직한 경력이 한 줄 붙을 것이다. 이류 언론 기자 생활 8년 차, 진기해 씨의 인생에도 드디어 기회가 찾아온 것이다.

———— · ————

구름처럼 몽실몽실 부풀어 오른 기대감이 짙은 안개처럼 눅눅한 실망으로 바뀌는 데에는 그리 긴 시간이 필요하지 않았다. 괴 구체가 나타나고 6개월이 지나는 동안, 진기해 씨에

게는 아무 일도 일어나지 않았다. 아니, 인류 모두에게 아직
은 별다른 일이 일어나지 않았다.

"오늘도 '파악 중'인 겁니까? 저번에 미국하고 공조한다더
니 그건 진행이 없어요?"

"그 부분은 미국 정부와 협의해야 하는 사안이라 저희가
말씀드릴 수가 없고요. 진 팀장님도 아시잖습니까. 매일 이렇
게 전화하셔도 없는 걸 있다고 말할 수는 없어요."

"미치겠네. 뭐라도 하나 달라고요. 브리핑도 안 하고 기삿
거리도 안 주면 저희는 오늘 뭐 씁니까?"

"…"

휴대전화 건너편에서 '쓸 게 없으면 쓰지 말아야지, 인터넷
찌라시 기레기들이란.'이라는 무언이 건너왔지만, 눈치가 대
단하지 못한 진기해 씨는 그를 알아차리지 못했다. 결국 진기
해 씨는 짜증스레 전화를 끊고 부장에게 어제와 똑같은 카톡
을 보냈다.

-오늘 대통령실 브리핑 예정 없음, 오늘도 파악 중이라고만 함.

괴 구체가 나타났던 그날, 나사는 유엔과의 협의 하에 짤
막하게 브리핑을 했다. 물리 법칙조차 완전히 무시하고 나타
난 저 괴 구체에 대해서는 아직 밝혀진 것이 없다며, 그 정체
를 파악하기 위해 미국군, 영국군, 중국군 등으로 구성된 유
엔 다국적군과 나사 소속 탐사선을 투입할 계획이라고 했다.
그 후 한 달 정도는 진기해 씨도 몹시 바쁜 나날을 보냈다. 다

김단비

국적군과 나사 탐사선이 투입된 날, 대통령은 대국민담화를 열고 "불안해하지 말고 일상생활을 하라."라는 메시지를 국민에게 전했다. 그날은 진기해 씨도 하루 동안 50개가 넘는 기사를 써냈으며 모든 기사의 조회수는 100만에 육박했다. 기자 생활을 시작한 이래 그렇게 많은 기사를 하루에 다 쳐내는 것은 처음 있는 일이었다.

하지만 그걸로 끝이었다. 대국민담화로 일주일이 넘게 사골 기사를 우려낸 진기해 씨는 그 후로 **"대통령실, 사태 파악 중… 미국과 긴밀한 공조"** 이상의 기사를 내보내지 못했다. 저 나름 잘 알고 지냈다고 생각했던 대통령실 비서관에게 끊임없이 전화를 걸었지만 공식 브리핑에서 나왔던 "미국과 계속 협조 중"이라는 멘트 이상의 정보는 얻어내지 못했다. 그렇다고 해서 대통령실 다른 출입 기자들마저 진기해 씨처럼 아무것도 하지 못하고 있는 것은 아니었다. **"[단독]정부, 유엔과 우리 과학자 파견 조율 중"** 같은 기사들은 두어 주 걸러 한 번씩 드문드문 나왔고 진기해 씨는 매번 물을 먹고 남의 기사를 따라 쓰기 바빴다.

그렇게 6개월이 지나는 동안 괴 구체에 대한 사람들의 관심은 차츰 사그라졌고, 하늘에 두 개의 태양 혹은 두 개의 달이 뜬 상황은 완전히 일상으로 자리를 잡았다. 진기해 씨의 일상 역시도 괴 구체와 함께하는 루틴이 자연스레 자리를 잡아 매일 아침 출근하자마자 대통령실 비서관에게 전화를 걸어 "오늘도 드릴 말씀이 없습니다."라는 멘트를 듣고, 부장에게 그 멘트를 보고하고 한바탕 깨진 후, 인터넷 게시판을 뒤져 쓸 만한 화제를 알아보고, 인터넷 누군가가 올린 의혹을 자신이 생각한 것처럼 포장해 기사 계획으로 올리고, 기사를 썼다.

곧 부장에게서는 어제와 똑같은 전화가 걸려 왔고, 진기해 씨는 요즘 매일같이 듣고 있는 "넌 맨날 그 소리냐? 말해주는 게 없으면 말하게 만들어야지, 알겠다고만 하고 끝내?"라는 짜증스러운 소리를 오늘도 또 들은 후, 머리를 벅벅 긁으며 부장이 올려놓은 오늘 자 기사 계획을 보았다. 아무것도 알아 온 게 없었지만 "**하늘에 나타난 이변… 괴 구체의 정체는**"이라는 기획에는 오늘도 대통령실 몫 기사가 두 꼭지나 잡혀 있었다. 괴 구체가 나타난 날부터 몇 달째 이어지고 있는 이 기획에, 주요 출입처 기자들은 아무 내용 없는 기사나마 의무적으로 매일 두세 꼭지씩 작성해 오고 있었다.

"은혜야. 오늘까지 나온 걸로 기사 대충 준비해 봐라."

"나온 게 없는데요."

"나온 게 없다고 기사를 안 쓰면 그게 기자냐?"

진기해 씨는 요즘 애들은 하리꼬미를 안 돌아서 하나도 똑바로 하는 게 없다고 중얼거리면서 인터넷 창을 켰다. 어쨌든 오늘 하루 마냥 놀 수만은 없었기에, 진기해 씨는 취재 활동의 일환으로 자주 가는 게시판 사이트의 주소를 인터넷 입력창에 써넣었다.

김단비

"인간들이 음모론만 믿고 언론이 공식적으로 밝힌 팩트는 전혀 안 믿는단 말이야."

진기해 씨는 '국정원도 수집한 정보가 많은데 이걸 꺼내면 야당에 공격의 여지를 줄 수도 있어 감추고 있다'는 요지의 글을 보고 혀를 찼다. 국정원이 알고 있는 정보가 있다면 대통령실 출입 기자가 모를 리 없다. 대통령실 비서관에게 직접 전화를 걸 수 있는 출입 기자의 권력을 떠올리자 제법 마음도 풍성해졌다. 진기해 씨는 곧 쓸 만한 기삿거리 하나를 디씨인사이드에서 발견했다.

제목 : 총선에 땅크 이용하려고 선동 난리 났다
야당이 시위꾼들 부추겨서 정부 뭐하냐고 시위했단다 ㅋ
정부가 UFO에 할 수 있는 게 뭐가 있냐 억지 주장도 정도
껏 해라

'땅크'는 몇몇 남초 커뮤니티에서 괴 구체를 가리켜 하는 말이었다. 민주화 항쟁을 탄압했던 어느 전직 대통령의 대머리를 닮았다고 그렇게 부른다던가. 어쨌든 쓸 만한 이슈였다. 진기해 씨는 오늘 자 기사 계획에 "**野 성향 시민단체, 총선에 '괴 구체' 이용 논란… 시민들 '명백한 억지 주장' 성토**"를 올려뒀다. 이내 부장이 보낸 카톡이 한 줄 도착했다.

- 기해야, 이게 사회부 기사지 대통령실 기사냐? 대통령실 멘트라

도 넣어.

대통령실 멘트라고 해봤자 "이런 전대미문의 일을 선거에 이용하려는 야당은 정말 민생을 생각하는 게 맞는지 모르겠다."라는 '대통령실 관계자' 명의의 코멘트 정도가 전부일 것이다. 어쨌든 그 멘트라도 받아야 대통령실 기사로 완성될 수 있다는 지적은 옳았기에, 진기해 씨는 은혜 씨에게 "은혜야, 기사 계획 봤지? 멘트 하나만 따 와라."라고 카톡을 보냈다. 그런데 그때 정치부 단톡방이 갑자기 다시 깜빡거렸다. 진기해 씨는 부장이 아침부터 또 무슨 잔소리를 하려나 생각하며 단톡방을 열었다. 그런데 단톡방에 올라온 부장의 멘트는 전혀 뜻밖의 것이었다.

- 정치부 전원 대기해 주세요. 국제부에서 나사 발표 있다고 합니다. 발표 나오면 바로 대통령실, 국무총리, 여야 대표 멘트 따서 기사 바랍니다.

⸻ • ⸻

나사와 유엔의 공동발표는 전 세계에 생중계로 진행됐다. 사람들은 저마다 직장에서, 학교에서, 달리는 차 안에서, 집에서 TV나 휴대전화, 태블릿PC로 발표를 지켜봤다. 《오늘의 이코노미》 국제부 기자들 역시 저마다 편집국 TV나 인터넷 방송을 보면서 바쁘게 속보를 쳐냈다.

사람들이 가장 기다렸던 것은 '어떻게 지구 어디서나 괴

김단비

구체를 볼 수 있는지'에 대한 대답이었으나 그에 대한 나사의 답변은 만족스럽지 못했다. 나사의 브리핑은 '아직 밝혀내지 못했다'는 내용이었다. 그래도 실망은 일렀다. 그 외의 발표 내용이 모두 경악스러웠기 때문이다. 가장 놀라운 것은 괴 구체안에서 '인간형 지적 생명체'가 발견되었다는 점이었다. 그것이 사실이라면 유사 이래 최초의 '외계인' 발견이었다.

나사 발표에 따르면 '인간형 지적 생명체'를 최초로 조우한 것은 다국적군 정찰비행단 소속 정찰병들이었다. 미국, 영국 국기를 각각 달고 있는 정찰기 두 대가 괴 구체의 주변을 빙글빙글 돌면서 정체를 살피는 동안, 구체 한가운데에 조그만 구멍이 뚫리더니 인간과 흡사하게 생긴 생명체 두엇이 튀어나오더라는 것이다. 더 놀라운 것은 그들이 인간이 사용하는 것과 비슷한 형태의 음성 언어를 사용하고 있어 의사소통까지 가능했다는 점이었다. 그들은 인류가 알지 못하는 최첨단 동시통역 기술을 이용해, 자신들을 지구에서 1억 광년 떨어진 '비텍텐 항성계'에서 온 개척자라고 소개했고 인간 측 대표와의 협상을 요청했다.

정찰기가 가져온 충격적인 소식에 다국적군 사령관은 잠시 고민했으나, 판단을 내리는 것은 군인이 아니라 민간인이어야 한다는 생각으로 지상에 있던 유엔 사무국과 안전보장 이사회에 이 내용을 전했다. 괴 구체를 격추해야 한다는 러시아, 미국, 중국과 한번 협상을 해보기는 하자는 영국, 프랑스 간의 난전이 2주 정도 이어진 끝에 안보리 상임이사국 간 합의가 이뤄져 일단 괴 구체에 유엔 대표단을 파견하기로 하는 결정이 비밀리에 내려졌다. 그 후로 5개월, 유엔 대표단은 줄곧 비텍텐 항성계에서 온 개척자들과 협상을 진행해 온 것이다.

"오늘 이 내용을 발표하는 것은 지난 5개월에 걸친 협상이 어느 정도 마무리됐다는 사실을 알리기 위해서입니다."

브리핑 바통을 이어받은 유엔 사무총장에 따르면, 비텍텐 측은 향후 있을 지구와 다른 외계 행성과의 콘택트 과정에서 첫 발견자로서의 우위를 점하기 위해 인류와의 접촉을 시도한 것이라고 유엔 대표단에 방문 목적을 밝혔다. 그 얘기는 우주에 비텍텐 외에 또 다른 지적 생명체가 있다는 뜻이기에 전 세계는 한 번 더 충격에 빠졌다. 어쨌든 유엔 대표단과 비텍텐 측의 평화 유지 및 상호 교류 협상안은 거의 마무리가 되어 조만간 유엔 총회에 안건으로 올라갈 예정이라고 했다. 다만 비텍텐 측이 유엔 아닌 인류 전체에 이 협상안을 직접 설명하고 싶어 했기에, 유엔은 고심 끝에 인류 최초의 '유엔 대표와 외계 생명체 대표 간의 공동기자회견'을 개최하기로 했다. 장소는 비텍텐 개척자들이 타고 온 괴 구체, 파견될 기자는 안보리 상임이사국 5개국, 비상임이사국 10개국 외에 대륙별로 10개 국가에서 선발될 예정이었다.

김단비

유사 이래 최초의 '유엔 대표-외계 생명체 공동기자회견'에 파견될 한국 기자로는, 놀랍게도 진기해 씨가 선정되었다.

진기해 씨가 파견 기자로 선발된 데에는 우여곡절이 있었다. 기자 파견국 중 하나로 비상임이사국인 한국이 선정됐다는 소식이 전해지자, 처음에는 어느 기관 출입 기자를 대표로 보낼 것이냐를 두고 언론사마다 날 선 신경전이 벌어졌다. 과학 전문 기자들은 외계 문명과의 첫 조우인 만큼 자신들이 나서야 한다고 주장했고, 대기업에 출입하는 산업부 기자들은 우주 개발과 관련된 문제이니 자기들이 가야 한다고 주장했다. 또, 국제부 기자들은 국제 정세와 관련된 일이니 자기들이 가야 한다고 주장했으며, 사회부는 이렇게 영역이 불분명한 기자회견에는 경찰팀 기자가 가곤 했다는 점을 내세웠다. 그러나 결국 대통령실 출입 기자 중에서 파견 기자를 뽑는 것으로 정해졌다. 별다른 이유가 있었던 게 아니라, 그저 언론사별로 사내 권력이 가장 강한 부서가 대체로 정치부, 그것도 대통령실팀이었기 때문이었다.

대통령실 출입 기자 중에 파견 기자를 뽑자는 쪽으로 의견이 모이자, 이번에는 어느 언론사의 기자를 보낼 것이냐를 두고 대통령실 출입 언론사 간 기 싸움이 벌어졌다. 《연합뉴스》는 이런 국가적인 사안은 당연히 국가 기간 뉴스통신사가 가야 한다고 주장했고, 《조선일보》는 국내 발행 부수가 가장 많고 가장 공신력 있는 지면 언론사가 가는 게 당연하지 않으냐고 주장했으며, KBS는 공신력 있는 영상을 따야 하는 만큼 공영방송사가 가는 게 맞다고 주장했다. 언론사 간 알력 다툼 한가운데서 《오늘의 이코노미》가 파견 언론사로 정해진 것은 순전 어부지리였다. 의견이 도무지 좁혀지지 않자 기자단 투표로 파견 언론사를 정하게 됐는데, 대통령실에 출입하는 언론사 모두에게 공평하게 1표씩 주어지다 보니 벌어진 일이었다. 방송사들은 일간지를, 일간지들은 뉴스통신사를, 뉴스통신사는 방송사를 견제하기 위해 아무도 표를 주지 않을 것 같은 인터넷 기반 언론사 중 하나, 《오늘의 이코노미》에 표를 버렸다. 그런데 막상 투표함을 까 봤더니 버린 표들이 모여 《오늘의 이코노미》의 압도적인 승리를 만들어 버린 것이다. 결과가 발표되자 《연합뉴스》 기자는 "씨발, 뭐 이따위야."라고 외치며 기자실을 나가버렸다.

《오늘의 이코노미》 대통령실 출입 기자가 파견 기자로 선발된 이상 진기해 씨가 괴 구체로 가게 된 것은 너무나 당연한 수순이었다. 진기해 씨보다 훨씬 오래 대통령실에 출입했던 《오늘의 이코노미》 소속 기자는 있었지만, 어쨌든 괴 구체에 누구를 보낼 것인지 결정할 권한이 있는 사람은 은혜 씨가 아니라 진기해 씨였다.

———— • ————

"이게 숙소야?"

임시 숙소에 도착한 진기해 씨는 얼굴을 잔뜩 찌그러뜨렸다. 전 세계 기자들이 미국 텍사스 사막에 임시로 만든 숙소에 모였다가 한꺼번에 괴 구체로 올라갈 예정이라고 들었을 때, 숙소가 6성급 호텔까지는 아니어도 적어도 편의 시설이 잘 갖춰진 고급 숙박시설 정도는 될 것이라고 기대했던 진기해 씨였다. 하지만 막상 도착해 보니 재수생들을 위한 기숙학원이나 별반 다를 바 없는 숙소가 진기해 씨를 반겼다. 판자를 세워 만든 가건물 안에는 5평도 안 되는 좁은 방이 주르륵 늘어서 있었고, 각각의 방 안에는 2층 침대가 두 개씩 들어 있었다. 진기해 씨는 대통령 순방을 따라다니던 선배 기자들 얘기를 들으면서 대통령실 예산을 지원받아 파리나 뉴욕에 있는 5성급 호텔 스위트룸에 묵는 꿈을 키웠던 적이 있었다. 하지만 이 보잘것없는 숙소 문제로 항의할 곳이 마땅치 않았다. 진기해 씨와 같이 왔던 대한민국 정부 관계자들은 모두 나사 측 안내에 따라 숙소 입구에서 돌아가고 없었다.

기자들은 이 숙소에서 하루 이틀 머물다가 기자회견에 참석할 기자들이 다 모이면 나사가 준비한 이동 수단을 타고 함께 괴 구체까지 올라가기로 돼 있었다. 괴 구체는 대체 상공 어디쯤 있는 것인지, 각국에서 괴 구체에 바로 갈 수 있는 길은 없었다. 실제로 이번 기자회견에 선발되지 않은 몇 국가에서 몰래 괴 구체에 다가가려고 해봤지만 소용없었다고 했다. 분명히 인간의 시각은 그 구체를 인지했음에도 불구하고,

인류가 모르는 어떤 기술을 쓰고 있는 것인지 전투기가 아무리 위로 올라가도 도저히 괴 구체에는 도달할 수가 없었다. 나사 관계자는 처음 다국적군이 괴 구체에 접근할 수 있었던 것도 비텍텐 측 호의 덕분이었던 것 같다고 설명했다.

마뜩잖은 숙소나마 짐을 풀자 나사 관계자가 찾아와 숙소 한가운데 공터로 진기해 씨를 안내했다. 그곳에서 진기해 씨는 오늘 오전까지 도착한 기자들과 함께 기자회견 일정 및 괴 구체까지 올라가는 방법 등에 대한 짧은 설명을 들었다. 나사 관계자는 기자들이 타고 갈 이동 수단을 보여주며 작동법과 유사시 비상 탈출 방법을 직접 시연해 보였다. 이동 수단은 군용 전투기를 개조한 비행선이었는데, 몸 하나 움직일 공간도 없는 좁디좁은 좌석에 조종사 한 명과 기자 다섯 명이 몸을 구겨 넣어야 하는 구조였다. 진기해 씨는 그마저도 불만이었다. 도대체 나사가 얼마나 남겨 먹으려고 이러는지 알 수가 없었다. 대통령 순방을 따라다녔던 선배 기자 말에 따르면 한국 대통령실은 다른 국가와 정상회담을 할 때마다 출입 기자들에게 대통령 전용기 혹은 국적기 비즈니스 클래스 좌석을 무상에 가까운 가격으로 제공해 줬다고 했다. 참다못한 진기해 씨는 마지막 질문 답변 시간에 기자로서는 아주 상식적인, 그리고 서울대 출신 기자다운 아주 예리한 질문을 던졌다.

"전용 이동 수단 개발에 참여한 기업들이 어디인지 알려주실 수 있습니까? 해당 기업들은 향후 비텍텐과의 교류에도 계속

김단비

참여할 예정인가요? 거기에 한국 기업, 예를 들어 삼성 같은 회사가 참여할 여지는 없습니까?"

핵심을 찌른 질문이었는지 나사 관계자는 멍청한 얼굴로 아무 말도 하지 못했다. 대학을 졸업하고 거의 8년 동안 사용하지 않았던 영어였지만 실력은 녹슬지 않은 모양이었다. 진기해 씨는 '우리나라 같은 후발주자는 빼고 미국 혼자 하는 독점 사업인가 보네.'라고 생각하며 혀를 찼다. 아무리 봐도 이 이동 수단을 만드는 데에는 큰돈이 들어갈 것 같지 않았고, 향후 비텍텐과의 교류가 지속된다면 엄청난 노다지가 될 사업처럼 보였다. 텍사스로 떠나오기 직전, 나사 관계자로부터 좋은 정보를 듣게 되면 알려달라며 고급 룸살롱에서 글렌피딕까지 사줬던 방산 업체 임원진들이 떠올랐다. 아무래도 김 부사장에게는 이 사실을 알려줘야 할 것 같다고 진기해 씨는 생각했다.

불만스러운 브리핑이나마 마치고 숙소로 돌아온 진기해 씨는 현재까지의 상황을 회사에 보고하기 위해 나사가 나눠준 안내 책자를 펼쳐 들었다. 부장은 르포 형태의 기사를 시간 단위로 쏟아낼 계획이었던 듯, 공항까지 나와 진기해 씨를 배웅하면서 임시 숙소에 도착하면 30분마다 상황을 보고하라고 했다. 그런데 일정표를 본 진기해 씨의 얼굴이 또 심하게 찌그러졌다. 나사가 정해준 바에 따르면 출발 준비가 끝난 당일 괴 구체로 출발, 하룻밤을 괴 구체에서 보낸 후 이튿날 아침 기자회견이 있었고, 곧바로 텍사스 임시 숙소로 돌아오는 것이 일정의 전부였다. 말도 안 되는 계획이었고, 이런 대접은 있을 수가 없었다. 언론을, 전 인류의 눈과 귀를 존중한다면 최소한 하룻밤 정도는 괜찮은 식사와 술을 제공해야 했고 괴 구체 내부가 어떤지 기자들에게 견학도 시켜줘야 했다. 어쩌면 나사가 괴 구체 관련 정보를 독점하고 전 세계 언론의 자유를 위축시키기 위해 이런 일정을 짠 것일지도 모르겠다고 진기해 씨는 생각했다.

더더욱 참을 수 없었던 것은 기자회견장에서는 나사가 제공하는 인터넷망을 사용할 수 없어 실시간으로 속보를 칠 수 없다는 설명이었다. 그 대신 비텍텐 측이 직접 기자회견장 영상을 전파의 형태로 지상에 쏘아 보내 휴대전화든 TV든 전파를 잡을 수 있는 기기를 갖고 있는 인간이라면 누구든 이 기자회견을 실시간으로 볼 수 있게끔 하겠다고 했는데, 그게 더 문제였다. 지상에 있는 누구나 기자회견을 실시간으로 볼 수 있다면 편집국에 앉아 기사를 쓰고 말지 굳이 현장까지 취재를 올 이유가 없었다. 이건 비텍텐이 인류의 눈과 입을 존중하지 않는 것이었고 엄청나게 모멸적인 처사였다.

진기해 씨가 딱 거기까지 생각했을 때 같은 방을 사용하는 기자 둘이 때마침 숙소에 도착했다. 배치표에 따르면 이 두 기자는 일본이나 미국 같은 선진국 기자들이 아니라 이름도 처음 들어보는 조그마한 나라 기자들이었다. 이런 숙소 배치

김단비

마저도 나사가 한국이라는 나라 자체를 얕보는 것이 분명했기에 진기해 씨는 들고 있던 안내 책자를 책상 위에 패대기쳤다. 그러나 혼자서는 이 부당함을 바로잡기 어려우리라는 데에 곧 생각이 미쳐, 서울대를 나온 냉철한 기자답게 진기해 씨는 방금 패대기친 안내 책자를 다시 집어 들어 불만스러운 페이지를 두 기자의 눈앞에 들이댔다.

"이거 읽어 보셨습니까?"

"예? 무슨 문제 있습니까?"

가방을 내려놓고 있던 기자 하나가 그렇지 않아도 큰 눈을 더 크게 뜨며 진기해 씨가 보여준 페이지를 살폈다.

"아직 안 읽어 보셨군요. 언론 대접이 정말 모멸적입니다! 우리는 지금 전 세계 모든 사람의 눈과 입을 대신하고 있는 건데, 이 사람들 전 세계의 눈과 입에 대한 대우가 말도 안 된다고요!"

"읽어 보기는 했는데 무슨 말씀인지 모르겠군요. 문제가 있는 것 같지는 않던데요."

"아니, 여길 보십시오. 말도 안 된다고요. 기자회견장에 와이파이도 안 되고, 견학도 없답니다. 뭘 감추려고 이러는 걸까요? 기자단 명의로 공동 성명이라도 발표해야 하는 거 아닙니까?"

두 기자는 전혀 영문을 모르겠다는 얼굴로 어깨만 으쓱한 후 진기해 씨를 무시하고 짐을 풀기 시작했다. 진기해 씨는 더 크게 화가 났지만, 서울대를 졸업한 뛰어난 지성은 이 기자들이 이렇게 태평한 이유를 금방 짐작해 낼 수 있었다. 이들은 진기해 씨가 잘 알지 못하는 후진국에서 온 기자들이었다. 독재국가에서 정부 스피커 노릇을 하는 데에 바빠 제대로 된 기자 정신을 배우지 못했음이 분명했다. Q.E.D. 사실 두 기자의 국적은 각각 태평양과 중앙아프리카에 있는, 한국보다 훨씬 더 민주주의가 잘 발달한 국가였지만 진기해 씨 생각에 한국인이 이름을 들어보지 못한 나라는 독재 후진국일 것임이 분명했다.

진기해 씨는 씩씩거리면서 숙소 배치표를 뒤졌다. 이런 후진국 기자들이 아니라, 일본이나 유럽이나 미국처럼 언론의 자유가 잘 발달한 선진국 기자들과 얘기를 나눠야 했다.

———— · ————

괴 구체, 정확히는 비텍텐 항성계에서 보냈다는 개척선은 지상에서 보던 것과 많이 달랐다. 분명 빛을 발하는 구체로 보였는데 가까이서 보니 인간이 쏘아 올린 우주정거장과 비슷한 모습을 한 금속성 기체였다. 기자들은 자신들의 시각적 믿음이 어디선가 빠그라지는 듯한 느낌을 받으며 구체, 아니 기체에 첫발을 내디뎠다. 이동 수단에서 우르르 내린 인간 기자 중에는 미국, 일본, 영국, 프랑스 기자들로부터 서러운 일을 당한 진기해 씨도 당연히 포함되어 있었다.

전날 진기해 씨는 방을 박차고 나가자마자 바로 미국 기자가 있다는 방부터 찾았다. 안내 책자에 적힌 설명으로는 《워

김단비

싱턴 포스트》소속 기자라고 했고, 나사와 유엔의 협조로 이뤄지는 기자회견인 만큼 진기해 씨는 미국 기자가 기자단 대표인 '간사' 역할을 할 것이라고 짐작했다. 한국 출입처에서 보통 《연합뉴스》소속 기자가 기자단 간사를 맡아 정부와 기자단 간의 협상을 대신하는 것처럼. 노크 소리를 들은 미국 기자가 방에서 나오자, 진기해 씨는 간단히 자기소개를 한 후 오는 내내 논리적으로 명석하게 정리한 문장들을 쏟아냈다.

"질문을 사전에 조율해 놓아야 원활한 기자회견이 가능할 텐데, 질문자는 미리 정하지 않습니까? 회견장에서 와이파이는 쓸 수 없고 비텍텐 측에서 지상으로 영상을 직접 쏘아 보낼 것이라는 얘기를 들었는데, 그러면 현장까지 와서 취재하는 의미가 없으니 일단 비텍텐 측의 생방송을 하지 말아 달라고 요청하고 엠바고를 거는 게 좋지 않겠습니까? 그리고 제안입니다만, 기자회견이 끝나면 비텍텐 출입 기자단을 구성해 향후 비텍텐 취재와 관련된 독점 취재권을 지속적으로 확보하는 것은 어떨까요?"

마지막 제안은 꾀 구체에 직접 와보지도 못하고 비텍텐이 내보내는 방송을 보면서 기사를 써낼 다른 언론사를 의식한 것이었다. 이류 언론 기자로서의 서러움을 잔뜩 안고 있던 진기해 씨는 《오늘의 이코노미》가 유일한 한국 언론으로 이번 기자회견에 참여하게 된 만큼 향후 비텍텐과의 독점 취재권만 확보할 수 있다면 각 출입처 권력으로 자리 잡고 있는 《연합뉴스》와 '조중동', 공중파 방송사를 한 번에 제치는 좋은 기회가 될 것이라고 생각했다. 그런데 미국 기자의 반응은 진기해 씨의 예상과 달랐다. 미국 기자는 조금 전 그 후진국 기자들과 똑같은 표정으로 진기해 씨를 보더니, 진기해 씨로서는 도저히 이해할 수 없는 답변을 했다.

"그게 왜 필요한지는 모르겠지만, 어쨌든 불만이 있다면 나사 측에 전달하는 게 맞지 않겠습니까?"

그로서는 감정을 최대한 정제해서 매너 있게 한 대답이었지만 진기해 씨는 또 화가 났다.

"기자회견장에 와이파이도 안 된다는데 문제가 아니라고 생각합니까? 나사가 그런 기술력이 없는 것도 아니고 비텍텐에서 기자회견장만 와이파이를 가로막았다고 하지 않습니까!"

"대신에 방송으로 쏘아 보낸다고 하지 않습니까?"

"그러면 기자들을 기자회견장까지 부를 이유가 없잖습니까? 어차피 방송으로 나갈 거라면 굳이 기자들을 불러 설명할 필요도 없다고요. 이건 기자들을 일부러 먼 곳까지 불러와 조롱하는 겁니다! 비텍텐 측의 '갑질'에 대한 기자단 명의의 공동 성명을 내고 기자회견 보이콧이라도 해야 하는 것 아닙니까!"

그러나 미국 기자는 조금 전 그 후진국 기자들처럼 어깨만 한번 으쓱하더니, 할 일이 많아 바쁘다며 문을 닫고 방안으로 쏙 들어가 버렸다. 진기해 씨는 어이가 없어 닫힌 방문만 멀거니 쳐다보았다. 서울대를 나온 뛰어난 지성은 이번에도 금

김단비

방 올바른 결론을 내렸다. 미국의 입김이 잔뜩 들어간 기자회견에 참석하는 미국 기자가, 나사의 '딸랑이'가 아니라면 이상한 노릇일 것이다. 이번에도 Q.E.D.였다. 진기해 씨는 '너는 나사가 불러주는 대로 받아쓰기나 해라.'라고 속으로 욕을 퍼부으면서 언론의 가치를 잘 아는 다른 나라 기자들을 찾아나섰다. 그러나 기대와 달리 프랑스, 영국, 일본 기자들도 반응은 거의 비슷했다.

"예? 와이파이가 안 되면 취재에 문제가 있습니까? 기사는 쓸 수 있잖아요?"

"질문자를 왜 정합니까? 하고 싶은 질문이 있는 사람이 질문을 해야지요."

"독점 취재권이요? 당신 지금 제정신이야?"

결국 본전도 찾지 못한 진기해 씨가 씩씩거리면서 자기 방으로 돌아왔을 때, 같은 방을 쓰고 있던 후진국 기자 둘은 이미 보고를 다 마치고 깊게 잠이 들어 있었다. 그 기자들은 아침이 되어 이동 수단에 탈 때까지, 진기해 씨를 벌레 보듯 보며 단 한마디 말도 걸지 않았다.

『인간 기자분들, 어서 오십시오.』

인간 기자들이 기체에 내리자, 비텍텐 개척자들이 모습을 드러냈다. 나사가 발표했던 대로 그들은 인간과 거의 흡사한 외형을 지닌 생명체였다. 그런데 희한한 일이었다. 인간과 흡사하달 뿐이지 분명 인간과 다른 부분들이 여기저기 존재했음에도 눈앞의 생명체에서는 이질감보다는 오히려 호감이 느껴졌다. 게다가 그들이 발사하는 음성 언어는 전혀 알아들을 수 없는 것이었으나 그들이 뜻하고자 하는 바는 직관적으로 이해할 수 있었다. 놀라운 동시통역 기술이었다. 그러나 이 기묘한 상황에 의문을 품는 인간은 아무도 없었으며, 의문을 품지 않는 것이 문제라는 사실을 깨달은 인간 역시 아무도 없었다. 그저 놀란 탄성이 여기저기서 쏟아져 나왔을 뿐이었다.

진기해 씨 역시 다른 기자들과 함께 "헐."이라고 중얼거렸다. 그러나 이 기자 정신이라고는 찾아볼 수 없는 다른 기자들과 달리, 진기해 씨에게는 해야 할 일이 있었다. 진기해 씨는 재빨리 휴대전화를 켜고 자신이 본 것을 곧바로 부장에게 카톡으로 보냈다.

- 비텍텐 두 명 마중 나옴. 키는 우리보다 10센티미터 정도 크고, 모두 마른 체형. 피부는 상아색이고, 머리카락 있음. 머리는 검은색과 금색.

부장에게서 금방 "오케이."라고 답장이 왔다. 기자 정신을 잃은 기레기들이 취재를 하지 않는 사이, 진기해 씨는 이런 방식으로 취재와 보고를 할 것이다. 보고를 받은 부장은 곧바로 기사를 만들어서 실시간으로 인터넷에 내보낼 것이다. 나사는 비텍텐 입장을 고려해서 최대한 기사를 자제해달라고 부탁했지만, 그들이 엠바고도 걸지 않고 현장 기자들을 무

김단비

시하는 이상 굳이 부탁을 들어줄 필요는 없다고 진기해 씨는
생각했다. 기자회견장 아닌 장소에서는 와이파이 사용이 가
능하게 만들었을 때, 그들은 이런 일이 일어날 거라는 예상을
해야 했다.

———— · ————

진기해 씨는 기체 내에 마련된 숙소 침대에 누워 흐뭇하게
집배신을 확인했다.

본지 기자 '비텍텐 외계인' 최초 만남… "충격적 외모"

진기해 씨가 부장에게 보낸 카톡을 토대로 지상에 있는 은
혜 씨가 작성한 기사였다. 기사 제목 쓰는 방법부터 하나하나
다시 제대로 가르친 보람이 있었다. 조회수는 30분 사이 무
려 100만을 돌파했다. 기체에 준비된 침대는 어쩐지 나사 임
시 숙소에 있던 침대와 똑같이 생긴 것이었는데 그 불만마저
누그러질 만큼 만족스러운 조회수였다. 다른 나라 기자들도
기사를 몇 꼭지 쓰기는 했는지 국제부에서도 거의 도배하다
시피 번역 기사를 내보냈으나, 실제로 비텍텐을 직접 만나 본
진기해 씨의 기사만큼 조회수가 나오지는 않았다. 100만을
넘긴 조회수에 고무된 부장은 진기해 씨가 보낸 짤막한 보고
를 토대로 무려 50개를 넘는 기사를 더 만들어 냈고 그 기사

하나하나의 조회수도 50만을 훌쩍 넘겼다.

곧 진기해 씨의 휴대전화에는 수백 통이 넘는 카톡이 쏟아졌다. 기사 제일 위에 있던 "진기해, 정은혜 기자"라는 바이라인을 드디어 본 모양이었다. 카톡을 보낸 사람 중에는 과학기술부 쪽 기자들이나 명함만 주고받은 고위 공무원도 있었고 무슨 연구소에 출입한다는 선배 기자도 있었으며 심지어 여당 대표나 대통령실 비서실장에 삼성 부회장까지도 있었다. 다들 진기해 씨가 본 것에 대한 정보를 원하는 것이다.

"이게 펜의 권력이지."

진기해 씨는 '펜은 칼보다 강하다'는 경구를 떠올리며 자신의 힘으로 쟁취한 이 권력을 만끽했다. 거마비 하나 제대로 찔러 넣어주지 않은 다른 사람들에게 알릴 정보는 없었기에 답장은 김 부사장에게만 보냈다. 그런데 기쁨을 만끽하고 있던 것도 잠시, 기사를 지시하느라 바빠야 할 부장에게서 카톡이 왔다.

- 진 팀장, 기자회견장에 와이파이 안 되는 거 사실이야?

'기해야'에서 '진 팀장'으로 바뀐 호칭에 진기해 씨는 불퉁스레 인상을 찌그러뜨렸다. 아무리 취재 권력을 쥔 현장 기자라고 해도 직속 상사인 부장에게는 답을 하지 않을 수 없었다.

- 예. 대신 비텍텐에서 기자회견 영상을 인간이 사용할 수 있는 전파의 형태로 지상에 내려보낼 예정이라고 하던데요.

김단비

- 그러면 거기까지 갈 필요가 있었나. 돈만 들고.

사실 진기해 씨가 여기까지 오는 데에 들어간 비용은 모두 대한민국 정부가 댔기에 《오늘의 이코노미》에서 이번 취재에 쓴 돈은 거의 없다시피 했다. 그러나 진기해 씨는 굳이 그 점을 지적하지는 않았다.

- 진 팀장. 남들은 못 가는 데까지 갔으니, 거기서만 받아올 수 있는 단독 기사 하나라도 가져와. 할 수 있지?

진기해 씨는 잠시 또 불퉁스레 인상을 찌그러뜨렸으나 "예."라고 짧게 대답했다. 말진 기자마냥 부장에게 취재 지시를 하나하나 듣는다는 것이 기분 나쁘기는 했지만, 어쨌든 진기해 씨 본인에게도 도움이 되는 취재이기는 할 것이다. 이정도로까지 스케일이 커졌다면, 《조선일보》나 KBS가 아니라 미국 최대 언론사에서 스카우트 제의가 들어올지도 모르는 일이었다. 갑작스레 다시 그려진 자신의 청사진을 떠올리면서 진기해 씨는 또 흐뭇하게 웃었다.

낮인지 밤인지 확실하지는 않았지만, 나사가 만든 시간표대로라면 취침 시각을 훌쩍 넘긴 시간이었다. 진기해 씨는 같은 방을 쓰고 있는 기자들에게 화장실에 가겠다고 말하고는 슬그머니 방을 나왔다. 언론 대접이 개판이라 방마다 화장실이 개별적으로 딸려 있지 않았는데 그것이 진기해 씨에게는 행운, 비텍텐에는 불행일 것이다.

진기해 씨는 낮, 부장이 보낸 카톡을 본 후로 기사를 쓰고 이런저런 현장 보고를 올리고 내일 내보낼 기사 계획을 짜면서도, 도대체 어떤 단독 취재를 할 수 있을지를 계속 고민했다. 나사 안내 책자에 따르면 기자들은 비텍텐이 지정한 장소에 지정한 시간에만 출입할 수 있었다. 특별한 이유는 밝히지 않았는데, 유엔 관계자는 비텍텐이 호의로 제공하는 기자회견인 만큼 웬만하면 비텍텐의 뜻에 따르는 게 좋지 않겠느냐고 했다. 하지만 다른 기자들이 움직이는 대로 움직여서는 결코 제대로 된 취재를 할 수 없다. 진기해 씨는 수습기자 시절, 외부인이 들어가서는 안 된다는 경찰서 강력팀장실에 몰래 들어가 서류를 뒤적였던 것을 떠올리면서 오랜만에 기자다운 기자 노릇을 해볼 때가 됐다고 생각했다. 대통령실에서야 기자실 출입을 못 하게 될 수도 있어 서류 한 장 훔쳐 나오기 어려웠다지만, 독점 취재권도 보장해 주지 않는 비텍텐에서까지 그럴 필요가 있겠는가.

취재진 숙소 밖으로 나온 진기해 씨는 금방 유엔 관계자들의 사무실, 나사 관계자들의 간이 연구실을 지나쳤다. 지나면서 보니, 나사 관계자들은 이 시각을 기자들의 취침 시간으로 정해 놓고서도 정작 자신들은 무언가를 하느라 바빴다.

'기자들 재워놓고 뭘 하는 거야? 기자들에게 알리면 안 되는 일이라도 하는 거 아니야?'

사실 나사 관계자들은 다음 날 기자회견을 위한 기술적 준

김단비

비를 하고 있었을 뿐이지만, 진기해 씨는 그런 삐딱한 생각을 했다. 어쨌든 중요한 것은 나사가 아니었다. 진기해 씨는 열심히 발을 움직여 인간 관계자들 전용으로 지정된 구역을 순식간에 빠져나갔다.

그런데 인간 전용 구역을 벗어난 진기해 씨는 전혀 뜻밖의 풍경을 마주하게 되었다. 진기해 씨는 첨단 기술 문명으로 가득 찬, 차갑고 단단한 금속질 공간을 막연하게 상상했으나, 실제 인간 전용 구역 바깥의 공간에는 아무것도 없이 휑했고 비텍텐인조차 아무도 보이지 않았다. 특이한 점은, 금속성의 물질로 벽과 천장을 쳐놓은 인간 전용 구역과는 달리 이쪽 구역에는 지구에서는 단 한 번도 본 적 없는 색을 지닌 물질로 사방을 둘러놓았다는 것이었다. 진기해 씨는 무심코 손을 뻗어 벽을 만져보았다. 딱딱하다거나 폭신하다는 묘사로는 설명되지 않는, 인간이 단 한 번도 느껴보지 못한 감각이 손끝에 닿았다. 갑작스레 찾아온 엄청난 이질감 때문에 진기해 씨는 무심코 몸서리를 쳤다.

'이런 걸 숨기고 기자들한테는 안 보여준단 말이지?'

일단 단단하지 않아 보였기에 진기해 씨는 벽과 바닥을 구성하는 그 물질을 한번 채취해 보려고 했다. 그런데 인간의 오감으로서는 도저히 설명할 수 없는 이상한 일이 또 벌어졌다. 그 물질을 가득 움켜잡았다고 생각한 순간 그 물질은 어느새 그 자리에 없었던 것이다. 사라졌다, 라기보다는 처음부터 존재하지 않았던 것 같은. 그러나 그 물질은 분명히 그 자리에 있었고 지금도 그대로 있었다.

"이, 이게 대체 뭐야."

진기해 씨는 황당해하며 빈손을 바라보았다. 그러나 손에 남은 촉감은 진기해 씨가 지금 환상을 보고 있는 것이 아니라는 사실을 분명히 말해주었다. 진기해 씨는 두어 번 정도 더 물질을 움켜쥐어 봤지만 결과는 같았다. 잡히지 않았다. 어쩔 수 없이 진기해 씨는 물질을 채취하는 것을 포기하고 휴대전화로 사진만 여러 장 남겨둔 후 다시 천천히 앞으로 나아갔다.

그런데 발을 한 걸음 한 걸음씩 옮길 때마다 이상한 일은 계속해서 벌어졌다. 분명 발을 움직여 앞으로 나아가고 있었는데도, 인간에게 남아 있는 몇 안 되는 지구 생명체로서의 동물적인 특성인 방향 감각은 진기해 씨가 지금 제자리걸음을 하고 있다고 말하고 있었던 것이다.

"뭐야, 이게!"

난생처음 느껴보는 감각에 당황스러워하는 사이 느닷없이 시간 감각마저 흐트러졌고, 마침내 진기해 씨는 자신이 언제부터 나와 있었는지, 어디에 와 있는지조차 정확히 구별할 수 없는 지경이 되어 버렸다. 마치 무언가가 뇌를 헤집고 있는 듯한 착각이었으나, 그것마저도 제대로 느껴지지 않을 만큼 머릿속이 온통 엉망으로 어그러졌다.

김단비

"으…."

진기해 씨의 입에서 괴상한 신음 비슷한 것이 터져 나오기 직전, 다행스럽게도 기묘한 풍경에 변화가 하나 나타났다. 먼 허공에, 점을 찍듯 이상한 색채 하나가 난데없이 떠올랐던 것이다. 먼 곳에 있는지 가까운 곳에 있는지 거리감조차 가늠되지 않았지만, 진기해 씨는 구명조끼라도 발견한 듯 다급히 그쪽으로 다가갔다. 자그마한 점처럼 보였던 것은 두어 걸음 만에 성인 인간 남성의 몸만큼이나 커진 네모난 모양으로 변했다. 인간의 뇌가 해석해 낸 감각이 어떤 실재를 배반한 것이었으나, 그런 사소한 문제 따위에 신경 쓸 정신이 진기해 씨에게는 남아 있지 않았다. 왠지 주변과 색이 다른, 그 네모난 공간을 진기해 씨는 더듬더듬 손으로 짚었고, 공간은 진기해 씨가 전혀 경험하지 못한 촉감과 온도를 선사했다. 아차 하는 순간 안으로 쑥 빨려 들어가는 느낌이 있었고 진기해 씨의 머릿속에 별안간 온갖 생각들이 마구 떠올랐다.

『꼭 불러들일 필요가』『구성을 분석하려면 개체수가 많을수록 좋으니까』『언제 내려갈 것인지?』『경로가 분석되고 나면』

진기해 씨는 일순 멍해졌다. 한꺼번에 많은 생각들이 쏟아졌지만 그것이 한 사람의 말인지 여러 사람의 말인지, 아니 애초에 언어가 맞기나 한 건지조차 알 수 없었다. 지구상의 생명체는 단 한 번도 접해 본 적 없는 그 어떤 언어의 존재 방식이었다. 그 엄청난 이질감에 진기해 씨는 그만 그 자리에서 토할 뻔했다. 헛구역질을 하는 진기해 씨의 망막 안쪽에 거대한 균체 같은 불규칙한 덩어리 위로 인간 모양의 덩어리 여러 개가 종기처럼 솟아 있는 모습이 비쳤다. 이 역시도 인간의 사고방식으로는 설명할 수 없는 감각이었다. 그나마 시각이 그에 가장 가까울 감각이었을 것이나, 진기해 씨는 그 이질감을 견뎌내지 못하고 마침내 자리에 주저앉고 말았다.

너무나 급작스럽게 진기해 씨 주변의 모든 것이 제자리로 돌아왔다. 진기해 씨가 헛구역질을 하는 사이 주변의 모든 것이 한데 마구 뭉쳐지는 듯한 감각이 돌연 찾아오더니 처음 인간 전용 구역을 벗어났을 때 보았던, 난생처음 보는 색과 촉감을 지닌 물질로 둘러싸인 원래의 공간이 어느새 진기해 씨 눈앞에 다시 나타나 있었다. 하지만 무슨 일인지 파악해 볼 겨를은 없었다. 진기해 씨가 접해 본 적 있는 짤막한 음성 언어가 진기해 씨의 머릿속을 울렸다.

『인간 기자분? 허가 없이 이곳으로 오면 안 됩니다.』

진기해 씨는 헛구역질을 하다 말고 뒤를 돌아봤다. 처음 이 괴 기체에 올랐을 때 보았던 비텍텐인, 아니 그자와 같은 자가 맞는지 확신할 수는 없었으나 어쨌든 그자와 비슷해 보이는 자가 지긋이 이쪽을 바라보고 있었다. 온몸을 질식시킬 듯 채우고 있던 이질감이 몹시 뜬금없이 사라져 버렸고, 처음 그들을 봤을 때 느꼈던 호감이 되살아났다. 기이할 만큼 빠른

김단비

감각의 변화였지만, 진기해 씨는 자신의 감각 변화를 정확히 인지하지 못했으며 그에 대한 의문조차 품지 못했다.

"죄, 죄송합니다. 화장실을 찾다가 잘못⋯."

진기해 씨는 황급히 엉덩이를 털며 자리에서 일어났다. 인간으로서의 모든 감각이 돌아오자 곧장 걱정부터 앞섰다. 출입 금지 구역에 온 걸 들켰으니 비텍텐과의 향후 교류에 《오늘의 이코노미》가 불이익이라도 받게 되지 않을까. 진기해 씨는 조마조마해하면서 그를 올려다보았으나 다행히 그의 심기를 거스르지는 않은 것 같았다.

『길을 잃으셨습니까? 안내해 드리겠습니다.』

"예⋯. 감사합니다."

진기해 씨는 가슴을 쓸어내렸다. 호의로 인간 기자들을 불러 모았다더니 이 일로 불이익을 주려는 듯한 눈치가 전혀 없는 걸 보면 정말인 모양이었다. 그런데 그 뒤를 따라 숙소로 돌아가는 진기해 씨의 시선이, 불현듯 그의 머리를 덮고 있는 모발에 가닿았다.

'저건⋯.'

생각지도 못한 발견이었다. 공간이나 시간 감각의 변화 따위보다는 이 머리카락의 정체가 어쩌면 훨씬 더 중요할지도 모른다, 진기해 씨는 문득 그런 생각이 들었다.

비텍텐에서 준비한 기자회견장은 상상 이상으로 한국의 기자회견장과 흡사했다. 진기해 씨는 서울에서 있었던 한미 정상회담 당시 대통령실이 이런 기자회견장을 마련했던 것을 떠올리면서 신기하게 둘러보았다. 나사가 미리 안내한 대로 인터넷은 전혀 되지 않았고 그래서인지 진기해 씨를 제외한 기자 대부분은 노트북을 가져오지 않았다. 진기해 씨는 나사 숙소에서 자신을 한심하다는 듯 쳐다보았던 미국 기자가 노트북 대신 수첩과 펜을 손에 들고 있는 것을 보고 오히려 제 쪽에서 그를 한심스럽게 쳐다보았다. 그러나 곧 다시 자신이 가져온 노트북 쪽으로 눈을 돌렸다.

숙소까지는 나사가 제공한 와이파이를 사용할 수 있었기에 진기해 씨는 미리 집배신 화면을 다운로드받아 놓은 참이었다. 노트북 화면에는 진기해 씨가 간밤 부장에게 전달한 내용을 토대로 은혜 씨가 작성한 기사가 떠 있었다. 그 기사는 진기해 씨가 숙소를 떠날 때까지만 해도 조회수가 무려 1억을 넘어 계속 올라가던 중이었다. 이 정도면 한국 사람뿐만 아니라 외국 사람들까지 《오늘의 이코노미》를 찾아와 기사를 보고 있는 것이다.

진기해 씨가 인간 출입 금지 구역 탐험을 마치고 숙소에 돌아왔을 때는 희한하게도 시간이 거의 흐르지 않은 상황이었다. 고작 1분쯤 지났을까. 어쨌든 진기해 씨는 바로 카톡과

집배신을 함께 켰다. 한국 시각으로는 이제 막 밤 10시가 된 시간이었지만 부장은 그때까지도 퇴근하지 않고 비텍텐 관련 기사를 마구 출고하면서 조회수를 올리던 중이었다.

- 인간 관계자 출입 금지 구역에 다녀왔습니다.

진기해 씨는 짤막한 보고 메시지를 보낸 후 곧바로 자신이 본 것과 겪은 것들을 메모장에 정리하기 시작했다. 부장이 빨리 보고를 달라고 독촉했지만, 어차피 이걸 본 사람이 자기밖에 없다는 안도감에 차분하게 텍스트를 정리했다. 그런데 자신이 찍은 사진을 첨부하려던 진기해 씨는 당황스러운 사실을 발견했다. 분명히 그 난생처음 보는 물질을 휴대전화로 찍었다고 생각했는데 남아 있는 사진이 하나도 없었다.

'착각했나? 분명히 찍었는데.'

게다가 마음에 걸리는 것도 있었다. 느닷없이 자신의 머릿속에 흘러들어왔던 언어들. 그 언어의 주인이 비텍텐이라는 확신은 없었지만, 환상이 아니었다면 비텍텐은 인간과 교류를 하기 위해 온 것이 아니었다. 진기해 씨는 그 부분을 포함한 장문의 메시지를 작성한 후 엔터키를 쳤다. 단독 기사를 작성한다면 비텍텐의 지구 방문 목적에 대한 기사가 가장 확실하게 독자들을 자극할 것이다. 그런데 부장에게서는 뜻밖의 반응이 돌아왔다.

- 이거는 못 써. 비텍텐에 확인 안 했지? 잘못하면 비텍텐한테 명예훼손으로 고소당해.

- 예?

당황한 진기해 씨는 부장이 무슨 소리를 하나 싶어 멍청하게 메신저 화면을 쳐다보았다. 진기해 씨가 보고한 것은 그동안 써 왔던 "**야당의 정부 공격 배후에는 주사파**", "**민주노총, 北 지령 받아 노조법 개정 운동**" 같은 기사들의 배경이 되었던 정보와 크게 다를 바 없는 정보였다. 아니, 그런데 비텍텐 측의 확인? 그걸 대체 어떻게 하지?

- 진 팀장 기자 생활 하루 이틀 해? 산업부에서는 기업 기사 쓸 때 기업 측에 기사 내용 확인 안 해?

어, 진보 언론에서 나온 대기업 의혹 기사를 보면 홍보팀 쪽에 먼저 전화해 입장을 물어보기는 했지만 노동조합 기사를 쓸 때는 예의상 한번 전화만 걸어본 후 "노조 측에 연락을 시도했지만 대답은 듣지 못했다."라고 기사를 처리했었다. 그러나 부장이 말하는 건 그게 아닌 듯했다.

진기해 씨는 잠깐 생각 끝에 이 기사는 깔끔하게 포기하기로 하고 조금 전 비텍텐인으로부터 안내를 받을 때 확인했던 사안을 다시 텍스트로 만들어 부장에게 보냈다. 그제야 부장에게서는 오케이 사인이 떨어졌다.

- 좋아, 일단 이걸로 가자. 아까 얘기한 건 나중에 비텍텐에 확인해서 추가로 기사 쓰고.

그리고 진기해 씨가 조금 전 보았던 조회수 1억을 넘긴 기사는, 그 내용을 토대로 은혜 씨가 쓴 기사였다.

김단비

[단독]반짝이는 구체를 닮은 비텍텐인… '모발'이 아니라 '가발'이었다

이것만은 진기해 씨가 확실하게 두 눈으로 본 것이었다. 비텍텐의 모발 언저리에는 분명 가발에서나 볼 수 있는 뚜렷한 선이 보였다. 그랬기에 정말 만족스러울 만큼 훌륭한 기사가 아닐 수 없었다. 비텍텐이나 나사의 심기도 거스르지 않고, 그렇다고 해서 와서 비텍텐이 주는 정보만 받아서 쓰는 기사도 아닌 직접 발로 뛴 기사였으며, 전 세계 모든 독자가 호기심을 가질 만한 기사였다.

진기해 씨는 아주 흐뭇하게 웃으면서 비텍텐이 미리 엠바고를 걸어 전달해 준 보도자료 내용을 읽었다. 처음 텍사스 임시 숙소에 도착했을 때만 해도 엠바고도 없고 사전 보도자료 따위도 없다고 하더니, 어쩐 일인지 오늘 아침 비텍텐은 갑자기 이런 A4용지 형태의 보도자료에 엠바고를 걸어 배포했다. 마치 한국의 정부나 기업들처럼. 경위야 알 수 없었지만 기사를 쓰기 편해진 것은 사실이었다. 읽어 보니 대충 '**비텍텐-유엔 협상 완료… 본격적인 지구 자원 개발 시작**', '**비텍텐, 지구에 6경 원대 대대적 투자 예정… 아시아 국가도 참여 가능성**' 같은 제목으로 뽑는 것이 좋을 것 같았다. 그런데 진기해 씨는 이 보도자료 내용을 한국 정부의 보도자료에서 본 것 같은 기시감을 느꼈다. 착각일 것이다. 비텍텐이 한국 정부나

기자들의 머릿속을 들여다보지도 않았는데 그걸 어떻게 안단 말인가.

그렇게 기자회견장에 앉아 있던 기자들이 저마다 수첩을 살피고 노트북을 확인하며 보도자료를 분석하고 있는 동안, 기자들이 앉아 있던 기자회견장은 어느새 인간이 만질 수도, 느낄 수도 없는 희미한 빛 덩어리로 조금씩 바뀌어 가고 있었다. 기체 밖에서도 인간이 인지할 수 없는 무언가가 지상으로 스멀스멀 퍼져 내려가고 있었으나 기자회견장에 앉아 있던 기자들과 나사, 유엔 관계자들은 물론이거니와 지구상의 그 어떤 생명체나 레이더조차도 그것을 전혀 인지하지도, 감지하지도 못했다. 그것은 곧 지상 전체를 뒤덮을 것이고 뉴런에서부터 시작해 미토콘드리아 가장 깊은 곳까지, 지구상에 존재하는 모든 생명체의 가장 은밀한 부분까지 직접적으로 침투하게 될 것이다. 그것이 지구가 생겨나기 전부터 그들이 이 우주에서 존재해 온 방식이었다는 것을, 인간은 알 수 없을 것이다. 영원히.

김단비

창힐이 가로되

문녹주

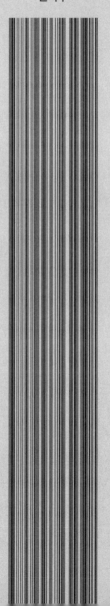

문녹주

여성이고 양성애자이며 수상한 사변 소설을 쓰고자 힘낸다. 한자문화권 전반
의 역사·문화적 요소를 적극적으로 활용하려는 편이다. 지은 책으로 『그 사
람은 죄가 없어요』가 있고, 앤솔러지 『책에 갇히다』 『은하환담』에 참여했다.

떠돌이 신세로 내세울 바는 아니었으나 어찌 됐든 창힐은 오래된 뼈 부락에서 우두머리의 아들로 나고 자란 사내였다. 어느 부족 하나가 물려받은 영토를 세세토록 지키다 못해 크게 부흥한 곳. 사냥할 산야가 끝도 없고 골마다 메추리와 두더지를 치는 융성한 땅. 사람과 물산이 끊이지 않고 왕래하는 세상의 중심.

오래된 뼈 부락의 토박이라면 외지 사람쯤이야 쉽게 구별했다. 같은 부락 사람이 누구누구인지 채 알지도 못하는 어린 나이부터 그랬다. 그도 그럴 것이 외지 사람은 오래된 뼈 부락의 초입에 들어서는 순간부터 티가 났다. 나무 등걸 아래 굴을 파고 사는 사람들도 많은 마당에, 오래된 뼈 부락 사람들은 나무로 기둥을 세우고 그 틈새를 메추리 깃으로 메웠다. 메추리알 껍데기를 잘게 바수어서 부락 길마다 깔기도 했다. 여기는 명백한 대처(大處)였다.

처음 드나드는 외지 사람들은 도무지 정신을 차리지 못했다. 애써 태연한 척하려 굴지만 귀와 코가 쉴 새 없이 쫑긋거렸다. 솔직하거나 자발없는 축이면 대놓고 꼬리를 부풀리기도 했다. 막 부락에 도착한 사내들이 머무는 부락 초입의 뜨락에서 쉬이 볼 수 있는 광경이었다.

오래된 뼈의 토박이들은 그 앞에서 께느른하게 털을 고르거나 당당히 꼬리를 치켜올렸다. 딱히 대단할 것도 없다고, 우리에겐 이 모든 게 나면서부터 자연스러운 일이라고. 특히나 까진 계집애들은 어느 정도 발톱이 여물 무렵이면 은근슬쩍 젠체하는 대열에 합류했다. 다 자라지도 않은 애들끼리 두런두런 모여서는 서로 꼬리를 얽고 혀로 털을 골랐다. 눈과 귀와 코로는 오고 가는 외지 사내들을 조용조용 품평했다. 어지간해선 고향 떠날 일이 없는 여자애들이니 할 수 있는 일이었다.

창힐 같은 사내애들은 사정이 달랐다. 사내라면 모름지기 오랜 법도에 따라 성년이 되고 나면 타향을 떠돌아야 했다. 사내 사정은 사내만 알았다. 외지 출신 여인이라고 해서 사내가 어찌 사는지 아는 건 아니었다. 그래서 사내애들도 계집애들만큼이나 부락에 막 도착한 외지 사람들, 특히 사내들을 열심히 관찰했다.

막 부락에 도착한 사내들이 머무는 부락 초입의 뜨락은 언제나 시끌시끌했다. 드나드는 사람이 많을 수밖에 없었다. 어째서 오래된 뼈라 일컫는가? 이 부락이 헤아리기 어려울 만큼 오래된 선조 대부터 길이길이 번영해 왔기 때문이다.

여자들이 뿌리내린 땅에 잠시 머물며 아이를 만들고 계절이 바뀌기 전에 떠나는 게 사내의 삶이었다. 운 좋은 치들은 몇 해나 머물며 제 새끼로 추정되는 아이들을 함께 돌보기도 했지만, 그래봤자 언젠가는 떠나야 했다. 한 마을에 씨 뿌릴 사내가 오래 붙어 있을 까닭이 없었다. 그러므로 대부분의 사내는 길에서 죽었다. 다 늙어서 고향에 돌아와도 환대를 기대할 수 없었다. 이따금 객사를 면하는 사내도 있기는 했다. 젊은 시절 정을 나누었던 여자가 온 부락의 동의를 얻어낸다면 늙은 사내 하나쯤이야 부락에 의탁할 수 있었다. 흔한 일은 아니었다.

창힐은 자라면서 그런 사내를 딱 하나 보았다. 창힐의 할머니가 젊은 시절 어울리던 자였다. 얼룩의 아비인지는 아무도 몰랐고 중요하지도 않았다. 오래된 뼈의 사냥터 근방에서 반쯤 죽어가던 늙은이를 마침 사냥 나온 할머니가 알아보았다. 너그러운 우두머리였던 할머니는 일단 살려놓고 보자며 마을로 데려왔다. 다리 한 짝을 잃고도 목숨을 건진 늙은이는 자기를 구한 할머니보다 오래 살았다.

부락을 물려받은 얼룩이 노인이 머물도록 허락한 까닭은 명백했다. 노인은 변죽이 좋았다. 사냥을 못하는 대신 아이들을 돌보겠다며 나설 정도였다. 아이들은 노인을 곧잘 따랐다. 노인이 한번 이야기보따리를 풀면 너무 신이 나서 발톱을 긁어대거나 꼬리를 부풀리며 펄쩍 뛰어오르는 애들까지 나왔다.

그때 창힐이 들었던 오만가지 이야기 중에 뒤뚱이 전설이 있었다.

먼 땅에는 두 발로만 땅을 딛는 짐승이 산댔다. 털도 없어서 개구리처럼 살갗이 고스란히 드러났으니 흉측함은 이루 말할 바일까. 새처럼 다리 대신 날개가 달린 것도 아니면서 두 다리로만 걷는다는 짐승. 나무처럼 길쭉하지만 걷는 품이 어찌나 어설픈지 뒤뚱거리는 게 고작이라, 옛이야기에서는 주로 뒤뚱이라고 불렸다. 어리석지만 욕심이 많아 못 먹는 것이 없어서 나무껍질부터 사람까지 잡아먹는다고 했다.

세월이 흐른 지금 생각해도 그 옛이야기는 제법 그럴싸했다. 다만 사실과 동떨어진 부분도 적잖았다. 예컨대 뒤뚱이들은 자기들이 뒤뚱거린다고 생각하지 않았다. 그리고 자기들을 사람이라고 여겼다.

마치 창힐과 고향 사람들이 그러했듯이.

———————— · ————————

창힐이 이 먼 뒤뚱이 소굴에서 살게 되기까지는 많은 일이 있었다. 하나하나 늘어놓는다면 끝이 없으리라. 하지만 사람의 땅에서 등 돌린 까닭은 명백했다. 사람 사는 꼬라지에 진절머리가 났기 때문이었다.

부락 중앙에서 자기가 어떻게 살아왔는지 고래고래 소리 치면 사내 구하는 계집이 사내를 제 살림으로 데려가는 게 오래된 풍속이었다. 창힐은 잠깐 머물다 말 사내를 끌고 와서 는 바로 일 치르지 않고 먼저 시시콜콜 사정부터 캐묻는 여 자들을 피하는 데 열중했다. 그런 여자들은 창힐이 조금이라 도 뻣뻣하게 굴라 치면 시도 때도 없이 제 거처에서 내쫓기 일쑤였다. 그런 치들과 실랑이하는 것도 여간 번거로운 게 아 니라, 결국 창힐도 자기 얘기를 털어놓는 그저 그런 사내로 나이 들었다. 권태롭게 배를 드러내고 누워 꼬리를 탁탁 치며 사연을 푸는 솜씨는 날로 능숙해졌다.

앞서도 언급했듯, 창힐은 오래된 뼈라는 큰 부락에서도 우 두머리의 아들로 태어났다. 복 받은 축이었다. 대처에서도 귀 한 사람의 자손이었으니 고향 떠날 사내애인데도 어려서부 터 음식이 넉넉하게 돌아갔다. 무언가 배우고자 작심하면 가 르쳐줄 사람도 지천이었다. 창힐은 빼어난 사냥꾼이자 싸움 꾼이었다. 사내라면 갖춰야 할 떠돌이로서의 소양은 그걸로 도 충분했다. 더군다나 누이들이 메추리 치는 법을 배울 적에 쫄래쫄래 따라다닌 덕분에 쓸 만한 목동이기도 했다. 어머니 인 얼룩이 다음 우두머리로 점지해 그 이름을 물려주겠노라 공언한 동배 누이, 작은얼룩이와는 유난히 친밀했는데, 그러 다 보니 자연스레 척후 보는 법도 깨우치게 되었다. 그 어떤 부락에 가도 씨내리에서 끝나는 게 아니라 온전히 사람 구실을 할 수 있는 재주꾼은 보기 드물었다.

같은 계절에 태어난 또래들이 발톱이 여물 무렵 누이는 쫓겨나고 창힐은 죽을 만한 잘못을 저질렀다. 다행히 누이는 현명했다. 어머니에게 들키자 누이는 창힐이 자기를 겁간하려 했던 양 창힐을 후려쳤다. 예정보다 조금 이르게 창힐이 부락에서 쫓겨나는 것 정도로 일이 마무리되었다.

창힐의 사연을 캐묻던 이방 여자들은 그쯤에서 창힐이 허풍을 떤다고 여겼다. 창힐로서는 만족스러운 반응이었다. 창힐이 어릴 적에도 남매지간에 통정했노라 떠드는 외지 사내를 왕왕 접했다. 여인을 동하게끔 만들지 못하는 자들이 고민 끝에 고른 수작이겠거니 싶었다.

그렇게 몇 군데 마을을 떠도는 동안 창힐은 같은 이야기를 반복했다. 창힐의 늘씬한 몸피와 또렷한 얼룩과 재바른 사냥법을 눈여겨보던 여자들도 창힐의 사연을 캐묻고 나면 코웃음을 쳤다. 오래된 뼈 부락에 대지도 못할 변두리에서도 여자들 관심을 끌려고 아무 얘기나 지어내는 시골뜨기 취급을 받았다. 오래된 뼈 출신이라는 얘기를 믿지 않는 이도 허다했다.

거듭된 멸시는 창힐의 정신을 할퀴지 못했다. 어차피 사내의 삶은 떠돌다 죽는 게 전부였다. 그 어느 곳에서도 진심을 다할 까닭이 없었다. 어떤 부락에 가도 누이만 한 여자가 없었다. 떠돌이 사내치고 상대를 까다롭게 골랐는데도 그랬다. 창힐은

문녹주

자기가 잘난 걸 아는 사내였다. 오래된 뼈 부락 같은 번영한 곳에서 잘 먹고 자란 몸이다 보니 체구부터 생김까지 번듯했다. 어머니 얼룩이 자손에게 엄격했기에 오래된 땅 곳곳을 누비며 사냥법을 갈고닦았다. 몸단장도 대처 출신답게 꼼꼼했다. 어떤 부락에 들더라도 거기서 제일 잘난 여자들이 창힐을 불렀다. 창힐을 허풍쟁이라 여겨 얕잡아볼지언정 창힐더러 아이가 자랄 때까지 함께 지내자고 권하는 여자도 숱했다.

하지만 창힐을 사무치게 만드는 건 따로 있었다. 좋았던 시절의 기억이 문제였다. 아무리 시간이 지나도 밀회 장소인 나무뿌리 아래 굴에서 풍기던 축축한 흙과 수액의 냄새가 코에 선했다. 어머니가 굴 안으로 들어와 냉큼 지르던 전투 함성 소리도, 어머니의 기척을 먼저 알아챈 누이가 창힐을 매섭게 쥐어 패고 물어뜯던 순간도. 그 전에 숱하게 정을 통할 적이면 꼬리를 얽어매고 서로 핥아주기를 마다하지 않던 것마저.

누이가 그때 어찌나 현명하고 아름답고 사나워 보였는지 창힐은 도무지 잊지 못했다. 그 기억이 창힐의 속을 저몄다. 그래서 창힐은 남쪽으로 향했다. 사람이 살지 않는다는 세상의 끝을 향해 떠났다.

여러 부락을 거친 끝에 창힐은 누구도 건너지 않는다는 강 앞에 다다랐다. 지금껏 창힐이 접했던 물줄기와는 그 규모가 달랐다. 여느 부락과 오래된 뼈의 차이보다 더할 성싶었다. 헤엄쯤이야 어려서부터 능숙했지만 강의 너비와 기세는 보통이 아니었다. 그때쯤 창힐은 나름 관록이 붙었던지라 목숨이 얼마나 쉽게 날아가는지도 알았다.

하지만 창힐은 강에 뛰어들었다. 별달리 비장한 각오를 품은 건 아니었다. 그저 남쪽으로 계속 나아가던 중이었으므로 여행을 멈추고 싶지 않았다. 세상의 끝이 어딘가에 있으리라고, 그 끝에 달하고 싶다는 마음 하나로. 헤엄치다 기진해서 물을 마시고 가라앉을 때쯤에 창힐은 죽음을 예감했다. 버르적거리던 오지가 멎으면서 네 다리와 꼬리가 차츰 배 쪽으로 굽었다. 사내라면 객사하는 법이니 이도 나쁘지 않다 싶었다.

그대로 의식을 잃었던 창힐이 다시 눈을 떴을 때, 창힐은 자기가 진짜 죽었다고 생각했다. 그도 그럴 것이 생전 처음 접하는 괴상한 짐승이 앞다리로 창힐을 폭 괴고 있었다. 덩치는 굉장했고 체취도 괴상했다. 창힐은 그 품에서 물을 토해냈다. 창힐이 왈칵 물을 토할 때마다 커다란 짐승이 무어라 우짖었다. 물 먹은 창힐의 귀에도 그 소리가 닿았다.

우애와앙엥국엥앙옹앙.

온몸을 울리는 그 소리는 퍽 시끄러웠지만 전투 함성이라기에는 앙증맞았고 말이라기에는 조잡했다. 일단 예사는 아니었다. 노련한 사냥꾼답게 창힐은 낯선 짐승 앞에서 반사적으로 몸을 뺐다. 정확히는 몸을 빼려고 시도했다. 아직도 귀와 속이 울렁거려서 성에 찰 만큼 잽싸지 못했다. 커다란 짐승은 아직도 핑핑 도는 창힐을 길쭉한 앞다리로 부둥켰다. 거기서 그치지 않고 창힐을 가만가만 앞발로 다독이며 물을 전부 토해낼 때까지 기다리는 게 아닌가. 물기를 털려고 파르르 떠는 것도 말리지 않았다. 창힐이 도망치려는 기색을 보이면 앞발로 가만히 잡아 내릴 뿐이었다.

폭삭 젖은 와중에도 귀와 수염이 앞으로 쏠렸다. 뭔가 이상했다. 그러니까, 닿는 자리도 그렇고, 눈앞에 보이는 것도 그렇고, 이 짐승은 몸에 털이 없었다. 사람 발바닥이 그런 것처럼. 자세히 보니 대가리 위 정수리쯤에 새들이 볏 나듯 뭐가 있는 것 같기는 했다. 헌데 창힐과 맞닿은 자리도 그렇고 몸이 무슨 개구리처럼 미끈했다. 그렇다고 축축하거나 차갑지도 않았다. 아무래도 이 짐승은 털이 없는 것 같았다. 도대체 이건 어떤 생물인가. 창힐은 눈만 굴려 짐승을 천천히 보았다. 대가리 정수리쯤에만 좀 복슬복슬했다. 시종 우앙우앙 짖어대는데 위협적이지는 않았다. 창힐을 사냥감으로 여기는 것 같지도 않았다. 그보다는 오히려, 메추리 치는 목동이 성미 사나운 메추라기를 어르는 것 같았다. 그러니까 가축을 대하는 느낌이었다.

창힐이 고민할 틈은 길지 않았다. 짐승은 창힐을 앞다리로 꼭 붙들더니 자리에서 벌떡 일어났다. 앉은 자리에서 뛰어오르거나 날갯짓을 시작한 게 아니라, 자리에서 일어나 두 다리로 뛰기 시작했다. 대단히 뒤뚱거리면서. 어린 시절 들었던 먼 땅의 진귀한 괴물이 떠올랐다. 다리가 넷이면서 두 다리만

써서 걷고 뒤뚱거리는 커다란 짐승. 욕심 많고 터럭 없이 미끈하다던.

그때 창힐은 자기가 여로의 끝에 닿았음을 직감했다. 건넜다는 사람이 없는 강 너머는 초목과 기후부터 고향과 딴판이었다. 거기서 어린 시절 전설로만 들었던 짐승을 실제로 보지 않았는가. 방랑을 멈출 핑계로는 그만이었다.

뒤뚱이가 풍기는 노린내는 외워두었다. 창힐은 뒤뚱이 품을 박차고 뛰어내렸다. 주변을 살필 때였다. 뒤뚱이가 근방을 돌며 무어라 짖어대는 소리가 점점 멀어졌다. 창힐도 젖은 털에서 냄새깨나 풍길 텐데 이렇게 못 찾는 걸 보면 적어도 저 뒤뚱이는 추적에 맹탕인 듯했다.

몸이 마르자마자 창힐은 지금 디딘 오지의 곳곳으로 탐험에 나섰다.

이 근방의 땅에 다른 사람의 흔적은 찾을 수 없었다. 대신 크고 잘 싸우는 짐승은 강 아래에도 갖가지로 사는 모양이었다. 사람의 땅에 사는 맹수와도 꽤 겹쳤다. 냄새도 생김도 각종 흔적도 조금씩 달랐지만 사냥에 골이 난 창힐로서는 어떤 놈들이 사는지는 충분히 알아볼 만했다.

다행히 이 동네 맹수들은 대체로 점잖은 것 같았다. 대저 곰이란 놈은 봄에 자다 깨면 여기저기 행패 부리기 일쑤인데, 이 동네 곰은 창힐을 흘깃 보고도 그냥 뜯던 벌집이나 계속 뜯었다. 코끼리 무리가 맹수 중 으뜸가는 위세를 지님은 여기도 비슷했다. 코끼리들은 친해지면 머리 위에 태워주기도 하니 걱정은 없었다. 사람도 잡아먹는 범의 흔적을 맡았을 때는 좀 놀랐다. 그렇지만 잠깐 머물다 떠난 듯 그 냄새는 희미하고 가물가물했다. 계절이 몇 차례 바뀌기 전에나 잠깐 지나갔겠거니 싶었다.

임야를 가리지 않고 뒤뚱이 노린내가 손쉽게 감겼다. 냄새만 맡아도 무리인 티가 났다. 거기에 무소와 닭과 물고기와 나무열매와 늑대 냄새까지 따라다녔다. 모듬살이로도 모자라 여러 짐승을 길들였을 가능성을 떠올렸다. 다른 건 몰라도 늑대는 성가셨다. 창힐은 숲속 바위틈에 둥지를 틀고 꼼꼼하게 온몸을 핥았다. 몸 냄새를 숨기고 뒤뚱이 사는 형편을 구경할 요량이었다.

모듬살이 하는 똘똘한 생물이 모여 살고자 만든 거주지라는 게 다 고만고만했다. 같은 종의 생물이 비슷하게 생긴 공간에 다글다글 모여 산다. 벌과 개미도 그렇게 살지 않던가. 뒤뚱이 부락을 멀리서 보아하니 그 모습이 벌레보다는 사람 부락에 가까웠다. 흙과 풀을 어떻게 해서 만든 집이라니. 도구 만드는 재주는 사람보다 나을지도 몰랐다.

창힐이 저들 머리 위 나뭇가지에 늘어졌는데도 뒤뚱이들은 전혀 눈치 채지 못했다. 대신 몸집도 작고 툭하면 애처럼 낑낑대는 반푼이 늑대들이 창힐을 발견했다. 밤눈도 어둡고 사냥도 못하는 놈들의 짝으로는 그만 같았다.

예상대로 가축도 치는 것 같았다. 무소와 닭은 창힐이 익히 알던 놈들과 비슷했다. 다만 늑대는 좀 모자라 보였다. 다들 짖어대느라 정신없었다.

굳이 따지자면 뒤뚱이 부락에 사는 짐승들은 대체로 시끄러웠다. 부락을 꾸린 뒤뚱이들부터 허구한 날 짖기 바빴다. 냄새와 몸짓으로 소통하다가 가끔 소리를 얹는 사람의 대화법에 비하면 와자지껄하기 짝이 없었다. 온 부락에서 오만 짐승이 온종일 짖어댔다. 자다가 깨는 것도 하루 이틀이었다.

뺨을 부풀린 채 처음 자리 잡은 바위틈으로 몸을 피했다. 막 잠들자마자 근처 코끼리 무리에서 우는 소리가 들렸다. 어찌나 장쾌한지 몸이 윙윙 울렸다. 털이 곤두선 채 바위틈을 나서며 창힐은 생각했다. 저 치들은 코끼리치고 참 다정하고 너그러웠다. 놀러갈 때마다 참 잘해주지 않았나. 대장 코끼리 근처에서 애옹거리면 그 긴 코로 창힐을 살포시 감아다가 머리 위에 올려주기도 했다. 그냥 이웃해 살기에는 창힐이 너무 예민할 뿐이었다. 절대 무서워서 도망가는 건 아니었다.

코끼리 우는 소리를 한번 듣고 나니 뒤뚱이 부락이 한결 고즈넉하게 느껴졌다. 창힐은 가구 조사에 들어갔다. 막 뒤뚱거리기 시작한 애가 있는 집은 들어가지도 않았다. 새끼 뒤뚱이들은 창힐만 보면 주무르려고 난리였다. 반푼이 늑대가 사는 집도 피했다. 반푼이는 뒤뚱이의 짝이지 사람의 벗이 되기엔 많이 모자랐다. 잘 시간마다 꼬끼오 하는 날짐승은 이웃이

문녹주

아니라 재산이었다. 그나마 무소는 음전했지만 목소리가 코
끼리와 비슷했다. 걔네 옆집들도 싸그리 탈락. 두수가 넘치는
집이면 더더욱 탈락.

그나마 창힐이 몸을 누일 만한 자리는 부락에서 가장 외
지고 살림이 빈궁한 움막에 있었다. 이웃이 없으니 조용했다.
가산이 변변찮으니 맹수의 입맛을 돋울 것 같지도 않았다. 고
작 뒤뚱이 두 마리 사는 단출함도 흡족했다. 들어서 보니 하
나는 바구니를 엮고 하나는 매듭을 맺던 중이었다. 뒤뚱이가
만든 물건 중에서도 각별히 마음이 가는 것들이 아닌가. 주렁
주렁 달아둔 매듭끈을 보니 엉덩이가 옴싹거렸다. 창힐은 조
심조심 내딛다가 매듭을 낚아챘다. 매듭 맺던 뒤뚱이가 창힐
을 내려다보았다. 냄새가 코에 익어 생각해 보니 창힐을 물에
서 건졌던 그 애였다.

그 집 바구니에 들어가 동그랗게 몸을 말고 있노라면 세상
에 부러울 게 없었다. 식구는 어쩌나 조용한가. 자기들 먹을
때면 꼬박꼬박 창힐 몫도 갈라놓는 게 어쩌나 갸륵한지 몰랐
다. 사람 된 도리에 칭찬하지 않을 수 없어 하루에 한 마리씩
생선이며 새 따위를 잡아다 주었다. 창힐이 매듭 가지고 노는
모양을 몇 번 보고 난 뒤부터는 창힐이 사냥감을 갖다 주면
답례로 끈을 열심히 흔드는 것까지 참 기특했다.

창힐은 뒤뚱이 앞에서 미물인 체하는 게 좋았다. 그래야
뒤뚱이들이 창힐을 경계하지 않을 것이므로. 지각 있는 남 앞

에 속내를 드러낼 만큼 느슨한 생물이 어디 있으랴.

뒤뚱이들의 삶이라고 해서 녹록하지는 않았다. 범 같은 맹수가 부락에 들이닥쳐 뒤뚱이를 물어가는 일도 있었다. 그때 창힐은 부락 중앙에 있는 큰 나무 위에서 막 새를 잡은 참이었다. 범 한 마리가 나무에서 그리 멀지 않은 집을 때려 부수고는 뒤뚱이 하나를 물고 갔다. 범이 지척까지 왔는데도 기척을 몰랐다니 털이 절로 곤두섰다. 뒤늦게 반푼이 늑대들이 짖어댔다. 짖는 소리가 멎기 전까지 창힐의 털도 가라앉을 줄 몰랐다.

대낮에 오소리 한 마리가 닭을 물고 가던 날은 아주 가관이었다. 부락 입구까지 오소리를 쫓아 뒤뚱거렸다. 반푼이 늑대들이 덩달아 짖어댔다. 하긴, 우리도 허술하게 만드는 놈들이 사냥이라고 잘할 것 같지는 않았다. 창힐은 베풀 줄 아는 사내였다. 뜀박질 한 번으로 오소리를 낚아챘다. 전리품인 닭은 모가지를 물어 뒤뚱이 무리에게 던져주었다. 반푼이 늑대들이 뒤늦게 창힐에게 달려들었다. 굳이 피할 필요는 없었다. 뒤뚱이들이 대신 걷어차고 주저앉혔다. 늑대답지 않게 조그만 놈들이 맞았다고 찡찡대는 꼴이 가관이었다.

몸집 큰 뒤뚱이가 바닥에 뭘 남기더니 반푼이 늑대 무리를 다독이고 돌아갔다. 충분히 거리가 벌어진 다음 다가가 냄새를 맡아보니 좀 특이하지만 말린 생선이 분명했다.

욕심 많다던 뒤뚱이는 답례할 줄 알았다. 창힐은 자기 꼬

문녹주

리가 슬며시 올라가는 줄도 몰랐다. 사람이 그보다 못할 수 없기에, 창힐은 머무는 움막에 어포를 갖다 두었다. 어포를 발견한 매듭이 한동안 끈을 흔들어서 한바탕 놀고 나니까 살살 잠이 왔다.

괜찮은 나날이었다.

부락의 중심은 단연 보기 드물게 크고 잘생긴 늙은 나무였다. 가지가 잘 뻗고 기둥이 두툼했다. 이름은 몰랐다. 이런 나무는 뒤뚱이 땅에서 처음 봤다. 그래도 강 아래에선 제법 잘 자라는지 근처 숲에도 왕왕 보였다.

뒤뚱이들은 큰 나무 아래에서 여러 일을 했다. 뱀 닮은 끈을 걸어 고기를 말리거나 사냥감과 가축을 잡았다. 그런 날이면 뒤뚱이들이 기르는 반푼이 늑대들은 모자란 사냥꾼답게 주변에서 낑낑거렸다. 저러니 아무리 늑대를 닮았어도 반푼이다 싶어 한숨이 절로 나왔다. 총명도 한심해서 창힐 냄새만 맡으면 기어이 덤벼들려 했다.

사람 무서운 줄 가르치기 위해, 며칠에 걸쳐 나무 위에 돌멩이를 가져다 두었다. 만족할 만큼 돌멩이를 쌓아놓고는 뒤뚱이들이 먹거리 손질하는 날을 기다렸다. 사냥을 못하는 만큼 자주 나가는 족속들이라 금방이었다. 뒤뚱이 무리가 사냥감을 걸어놓고 살을 발라내는 동안, 여느 때처럼 뒤뚱이들한테 개평 조르는 반푼이 늑대들이 낑낑거렸다. 안 그러는 놈들은 창힐 냄새에 눈이 돌아갔는지 이를 드러내며 나무 주위를 빙빙 돌았다.

창힐은 나뭇가지 위에서 돌멩이를 후려치며 돌팔매질했다. 멀리 있는 산새를 잡거나 누구 놀릴 때 쓰기 좋았다. 반푼이 중에서 대장 노릇하는 놈 대가리 맞추는 건 생각보다 훨씬 쉬웠다. 제대로 맞았는지 딱 소리가 공터에 울려 퍼졌다. 대장 반푼이가 앓는 소리가 나무 위까지 들렸다. 창힐은 만족스럽게 앞발을 핥았다. 돌팔매는 손맛이 참 좋았다.

한참 예의를 가르치는 동안 뒤뚱이들이 뭐라 짖으며 창힐을 바라보았다. 말리거나 쫓으려는 기척은 아니었다. 고새 남몰래 고깃덩이를 물려는 반푼이까지 빼놓지 않고 돌팔매를 매기니, 하루가 참 뿌듯했다. 기지개 켜는 김에 나뭇가지에 발톱 좀 긁고 있는데 살 바르던 뒤뚱이가 창힐 몫으로 고기를 올려주었다.

창힐은 뒤뚱이 부락에 녹아들었다. 사냥 못하는 놈들 대신 부락을 노리는 오소리나 여우나 날짐승 따위로부터 가축을 지켰다. 찌뿌둥하다 싶으면 반푼이 늑대들이랑 놀아줬다. 드잡이 좀 하고 나니 사람 무서운 걸 톡톡히 깨달은 듯했다. 더는 덤비지 않았다. 대신 너무 믿었다. 창힐이 어린 것들한테는 너그럽다는 걸 눈치 챈 녀석들은 제 새끼들을 떠밀기도 했다. 몸집은 창힐에 버금가는 놈들이 젖을 찾아 부대꼈다. 창힐이 으르렁대고 욕해봤자 젖먹이 반푼이 무리는 줄기차게 달려들었다. 다 큰 놈들은 그럴 때면 보이지도 않았다. 창힐 홀로 외

문녹주

롭게 욕하고 있노라면 지나가던 뒤뚱이들이 흉내 내며 짖었다. 으으으으륵. 하아아익. 사아아익. 젖먹이 반푼이들이 제법 자라 사람 무서운 법을 배운 뒤에도 그 흉내는 계속됐다.

짖어서 뜻을 전하는 짐승이 창힐만 보면 비슷한 소리를 내는 나날이 쌓이고 쌓였다. 창힐은 자기가 소리로 된 이름이 생겼다는 걸 인정하기로 했다. 본디 창힐은 여느 사람처럼 소리가 아니라 냄새로 된 이름을 지녔다. 소리로 된 이름은 아주 드물었다. 오래된 뼈 부락의 우두머리들이 대대로 얼룩이라는 이름을 물려받는 경우나 그럴까. 누군가를 어르거나 다그칠 때 내는 소리에 가까우니 한 부락을 이끄는 사람의 권위를 강조하기엔 그만이었다.

뒤뚱이들 앞에서 욕지거리를 얼마나 해댔는지 생각해 보면 뒤뚱이들이 창힐이라고 짖어대는 것도 이해할 만했다.

———— · ————

그간 창힐이 살핀 뒤뚱이는 신통하고 기특한 짐승이었다. 자라는 데 오래 걸리고 굼뜨기 짝이 없으며 사냥꾼으로서는 최악이지만, 모자란 걸 채울 줄 알았다. 갖가지 짐승을 길들이고 재미있는 물건을 만들며 온갖 것을 먹고 계절 모르고 번식했다. 사철 통정해서인지 사내들도 마을에 오래 머무는 듯했다. 떠돌이 처지에 질려 이 타향까지 온 창힐로서는 사람보다 짐승이 낫다는 생각이 들기도 했다.

창힐의 이름을 맡을 줄 모르고 저들 편한 대로 부르는 짐
승들과 더불어 계절을 보내고 맞았다. 봄비 내리는 날 바구니
에서 한참을 뒹굴거리다 일어나니 어쩐 일인지 매듭도 그 어
미도 아직 드러누워 있었다. 꼬박 하루 동안 아무 일도 하지
않고 어떤 것도 먹지 않았다. 서로 부둥켜안고 오래오래 속살
거리기만 했다.

이튿날 매듭은 제 어미를 도축했다. 부락에 있는 큰 나무
에 매달아 피를 빼고는 살을 발랐다. 온 동네 뒤뚱이들이 차
례로 익힌 살코기에서 자기 몫을 덜어갔다. 매듭의 몫은 평소
보다 많았다. 식구가 줄었는데 먹이가 늘다니 얄궂었다.

매듭이 부락 중심에서 어미를 죽이고 저미고 익히고 잘라
낸 뒤 어미의 살코기를 들고 부락 귀퉁이 움막까지 가는 길
은 들뜨고 수선스럽고 왁자했다. 소리 죽여 걷는 창힐에게 그
분위기가 스몄다. 거처에 가까워질수록 매듭의 몸짓에도 활
기가 실렸다. 마침내 움막에서 매듭이 고기를 결대로 찢었다.
평소보다 훨씬 신중한 태도였다. 여느 때처럼 창힐 몫도 갈랐
는데, 그 양이 넉넉했다.

뱃속 깊은 데서부터 화가 끓었다. 어제까지 귀히 여기던
동족을 이제는 귀한 먹이로 여기는 꼴이 같잖았다. 온몸의 털
이 곤두서고 눈이 번들거렸다. 창힐은 발톱을 세우고 매듭의
앞발을 물어뜯었다. 놀란 매듭이 비명을 질렀다. 싱싱한 살코
기가 흙바닥에서 나뒹굴었다.

창힐은 마구 욕지거리를 해대며 매듭을 몰아댔다. 한동안 살코기 앞에 버티고 앉아서는 매듭이 움직일라 치면 으르렁거렸다. 고향에서 어른들이 어린애들 혼낼 때 그랬던 것처럼, 와앙아앙 그만두라 으름장 놓으며.

실랑이 끝에 매듭이 먼저 진이 빠져 주저앉았다. 비로소 둘 다 제 나름대로 자리에 앉자 창힐은 앞발을 들었다. 매듭이 지레 놀랐는지 몸을 움츠렸다. 다행히 창힐의 앞발은 소리도 없이 바닥으로 향했다. 그리고 흙바닥을 두 번 그었다. 두서없는 와중에도 뒤뚱이 생김새쯤이야 대번에 그렸다.

人

매듭이 어리둥절 바라보자 창힐은 답답해 꼬리로 바닥을 때렸다. 짜증나서 뱃속 울려 으르렁거리고 싶었지만 일단은 참았다. 대신 앞발로 매듭을, 다시 등 뒤의 살코기를 가리켰다. 그러니 매듭이 잠시 멍하니 창힐을 바라보다, 앞발로 자기를 가리켰다. 창힐은 그제사 앞다리를 내리고 네 다리로 앉았다. 자기도 모르게 하품이 나왔다. 뒤뚱이들이 앞발로 이거저거 가리키는 흉내를 내길 잘했다 싶었다.

창힐이 처음 만든 글자는 뒤뚱이였다. 그를 통해 네 어미를 먹지 말라는 뜻이 제대로 전해졌는가? 아직 몰랐다. 적어도 매듭이 제 어미 고기를 뜯다가 멈추기는 했으니 다행이었다.

그날 이후 매듭은 밤만 되면 창힐과 흙바닥에 그림을 그렸다. 서로 알아듣는 몸짓과 소리를 섞다가 더 모자라면 그림을 그리는 식이었다. 그림이 늘다 보니 나중에는 까먹어서 몇 번이나 거듭 설명하는 경우가 많았다.

머잖아 매듭은 아예 집에 오기 전에 나무껍질을 뜯어왔다. 덜 말라 무른 속껍질에 둘이 자주 헷갈리는 그림을 적어두니 한결 알아보기 편했다.

둘이 서로에게 궁금한 걸 묻고 답하고 그날 있었던 일들을 터놓고 날씨가 어떻고 식사는 언제인지를 시시콜콜 이야기하는 날들이 지나갔다. 새로 만든 글자가 점점 많아진 덕에 매듭이 어미를 죽이고 그 고기를 부락과 나눈 까닭도 알게 되었다.

사람이 고기를 먹듯 뒤뚱이는 뭐든 먹었다. 즉 동족도 훌륭한 먹거리였다. 다른 재료보다 귀해서 자주 먹진 못했다. 그래도 봄이 되면 맛이라도 보았다. 이 부락뿐 아니라 다른 부락에서도 예사였다. 그냥 풍속이었다. 사람 부락에서 자란 사내가 떠돌며 씨내리 노릇을 하는 일만큼 당연한.

사는 건 어디서나 진절머리가 났다.

창힐은 당장이라도 코끼리 무리를 찾아가고 싶었다. 우두머리 코끼리는 창힐에게 늘 상냥했다. 목이 찢어져라 소리라도 지르면서 뒤뚱이 부락으로 이끈다면 기꺼이 따라와 줄 것이었다. 코끼리 무리는 우두머리를 따라 유랑하는 현명한 폭군이었으니 결코 혼자는 아니리라. 부락 근처에 낯선 짐승 냄새가 풍긴다 싶으면 일단 짖고 보는 반푼이 늑대들과 맹수

　　　　　　　　　　　　　　　　　　문녹주

앞에서는 몸 냄새부터 바뀌는 뒤뚱이들이 부락을 버리고 도망칠 것 같지는 않았다. 참을성 없는 반푼이 늑대 한 마리만 코끼리에게 달려든다면, 혹시나 그런 일이 생긴다면 우두머리 코끼리는 우렁차게 울부짖으며 뚜벅뚜벅 나아갈 것이다. 뒤뚱이들이 세운 그 어떤 울도 코끼리를 막기에는 역부족이었다. 튀어나온 이로 찍어 들어 올리고 거슬리는 모든 것을 코로 감아 던지거나 짓밟는 현명한 폭군들이 이 부락을 도륙하기까지 얼마나 걸릴까. 닭은 우리 채로 밟히고 무소는 싸움소부터 도망칠 테지. 횃불과 만든 발톱 들고 달려드는 뒤뚱이들은 반푼이 늑대들 다음으로 숨이 끊어지리라. 부락 중심에 있는 거묵쯤이야 코끼리들 앞에서는 먹잇감에 불과했다.

그 모든 일이 끝날 때까지 멀리서 지켜보다가 코끼리들이 숨을 고를 때쯤이면 나아가 감사를 표하고 다시 방랑을 시작할 수도 있었다. 코끼리들과 동행하는 것도 괜찮을 것 같았다. 타고난 유랑자들의 걸음이 버거워도 업히면 되니까. 다른 건 몰라도 코끼리들은 저들끼리 죽여 그 살을 뜯지는 않을 것이다. 풀을 먹고 사는 분들인데 그럴 일이 있을까.

망상은 그쯤에서 멈췄다. 창힐은 떠나지 않을 생각이었다.

창힐은 자기 씨로 낳은 아이가 자라는 걸 본 적 없었다. 몸을 풀고 애가 자라는 동안 부락에 머무르지 않겠느냐는 청도 빠짐없이 거절했다. 그러나 어려본 적은 있었다. 사내애치고는 제법 귀한 대접을 받으며 자랐다. 어린 목숨은 마땅히 너 그렇게 대해야 했다. 다 큰 놈들은 피를 보았을지언정 젖먹이 반푼이들한테는 발톱을 숨기지 않았는가. 창힐을 살려냈고 어미를 죽여 먹은 짐승은 아직 다 크지 않았다.

창힐이 그 짐승을 가로되 人이라 썼다.

인류는 강아지가 지키고 있다

배지훈

배지훈

칼 세이건과 아이작 아시모프를 신봉하며 자라 생물학과에 진학했지만 결국
원하는 건 과학자가 되는 게 아니라 과학자가 나오는 이야기를 쓰는 것이라는
사실을 깨달았다. 하이텔 과학소설동호회에서 활동하며 글을 쓰기 시작했는
데 첫 작품에 친절하면서도 잔인무도한 비평을 받고 조금 진지하게 써보자고
시작한 것이 지금에 이르렀다.

인류는 강아지가 지키고 있다. 이름은 해피. 해피는 유기견이었다. 그러니 해피에 대한 감사의 표시로 유기견을 입양하기를 바란다. 누가 해피를 버렸는지 모르겠지만 결과적으로 나와 인류에게 고마운 일이 되었다. 그 사람을 위해 지옥에서 가장 뜨겁고 더럽고 끔찍한 곳이 준비되어 있기를 바란다.

———— · ————

해피를 입양한 건 내가 아니다. 조카 두준이였다. 두준이는 어렸을 때부터 강아지를 좋아했다. 그런데 두준이의 보호자인 형과 형수님은 동물이라면 질색하는 사람들이었다. 형은 아예 동물을 무서워했고 형수님은 어느 쪽인가 하면 무관심했던 것 같다. 그래도 두준이가 원하는 것이라면 뭐든 해주고 싶어 한다는 공통점이 있었다. 난 해피를 싫어하지는 않았지만 좋아하지도 않았다. 그저 두준이가 좋아하니까 같이 놀았을 뿐이다. 그래서 두준이의 선물이 참 당황스러웠다.

"삼촌, 이거 가져가세요."

나보다 키도 커진 두준이가 건넨 건 손톱만 한 칩이었다.

"이게 뭔데?"

받고 나서 보니 메모리칩이었다. 데이터 통신이 일반적인 요즘 보기 드문 물리적 매체였다.

"해피예요."

"해피?"

"예."

해피가 무지개다리를 건너고 얼마 후였다.

나는 외행성계 임무를 위해 지구를 떠날 준비를 하면서 짬짬이 두준이네에 들르곤 했다. 해피는 나이가 열다섯을 넘은 노견이었고 암과 싸우고 있었다. 해피가 투병하는 동안 두준이는 학교 가는 시간 빼고는 해피를 간호하며 하루를 보냈다. 해피는 구내염으로 먹이를 잘 삼키지 못했는데 두준이가 같이 있어주면 조금이라도 삼켰다. 두준이는 원래도 말랐는데 해피가 아프면서 더 수척해졌다. 그 모습을 안타까워한 형수님은 반려동물의 뇌를 스캔해서 보관할 수 있는 두뇌 스캔 기술 얘기를 슬쩍 두준이에게 꺼냈다. 두준이는 처음에는 마구 화를 냈다고 한다. 해피는 건강해질 거라면서. 하지만 복수가 차서 숨조차 쉬기 힘들어하고 반가움에 꼬리를 흔들지도 못하는 해피의 모습을 보며 해피가 다시는 일어설 수 없다는 사실을 받

배지훈

아들였다.

두준이의 허락이 떨어지자 가족이 모두 모여 해피를 부천 시에 있는 한 업체에 데려갔다. 어른들에게만 맡겨두는 게 불안했는지 두준이는 그날 학교도 결석하고 같이 갔다. 두뇌 스캔은 뉴트리노라는 극히 가벼운 미립자를 이용해서 신경계의 상태를 그대로 저장할 수 있는 기술이라고 했다. 나는 말도 안 된다며, 그런 게 가능하면 사람도 스캔해서 컴퓨터 속에서 영원히 살 수 있을 거라고 말했지만 내 말을 듣는 사람은 아무도 없었다.

나도 참 싫다. 왜 그딴 말을 했을까.

MRI 같은 거대한 기계 안에 들어간 해피는 살아서 나오지 못했다. 스캐너가 정확히 작동하려면 개가 가만히 있어야 하는데 말을 알아들을 리가 없으므로 마취약을 사용했고, 그 부작용 때문인지 16년의 견생을 그렇게 마쳤다. 두준이는 식어가는 해피를 끌어안고 한참을 울었다.

솔직히 나는 전부 사기라고 생각했다. 일단 두뇌 스캔에 성공했는지부터 알 수가 없었다. 이 두뇌 스캔 데이터를 제대로 구동하려면 개인이 소유할 수 없는 아주 강력한 컴퓨터가 필요했다. 두뇌 스캔 데이터는 가만히 있는 0과 1의 모음 같은 단순한 형태가 아니라 0과 1과 0, 1이 중첩된 양자 상태의 혼돈이 역동적으로 파동하는 데이터였기 때문이다. 그 데이터와 양자얽힘을 일으키고 새로운 정보를 받아 기존 영혼의 연속성을 이어가니, 개인용 컴퓨터로 구동하는 건 어렴도 없었다.

난 두준이를 사랑해서 거금의 스캔 비용을 대줬지만 그걸 구동시킬 컴퓨터까지 사줄 돈은 없었다. 사주더라도 두준이 네 집에 들어갈 수 없을 정도로 거대할 테고, 전기세만으로도 두준이네는 물론 나까지 파산할 터였다.

그 해피를, 해피의 영혼이 담긴 칩을 두준이가 건넸다.

"나보다 삼촌에게 더 필요할 것 같아서요. 해피가 길은 참 잘 찾았잖아요, 제가 길을 잃었을 때도…."

두준이는 말을 잇지 못하고 나를 끌어안고 펑펑 울었다.

두준이가 어렸을 때 일이다. 나랑 두준이, 해피 셋이서 산책을 하던 중 두준이가 개미에 정신이 팔려서 나를 놓쳤다. 어떻게 몇 초 만에 아이가 사라질 수 있는 건지 지금 생각해도 어처구니가 없다. 나는 머리에서 핏기가 빠져나가는 걸 느끼고 두준이 이름을 부르며 사방을 뛰어다녔다. 그러자 해피가 참 한심하다는 표정으로 나를 쳐다보고는 아파트 뒤편에 있는 운동기구 쪽으로 데려갔다. 두준이는 운동기구 뒤에서 자그마한 몸을 공처럼 말아 쪼그려 앉아서 개미들을 신기한 듯 쳐다보고 있었다. 해피는 꼬리를 흔들며 다가가 두준이를 자빠뜨렸다. 나는 그날 두준이에게 이 일은 우리만의 비밀이며 엄마, 아빠 그리고 할머니에게는 절대 말하지 말라고 했다. 물론 세 살짜리가 비밀을 지킬 리는 없었고 나는 크게 혼났다. 혼나 마땅하긴 했다.

배지훈

그때부터 해피는 나를 '주인 집단'의 일원으로 인정하지 않았다. 내가 불러도 절대 오지 않았다. 듣지 못한 건 아니었다. 두준이가 아주 작게 "해피야." 하고 속삭이기라도 하면 귀신처럼 나타나 꼬리를 흔들었다. 내가 "해피야." 하고 속삭이면 귀를 한 번 까딱이고는 쳐다보지도 않았다. 끈기 있게 한 열 번 정도를 부르면 아주 불손한 표정으로 나를 바라보고는 부르지 말라는 뜻인지 "멍" 하고 한번 짖고 하던 일을 계속했다.

그런 해피의 칩이었다. 나는 두준이를 토닥이고는 임무용 손목시계 뒷면에 칩을 살짝 끼워두었다. 그때는 나도 두준이도 그 칩이, 해피가 내 생명을 구할 거라고는 상상도 하지 못했다.

이번 임무는 머나먼 태양계의 경계에 있는 카이퍼벨트 탐사였다. 우주인 중에 화물선 조종하는 사람도 있는가 하면 나처럼 위험한 탐사를 하는 사람도 있다. 자랑하고 싶지는 않지만… 아니, 거짓말은 좋지 않다. 나는 자랑스러운 엘리트 우주비행사다. 나는 그렇게 믿는다.

이제까지 해왔던 우주 비행의 대부분은 컴퓨터가 도맡아 하고 나는 동면 상태에서 잠만 자면 되었다. 그러니 비행사라기보다는 화물선의 화물이다. 물론 사고가 안 난다면 말이다. 사고가 나면 나 같은 우주비행사를 훈련하는 데 드는 예산에 0을 두 배로 붙여야 할 정도로 비싼 우주선을 지키기 위해 우주비행사의 동면 상태가 풀리고 우주선은 '수동 조종 모드'에 들어간다. 그제야 '엘리트'다운 일을 하게 되는 것이다.

"…여기서 CM 모드를 끄면 동력이 조종간으로 옮겨가게 된다. 물론 제군들이 조종간으로 무언가를 해낼 확률은 통계적으로 제로에 가깝다."

"그러면 조종간은 왜 있는 겁니까?"

"제로에 가깝다는 말은 제로라는 말과는 다르니까. 1조 분의 1이라 해도 0은 아니잖나?"

그러니까 대충 '죽기 전에 유서 쓸 시간은 주겠다.'라는 의미다.

UNS화이트홀호. 길이 250미터, 승무원 열두 명.

솔라 세일과 버사드 램제트를 같이 쓰자는 아이디어는 누가 냈는지 참 궁금하다, 아니 사실 누구 아이디어인지는 알고 있다. 이름이 기억 안 날 뿐. 우주 입자를 빨아들여 핵융합을 추진하는 동시에 솔라 세일까지 이용하기. 참 천재적인 아이디어다. 하나로는 모자란다고? 그러면 한가운데에 하나 더 쏴서 박아보자. 그럼 되겠지. 짜잔. 이렇게 UNS화이트홀호가 탄생했다. 솔라 세일, 버사드 램제트니 뭐니 복잡한 얘기를 해봤자 아무 소용이 없을 테니 이렇게 설명하면 될 것 같다.

우산.

UNS화이트홀은 편 우산처럼 생겼다. 우산살 부분은 축구장 몇 개만 한 면적으로 태양에서 불어오는 입자를 받아 가

속에 이용한다. 아주 약한 가속이지만 연료가 필요 없으므로 매우 경제적이며 이론상으로는 무한히 가속할 수 있다. 단점은 추진력이 정말, 정말 약하다는 것이다. 화이트홀 정도의 크기를 가속하려면 엄청난 시간이 필요하다. 그래서 이름이 기억 안 나는 이 과학자는 솔라 세일을 다른 곳에 전용하기로 마음먹었다. 솔라 세일에 튕겨 나오는 입자를 버사드 램제트 엔진에 사용하자는 아이디어를 밀어붙인 거다. 그래서 솔라 세일이긴 한데 초점을 맞출 수 있도록 파라볼라 모양으로 변형할 수 있었다.

나는 화이트홀호를 설계 단계에서 처음 봤을 때 브리지를 알파벳 제이 모양으로 만들자고 주장했다. 지나가던 동료가 진지하게 토론하고 있는 엔지니어들에게 "멍청이들아, 우산 모양이 됐잖아. 저 자식이 놀리고 있는 거 모르겠어?" 하고 비웃고 지나갔다. 엔지니어들이 즉시 나를 죽이려고 달려들었고 나는 전력으로 도망갔다. 나는 그때 계산척(slide rule)이라는 물건을 처음 알게 되었다. 그게 무엇인고 하니 1. 아무 동력도 없는 상황에서 대규모 계산을 상당히 근사한 수준으로 해줄 수 있는 20세기 물건이고, 2. 나는 그 계산척이 어떤 원리로 작동되고 어떻게 쓰는지는 전혀 모르지만, 3. 그걸로 사람을 두들겨 패면 더럽게 아프다는 건 안다. 나는 결국 잡혀서 계산척의 사용 방법을 배워야 했다. 세상에는 배워서 손해 볼 것은 없는데 나중에 이게 내 목숨을 살리는 데 도움이 되었다. 강아지에게 우주선 조종법을 가르치기 위한 교수법도 같이 배웠다면 더 좋았을 테지만 말이다.

아무튼 계산척으로 내 등을 두드리던 사람이 장거리 우주 탐사선을 설계할 때 항법용 컴퓨터를 빼버렸다. 실수도 아니었다. 일부러 그렇게 설계했다. 대체 항법 컴퓨터 없이 어떻게 우주선이 비행할 수 있는가. 컴퓨터를 대신할 수 있는 존재가 있었다. 바로 인간이었다. 바로 나.

내가 동면해 있는 동안 의식이 사용하지 않는 뇌를 컴퓨터로 사용하겠다는 거였다. 물론 내 두뇌에는 우주선을 움직일 수 있는 모든 지식이 망라되어 있다. 그러니 그걸 꺼내서 쓰면 된다고 했다. 당연히 나는 반발했다. 하지만 "자면서 조종하나 깨어 있으면서 조종하나 뭐가 다른지 보고서를 제출하라."라는 명령에 서류 작업을 하느니 기계의 노예가 되기를 선택했다. 어쩌겠나. 엘리트 우주비행사, 아니 엘리트 우주선 부품도 귀찮음은 못 이기는걸. 대신 보험금과 급료를 1.5배 올려주는 것으로 합의를 봤다. 나중에 들은 얘기지만 컴퓨터를 설치하는 것보다 인간에 인터페이스를 연결하는 게 훨씬 싸게 먹힌다고 한다. 그것도 압도적으로. 알았다면 두 배는 더 올려 받았을 텐데.

그래서 나는 자는 동안에 아무것도 기억하지 못한 채 하드웨어와 데이터베이스만 빌려주고 인터페이스가 우주선을 조종한다. 미묘한 자세 제어부터 궤도 수정, 너무나도 중요한

배지훈

생명유지장치와 운석 구멍을 막는 작업까지 모두. 솔직히 말하자면 이 일을 자면서 할 수 있다는 데서 안도감을 느꼈다. 저 수많은 일을 혼자 하면서 그걸 다 기억하고 결과에 책임까지 지라고 했다면 영원한 잠에 들었을 것이다. 자발적으로.

3년 반 동안 동면에 들어 우주선 UNS 화이트홀호를 조종하고, 깨어나 열한 명의 과학자, 기술자들과 함께 3년간의 임무를 수행하고, 다시 잠들어 4년 반(태양풍을 거스르기 때문에 더 오래 걸린다.)에 걸려 집에 돌아오는 것. 그게 원래 계획이었다.

물론 단 하나도 지켜지지 않았다.

———— · ————

눈을 감자마자 눈을 뜬 느낌이었다. 마치 주사를 맞은 느낌이랑 비슷하달까. 동면약에도 그런 성분이 들어 있을 수 있겠다. 지구 궤도에 있다가 다음 순간 3년이 지나 있었다. 3년 반이 아니라 3년. 나는 6개월이나 일찍 일어났다. 예정에 없는 일이 일어나면 최대 속도로 깨우기 위해 아드레날린이 주사된다. 맹렬한 호르몬 작용으로 눈을 번쩍 떴지만 3년을 안 쓴 두 눈에는 마치 애벌레가 각막에 고치를 만들어 놓은 것처럼 아무것도 보이지 않았다. 귀도 아팠다. 동면 장치 기압이 안 맞나? 눈을 깜빡이자 천천히 시력이 돌아오기 시작했다.

원래라면 내 건너편에는 찬드라굽타 박사의 동면 침대가

있어야 했다. 그 옆에는 장동훈 박사. 반대쪽에는 야마구치. 그런데 그 자리에 아무것도 보이지 않았다. 동면 장치 유리창 너머에 암흑밖에 없었다. 조명이 나간 게 틀림없었다. 나는 손을 들려고 했다. 갑자기 움직이려니 팔과 연결된 온몸의 관절이 비명을 질렀다. 부들부들 떨리는 손으로 간신히 유리창 스크린을 건드려 콘솔을 불러냈다. 불빛과 함께 화이트홀호의 상태가 출력되기 시작했다. 선내 센서가 멀쩡한 게 천만다행이었다. 이거까지 고장 났더라면… 생각도 하기 싫다. 그런데 그보다도 더욱 생각하기 싫은 일이 일어나고 있었다. 먼저 6개월이나 일찍 깨어났다는 것. 예정에서 벗어나는 일은 우주에서도 흔하다. 하지만 6개월이나 오차가 나는 일은 드물다.

창을 넘겨 선체 상황을 불러냈다. 비상전력을 제외한 모든 전력이 끊겨 있었다. 버사드 램제트는 우주의 입자를 빨아들여 핵융합을 일으켜 추진하고, 거기서 부수적으로 생기는 열을 우주선의 메인 동력원으로 사용하고 있었는데 그게 완전히 끊겼다. 나는 이제 다른 이유로 덜덜 떨리는 손으로 스크린을 열심히 넘겼다. 왜 엔진에서 동력을 보내오지 않는 걸까. 아주 간단한 이유였다. 엔진이 있어야 할 자리에 아무것도 없기 때문이었다. 스크린을 치우자 이제 완벽하게 돌아온 두 눈으로 완벽하게 망한 상황을 확실하게 볼 수 있었다. 창 건너편의 암흑이 아까와는 전혀 달리 보였다. 그냥 암흑

배지훈

이 아니었다. 우주였다.

이미 말했다시피 화이트홀호의 모양은 정확히 우산 같았다. 우산 손잡이 부분이 나팔꽃처럼 되어있다는 점만 제외하면 말이다. 그런데 그 나팔꽃이 활짝 피다 못해 시들기라도 했는지 떨어져 나갔다. 문제는 그 나팔꽃이 화이트홀호 선수, 우주선 맨 앞에 달린 버사드 램제트 엔진의 입자 수집기라는 것이다. 그 바로 옆에 항법 컴퓨터의 데이터뱅크가 있었다. 메인 컴퓨터를 보조하는 컴퓨터였다. 약 30미터에 달하는 구간이 송두리째 어디론가 날아갔다. 내 코앞 몇 미터를 남겨놓고 열한 개의 동면침대, 그리고 그 안에 있던 열한명의 동료까지 동면실 대부분도 같이 사라졌다.

이래서는 센서가 보여주는 피해 상황을 믿을 수가 없었다. 사실 믿고 싶지 않았다. 두 눈으로 똑똑히 보고 있으면서도 믿을 수가 없었다. 공기가 없는 우주에서는 멀리 있는 것도 선명하게 보이고, 빛도 산란하지 않기 때문에 그림자도 과도하게 뚜렷했다. 그래서 어디를 봐도 너무나 비현실적인 그림처럼 보였다.

그 모든 것이 허무하게 사라진 곳에 암흑의 공간과 달이 하나 보였다. 달일 리가 없었다. 달일 수가 없었다. 당연히 달이 아니었다. 달과 아주 비슷하지만. 달은 생도 시절 마르고 닳도록 비행한 곳이다. 눈 감고도 달 전체 지도를 그릴 수 있다. 스크린을 확대했다. 표면이 달과 완전히 달랐다. 저건 명왕성이었다. 화이트홀호가 한참 전에 지나쳤어야 하는 천체였다. 어찌 되었든 현재 위치를 알게 되었으니 그것만큼은 다행이었다.

나는 동면액을 몸에서 추출하고 진짜 피로 혈관을 채운 다음 우주복을 불러내 몸을 감쌌다. 누가 설계한 건지는 잘 모르겠지만 동면 장치 안에 우주복을 준비한 사람에게 뽀뽀라도 해주고픈 마음이었다. 내가 알기로 이런 장치가 포함된 건 화이트홀호가 처음이었다. 아마 그 사람도 만들자마자 사용하게 되리라고는 생각도 못 했을 것이다. 동면 장치의 문이 열리고 바이저에 정보가 표시되었다. 창문에 표시된 것과 같았다.

먼저 우주선 손상 정도를 알아내야 했다. 그것도 두 눈으로. 우주선의 구조도를 불러내 눈으로 일일이 대조해야 했다. 센서를 전적으로 믿을 수는 없는 상황이니까. 특히 메인 컴퓨터와 항법 컴퓨터가 전부 자리를 비웠다. 그게 가장 큰 문제였다. 계산척으로 5만 천문단위 거리를 계산할 수는 없다. 문득 생각이 나서 뒷주머니를 더듬어 보니 계산척이 꽂혀 있었다. 공학부 부장이 우리를 보내면서 준 선물이었다. 1950년대 스태들러에서 만든 진짜 골동품이었다.

우주선의 피해 정도를 알아내는 데는 생각보다 오랜 시간이 걸리지 않았다. 그냥 선체 구조도의 중간을 확 부러뜨려서

배지훈

나머지를 지워버리니 아주 정확하게 현재 상황이 됐다.

상황을 파악했으니 문제를 파악할 순서였다. 첫 번째 문제는 지워진 쪽에 입자 수집기가 있다는 사실이었다. 그러니 램제트는 작동이 불가능했다. 선미의 추진기와 핵융합 반응로에 들어 있는 물질로는 아마 감속과 자세 제어도 벅찰 것이다. 보유하고 있는 입자의 무게와 현재 우주선의 상대속도를 계산해 보니(분하지만 이 과정에서 계산척을 사용했다) 가능은 하다는 결론이 나왔다. 불가능하다는 결론이 나왔다면 아마 그냥 조용히 자살하는 선택을 했을지도 모르겠다. 그런데 이런 일이 항상 그러하듯, 양이 아슬아슬했다. 아주 조금만 추진을 강하게 하거나 방향을 틀리면 지구로 돌아가지 못한다. 여기서 두 번째 문제가 나왔다. 나 말고 다른 지능이 필요했다. 인공지능은 박살이 났다. 내 머리를 다시 연결하면 좋겠지만 지금 나는 바스러지고 있는 우주선을 테이프와 본드로 붙여놓고 있었다. 테이프와 본드는 우주선의 필수품이다.

우선순위를 매겨야 했다. 1번. 일단 숨 쉴 수 있는 공간이 필요하다. 내 두 손이 테이프와 본드로 해결 중이다. 2번. 현재 위치를 파악해야 한다. 그러려면 센서를 고쳐야 한다. 센서를 고치려면 역시 EVA, 선외활동이 필요하다. 그래서 든 생각인데 숨 쉴 수 있는 공간은 사실 필요 없는 거 아닐까? 아니다, 나도 잠을 자야 하고 우주복을 벗어서 충전할 장소가 필요했다. 아참, 우주복 충전 설비도 마련해 둘 것, 이건 3번.

4번은 조금 더 심각한 문제다. 제어 시스템. 내 두뇌라는 제어 시스템은 매우 바빴다. 선외 작업용 로봇이라도 남아 있었다면 좋았겠지만, 전부 우주로 날아가 버렸다. 다시 이 문제로 돌아오게 된다. 자꾸. 반복해서. 나라는 몸뚱이가 돌아다니면서 우주선을 고쳐야 하는데 나라는 두뇌가 없으면 고친 우주선을 움직일 방법이 없었다. 둘이 동시에 필요했다. 예전에 우주 사관학교에서 몸이 두 개였으면 좋겠다고 생각한 적이 있었다. 지금이야말로 몸이 하나 더 필요한 순간이었다.

일단 테이프와 본드로 여섯 시간이나 걸려서 '방'을 만드는 데 성공했다. 공기도 안 새고 기온도 조절되고 우주복도 충전이 가능한 공간. 누워 있을 공간은 없었지만 어차피 무중력이니까 두둥실 떠다니며 자면 된다. 헬멧을 벗고 온갖 식량과 전선과 기구들이 가득 찬 공간 한가운데에 떠서 생각했다. 뇌 접속과 신체 작업을 번갈아 하는 방법을 고려해 봤다. 사실 그게 유일한 방법이었다. 그런데 그게 불가능했다. 센서를 기계적으로 조절하면 통신 안테나 같은 게 제대로 된 방향을 향했는지 말해줄 누군가가 필요했다. 정말 나 말고 누군가가 절실했다.

사람이란 아무리 크나큰 역경에 빠져도 쓸데없는 생각을 하기 마련이다. 유언에 이런 말은 쓰지 말걸. 형수님한테 더 잘해드렸어야 하는데. 조카. 두준이에게는 잘해줬었다. 이제 다 커서 별로 손이 가지도 않고. 어렸을 때도 그다지 손이 많

배지훈

이 가는 아이는 아니었다. 잠자리채 휘두르기를 좋아하고 푹신한 것만 보면 힘껏 발로 밟고야 마는 성격이었지만 말이다. 지금은 어떻게 지낼까. 대학에는 들어갔을까. 아니, 졸업했을지도 모르겠다. 아니면 다른 선택을 했을지도. 지구에 있을 때는 시간이 있을 때마다 형네 집에 들렀기 때문에 깨닫지 못했지만, 두준이가 보고 싶었다. 결혼할 생각도 없고 우주 방랑벽 때문에 십 년 넘게 우주방사선을 온몸에 받은 나 같은 우주비행사는 가질 수 없는 후손. 형네 부부가 나 없는 사이에 막내를 한 명 더 낳지 않았다면 두준이가 내가 가진 모든 것을 이어받을 예정이었다. 물려줄 게 별로 없지만 말이다.

나는 손목의 시계를 건드려 가족사진을 눈앞에 투영했다. 맨 앞에는 어머니가 돌아가시기 2년 전에 찍은 가족사진이 있었다. 두준이는 아직 두 살이었다. 넘기자 두준이 세 살 때 사진이 나왔다. 그다음 사진에는 두준이와 해피가 있었다. 해피가 놀자고 달려들었다가 두준이가 뒤로 넘어져서 우는 모습이었다. 해피. 문득 해피도 보고 싶어졌다. 해피.

해피.

해피!

나는 시계를 끌러 뒷면을 보았다. 해피의 정신이 담긴 칩은 무사히 그곳에 있었다. 만약 이 칩이 정말 작동한다면, 이 칩은 지금 내게 가장 소중한 것이었다. 지금 이 순간 절실하게 필요한 지능이었다.

데이터뱅크는 멀쩡했다. 문제는 거기 들어갈 소프트웨어였다. 지능에 가장 먼저 필요한 건 상황 인식 능력이다. 전후좌우를 알아야 한다. 위아래도 알아야 한다. 가져오라는 명령이 무엇인지, 아니 '명령'이 대체 뭘 뜻하는지부터 알아야 한다. 그런 기초적인 수준의 인공지능을 처음부터 만들어낼 시간 따위 없었다. 아마 시간이 있다고 해도 만들다가 굶거나 늙어 죽을 것이다. 하지만 해피는 가르칠 필요가 없었다. 앉아도 기다려도 물어와도 할 줄 아는 아주 아주 똑똑하고 착한 강아지였으니까.

일단 이 칩을 어디에 끼우는지가 문제다. 어디가 좋을까. 브리지에 직접 연결하자니 화이트홀호의 소위 '브리지'라고 하는 것은 조종을 위한 장소가 아니었다. 함선의 브리지라기보다는 일종의 상황실에 가까웠다.

이론적으로는 내 동면 장치의 베개 부분에 있는 포고핀에 연결하면 된다. 문제는 이건 칩이고 그건 뇌신경 커넥터라는 점이었다. 하지만 우리가 누구인가. 백 년 전 우주 사고가 일어났을 때 원형 이산화탄소 필터를 사각형으로 개조해서 끼우는 위업을 달성한 분들의 후손이 아닌가. 어떻게든 될 것이다.

뒷목의 단자를 더듬었다. 이 단자가 소뇌와 직접 연결되어 있다는 게 문제였다. 잡아당긴다고 훅 빠지는 게 아니었다. 그렇다고 중요한 신경이 지나가는 내 목덜미에 칼을 꽂을 수는 없었다. 약이라도 먹고 시도할까 고민했지만 가속제를 사

배지훈

용하면 고통에 지나치게 민감해지고 마취제를 사용하면 로봇팔을 조종할 수 없다. 같은 이유로 부분 마취도 불가능했다. 그러니 시도하려면 그냥 알코올 솜으로 약간 얼얼하게만 만든 살을 칼로 째야 했다.

수치심 속에서 자기합리화를 해냈다. 해피였다. 해피 때문에라도 이 단자를 떼어내면 안 되었다. 당연하지. 해피는 개다. 아무리 해피가 착하고 귀여웠대도 그 두뇌로 우주선을 조종하는 것은 전혀 다른 문제다. 해피에게 우주선 조종을 맡기려면 훈련이 필요하다. 하지만 어떻게 훈련을 하지? 정수리를 긁어줄 수도 없고 배를 쓰다듬어 줄 수도 없으며 개껌을 주거나 간식을 줄 수도 없는데. 어찌되었든 해피와 의사소통을 하려면 가상공간에서 만나 훈련을 시켜야 한다. 그러기 위해서는 내가 가상공간에 접속하기 위한 이 단자가 필수적이었다.

그래, 다른 방법을 찾자.

3톤짜리 프린터를 전원이 들어오는 곳으로 옮겨 설치하는 일이 얼마나 어려웠는지 자세한 설명은 생략하겠다. 돌아가면 선내 곳곳에 3D프린터를 두자고 건의하리라 결심했다.

우여곡절 끝에 손바닥만 한 칩 리더기를 만들었다. 전자상가에서 5크레디트면 살 물건을 완전히 새로 설계했고 그 안에 들어갈 프로그램까지 코딩했다. 리더기를 장착한 뒤 데이터뱅크에 해피의 데이터를 업로드하고 부팅에 성공했을 때

나는 거짓말 안 하고 5분 정도를 훌쩍거리며 울었다.

　이제부터 더 어려운 일이 기다리고 있었다. 질질 짜고 있을 때가 아니었다.

　눈앞에 노이즈가 가득하더니 서서히 질서를 만들기 시작했다. 곧 질서는 선이 되었고 면이 되었고 공간이 되었다. 나는 팔다리를 가진 인간이었고 미리 만들어둔 공간에 서 있었다. 그곳에는 얼기설기 만들어진 집과 연못이 있었고 다른 사물과 비교해 정교한 개집이 있었다. 집 앞에는 개밥그릇까지 만들어뒀다. 모두 가상현실이지만 사물에 대한 데이터가 없었기에 마치 도화지에 그리듯이 내가 손으로 그릴 수밖에 없었다. 해피는 나보다 먼저 와 있어야 했다.

　"해피야."

　그런데 해피가 안 보였다.

　"해피?"

　대답도 없었다.

　"해피야, 삼촌이야."

　개집에서 무언가가 고개를 내밀었다. 부스스한 해피가 착한 눈으로 나를 보더니 마치 투명 인간의 냄새를 잠시 맡았다는 듯이 무시하며 다시 개집 안으로 숨었다. 솔직히 말하자면 나는 이 작은 칩에 '해피'가 정말로 들어 있을 거라고 믿지 않고 있었다. 한 생명체의 두뇌를 완벽하게 복사할 수 있다는 말을 신뢰할 수 없었다. 그런데 해피가 나를 무시하고 숨는 순간 내가 완전히 틀렸음을 깨달았다.

만약 스캔 업체에서 해피의 정신 대신 일반적인 개의 행동 스크립트를 넣어놓았다면 저런 행동을 보이지는 않았을 것이다. 아마 평범한 강아지처럼 나를 맞았겠지. 해피는 죽는 순간까지 두준이를 잃어버리고 호들갑 떨던 나를 주인 그룹의 일원으로 인정하지 않았다. 그러니 죽고 난 다음에도 인정하지 않는 게 당연하다. 저 개는 해피였다. 비록 남루한 모질을 하고 있지만. 저 모습은 해피의 기억에서 온 것일 텐데. 자신을 병들고 아픈 존재라고 기억하는 걸까.

어쨌든 여기서 문제가 생겼다. 해피가 나를 무시한다는 것. 그런 해피를 과연 내가 교육할 수 있을까? 정말로? 나는 얼굴을 감싸고 주저앉았다. 이걸 생각 못 했다니. 나는 해피에게 무시당하는 존재였다. 아마 해피가 좋아하지 않는 유일무이한 인간이 나일지도 몰랐다.

"해피야. 삼촌 미워…?"

거의 울먹이는 목소리로 속삭이니 해피가 나왔다. 개들은 인간의 감정을 느낀다. 해피는 그런 면에서 천재였다. 해피는 아주 노골적으로 싫은 표정을 지으면서 다가왔다. 그러면서 내 옆과 뒤를 두리번거렸다. 두준이를 찾는 거다. 두준이가 아니라면 엄마 아빠라도. 하지만 살아 있는 인격을 이 공간에 불러낼 기술은 나에게 없다. 만약 불러낼 수 있어도 불러내지 않았을 것이다. 다른 사람이 있다면 해피가 나를 투명 인간처럼 취급할 테니까. 두준이와 엄마 아빠 모양 인형의 말만 들으려 했겠지. 지금은 내 말을 들어줘야 한다.

나는 손을 뻗어 해피를 쓰다듬으려 했고, 해피는 교묘하게 손길을 피했다.

"월!"

"알았어. 안 만질게. 간식도 없….."

갑자기 해피가 꼬리를 흔들며 나를 기대에 찬 얼굴로 바라보았다. 절대 해서는 말을 내뱉고 말았다. 바로 '간식'이라는 단어. 형네 가족도 집안에서는 절대 간식이라는 말을 하지 않았다. '기역으로 시작하는 것'같이 빙빙 돌려 말했다. 그것도 매번 다른 식으로 말이다. 해피는 주기적으로 바꾸는 암호까지 파악해 냈다. 가끔은 간식 급여를 결정하는 복잡한 함수 (f(x)=엄마 마음)를 알아낸 것 아닌가 하는 의심이 들 정도였다. 참고로 내가 의심했다는 얘기는 아니다. 두준이가 의심했다는 얘기다.

다시 말하지만, 나는 해피에게 가족이 아니었다. 하지만 지금은 가족이 될 필요가 있었다. 그런데 그게 가능할까? 지금 내 눈앞에 보이는 굼뜨고 처량한 모질의 개에게 나는 아무것도 줄 게 없었다. 가상공간에 간식은 존재하지 않으니까.

게다가 여긴 가상현실이므로 해피에게는 소화기관이 존재하지 않는다. 심지어 혀도 모양만 있을 뿐이다. 맛을 볼 수 없다. 시각, 청각, 촉각을 시뮬레이션하는 데만도 엄청난 프로세싱 파워를 잡아먹는다.

"여기에는 나밖에 없어, 해피야. 두준이도 엄마, 아빠도 없어. 삼촌뿐이야."

해피는 주변을 둘러보고 나갈 길을 찾으면서 낑낑대기 시작했다. 마치 '삼촌 말은 안 믿어.'라고 말하는 것 같았다. 하지만 이 공간에 바깥은 존재하지 않았다. 만들지 않았으니까.

한참을 그렇게 냄새를 맡으며 쿵쿵대고 돌아다니더니 결국 포기한 모양이었다. 비록 다섯 살짜리가 3차원 공간에 낙서한 것처럼 생긴 개집이어도, 자기 집이라 생각했는지 해피는 집으로 들어갔다.

이 고집불통 강아지를 어떻게 해야 할까. 바닥에 주저앉아서 몇 시간을 불러도 보고 얼러도 보았다. 위협이나 협박은 절대 통하지 않을 것이다. 그런 수작에 넘어갈 해피가 아니었다. 해피는 자신이 사랑받는 존재라고 확신하고 있었으며 어떤 누구도 자신에게 해를 가하지 않을 거라는 사실을 신앙처럼 믿고 있었다. 만나는 모든 존재, 다른 개, 다른 새, 다른 사람, 다른 자동차, 나무, 울타리, 보도블록까지 모두 해피의 친구였다.

나만 빼고.

"해피야, 나 지친다 정말."

해피는 내 목소리에서 짜증을 느꼈는지 잠시 고개를 내밀었다가 다시 숨어버렸다.

깊게 한숨을 쉬었다. 도무지 방법이 보이지 않았다. 일단 다른 작업을 하기로 했다. 바로 왜 이 우주선이 이 모양 이 꼴이 되어서 내가 이 모양 이 꼴이 되었느냐를 파악하는 작업이었다.

나는 가상공간에 우주선 구조도를 불러내 띄워놨다. 반대편에 현재의 모습을 하나씩 불러냈다. 헬멧에 달린 카메라로 찍은 화면을 입체화하는 작업이 필요했다. 간단히 말해 3차원 지그소 퍼즐 같은 거였다. 제대로 된 컴퓨터가 있었다면 이런 단순 반복 작업을 대신 해줬겠지만 제대로 된 컴퓨터는 우주 공간 저편으로 사라졌거나 완전히 가루가 되었다. 수천 조각이나 되는 사진을 하나하나 맞추는 동안 눈이 아파왔다. 내 육체는 동면 장치 안에 누워서 눈을 감고 있었다. 하지만 정말 눈알이 빠질 것 같았다. 아마 내 정신이 이런 일을 이 정도로 집중해서 하고 있으면 눈이 아파야 마땅하며 그러므로 아프게 만들겠다고 작정한 게 틀림없었다.

자신의 정신이라고 마음대로 조종할 수는 없다. 20세기 영화 중에 자신의 이드(ID)에서 나온 괴물을 조종 못해서 깽판 치고 다닌다는 내용이 있었던 것 같다. 제목이 뭐더라. 그 영화에 뭐든 만들어내는 근사한 로봇도 나왔던 기억이 난다. 머리와 눈으로는 계속 지그소퍼즐을 맞추면서 공상을 했다. 만

배지훈

약 그런 기술이 있다면 지금 어찌 사용할 수 있을까.

아마 나는… 두준이네 가족을 이 우주선에 실체화할 것 같다. 지독하게 외로웠다. 해피가 있었지만 내 곁에 있지는 않았으니까. 말이 통하는 누군가와, 나를 진정으로 걱정해 주는 존재와 한 공간에 있고 싶었다. 대화하고 싶은 것과는 다르다. 가족이란 한 공간에 있는 것만으로도 푸근하게 느껴지면 되는 거다. 같이 만든 추억이 있으니까, 지금은 서로의 삶에서 멀어져 완전히 다른 사람으로 변해가더라도 기억이 우리를 붙잡아 주니까.

기억.

기억이다. 기억이 답이었다!

기억이 답이었다. 기억밖에 없다. 기억뿐이었다.

나는 지그소퍼즐을 던져두고 뇌 인터페이스의 입력창을 열어 관리자 권한을 강제 실행했다. 자신의 머릿속을 들여다보는 일은 금기로 막혀 있기에 안전장치를 제거해야 했다.

먼저 색인 작업이 필요했다. 방대한 양의 기억을 전부 사용할 수는 없었다. 두준이에 대한 기억이 필요했다. 아무 기억이나. 그러려면 무엇에 관한 기억인지 메타데이터가 필요했다. 이 작업은 다행히 자동화할 수 있었다. 내 두뇌니까, 내 두뇌를 이용하면 된다. 머리로는 이 작업을 하면서 현실에선 다른 할 일을 하면 된다. 아직 할 일은 산더미같이 많았다. 쌓아놓으면 문자 그대로 작은 동산 정도는 될 것이다.

동력 전달 계통을 급히 수리하고 다시 접속한 가상현실은 아까 내가 만들어둔 곳이 아니었다. 작고 허술한 공간은 흔적도 없었고 대신 작은 골목과 낡은 담벼락이 이어지는 부천 주택가 골목이 보였다. 이상하게 전봇대가 크게 보이고 하늘은 파란색도, 회색도, 노란색도 아닌 무어라 말할 수 없는 색을 띠고 있었다. 아니, 공간 전체의 색이 이상했다. 마치 회색 필터를 통해서 보는 것처럼 불명확했다. 하지만 부천인 것을 못 알아볼 정도는 아니었다. 두준이네 집이 바로 근처였으니까. 주차하느라 고생했던 걸 떠올리면 잊을 리가 없었다. 모든 것이 어딘가 입체감이 없이 마치 고화질 인쇄를 한 풍경을 세워 놓은 것 같을 뿐이었다.

커다란 전봇대를 지나자 바로 두준이네 집이 보였다. 그 집만 입체감이 있었다. 어쩐지 색깔도 더 진해 보였다. 나는 일부러 이 집 대신 앞집의 문을 건드려 보았다. 문은 살짝 열려 있었지만 내가 밀어도 꿈쩍도 하지 않았다. 마치 그 살짝 열려 있는 모습이 원래의 모습이라는 듯이. 두준이네 집 철문을 열고 계단을 올라가 2층 현관을 열려고 했는데 안에서 해피가 달려오는 소리가 들렸다. 문을 열자 해피가 꼬리를 흔들며 나를 반겼다. 이럴 애가 아닌데. 가만히 보니 해피는 나를 맞이하러 온 게 아니었다. 집에 왔는데 두준이가 없었으니까. 엄마 아빠도 없었으니까. 그나마 아는 얼굴인 내가 나타나자 어디 있느냐고 묻는 거였다.

배지훈

"미안해, 해피야. 여긴 집이 아니라 네가 만들어낸 세상이야. 그래서 두준이는 없어. 엄마 아빠도 없고. 삼촌뿐이야."

나는 무릎을 꿇고 앉아 해피를 쓰다듬었다. 재회 이후 처음이었다. 나를 두준이만큼은 아니더라도 주인으로 인식하게 만들 수 있을까. 의문이 들었지만 지금 내가 해피에게 줄 수 있는 건 하나밖에 없었다.

"대신 내가 두준이를 보여줄게. 조금만 기다려줄래?"

해피는 고개를 숙이더니 눈에 흰자를 보이며 나를 올려다 보았다. 불신이 가득한 눈.

나는 먼저 내 기억의 메타데이터 화면을 불러냈다. 그리고 '두준'이라는 검색어로 리스트를 추렸다.

"이 집은 부서질 거야. 하지만 나중에 다시 불러낼 수 있으니까 놀라지 마. 알았지?"

작은 원룸. 형이 젊고 가난하던 시절이었다. 배가 불러 있는 형수님은 힘들지만 행복한 표정이었다.

"아들이면 두준이, 딸이면 서경이라고 지을 거야."

형이 세상에서 가장 행복한 표정으로 형수님의 부른 배에 손을 대며 말하는 순간.

해피는 기뻐 날뛰며 형과 형수에게 자기를 봐달라고 짖었다. 하지만 이 기억에 해피는 존재하지 않았다. 두준이가 태어나기 전, 해피를 입양하기 전에 일어난 일이었다. 이름만으로 검색하다 보니 상관없는 기억부터 나온 듯했다. 나의 바보스러움을 탓한 다음 기억 목록을 주욱 내려서 중간 즈음에 있는 걸 불러냈다.

두준이가 태어나고 돌이 지났을 무렵이었다. 위태로운 걸음마를 하던 시절.

해피는 어리둥절한 표정으로 고개를 갸우뚱했다. 엄마 아빠는 여전히 반응이 없고 해피를 알아보는 건 나뿐이라 그런다고 생각했는데 그 이유가 아니었다. 모르는 아기가 두준이의 자리를 차지하고 있기 때문이었다. 엄마 아빠의 사랑을 독차지하는 건 세상에 두준이와 자기밖에 없는데 이 작은 아기는 두준이가 아니다. 해피는 의심스럽다는 듯 아장아장 걸어 다니는 아기에 다가가 냄새를 맡으려고 했다. 하지만 후각이 구현되지 않았기 때문에 아기 두준이에게서 냄새가 날 리 없었다.

"두준아. 옳지, 이쪽으로 오세요!"

헤벌쭉한 얼굴로 형이 두준이를 부르자 해피는 더욱 혼란스러워했다.

"해피야, 얘가 두준이야. 아직 어리지? 네가 이 집에 오기 전이었어. 예쁘지, 그치."

해피는 내가 두준이 그 자체를 줄 수는 없어도 두준이에 대한 기억을 줄 수는 있다는 걸 알아야만 했다. 협상. 그게 내가 원하는 거였다. 개와 무슨 협상인가 하는 사람도 있겠지

　　　　　　　　　　　　　　　　배지훈

만, 그건 산책 나왔다가 집에 가기 싫다고 떼쓰는 강아지에게 "그래 알았다 알았어, 한 바퀴만 더 돌다 들어가자 이 고집불통아." 하며 패배해 보지 못한 사람일 것이다.

똑같은 장면을 반복해서 보여주고 나서야 해피는 이게 진짜가 아니라는 사실을 받아들인 것 같다. 안 그랬다면 자신에게 반응은 하지 않는 두준이를 본 해피가 기쁨과 실망감과 배신감에 미쳐버렸을지도 모른다.

이제 해피는 내 옆으로 와 앉아서 같이 추억을 바라보았다.

해피가 입양 오고 얼마 후였다. 입양하던 바로 그날의 기억은 나에게 없었다. 그날 그 자리에 없었으니까. 어느 주말에 찾아가자 항상 그렇듯이 우다다다 소리를 내며 달려오는 두준이. 그런데 처량한 몰골을 한 개 한 마리가 뒤따라 달려왔다.

"얘는 뭐야?"

두준이를 안아 올리면서 물었다. 새삼스럽지만 그 광경을 제3자의 시점에서 바라보는 건 기묘한 느낌이었다. 마치 나를 나로 만드는 그 무언가를 초자연적인 존재에 빼앗겨 버린 듯한 느낌. 해피의 기분은 어떨까. 피부병 때문에 여기저기 털이 밀려 있는 데다 핥지 못하도록 칼라를 씌워놓은 저 깡마른 개가 자신이라는 사실을 알기는 할까. 해피는 묵묵히 내 옆에 얌전히 앉아서 그 광경을 바라보았다. 하지만 흔들리는 꼬리는 숨기지 못했다.

그때 진동이 느껴졌다. 가상현실이 아닌 현실에서 울려오는 진동. 오금이 저려 왔다. 화이트홀호를 파괴한 무언가가, 아니, 어떤 사건이 아직 끝나지 않았을 수도 있다는 생각을 전혀 하지 못하고 있었다. 바보 같으니.

"해피야, 삼촌은 잠깐 나갔다 올 테니까 잘 보고 있어? 그리고 우주선은 아무 데나 건드리면 안 된다, 알았지?"

어차피 대답은 돌아오지 않을 거라 나는 바로 접속을 끊었다.

진동은 은은하게 배 전체를 울리고 있었다. 마치 어디론가 떨어지는 듯한 느낌. 추락과는 다른 감각이었다. 급히 우주복을 입고 떨어지는 방향인 선수로 향했다. 암흑의 공간 저 너머에 거대한 어떤 것이 있었다. 얼마나 거대하냐고? 알 수 없었다. 거리를 알 수 없었기 때문이었다. 그냥 그곳에 별들이 보이지 않았다. 마치 아주 아주 거대한 흑막이 가리고 있는 것처럼. 그러다 그것의 크기에 관한 힌트를 주는 일이 내 눈 앞에서 펼쳐졌다.

선수에서 좌현 쪽으로 보이던 명왕성 옆을 그것이 지나가고 있었다. 곧 명왕성이 반사하던 빛이 사라지고 암흑에 잠겼다. 검은 커튼처럼 보이는 것이 아주 천천히, 하지만 말도 안 되는 속도로 다가오고 있었다.

배지훈

어떻게 해야 할까. 아니 저건 뭘까. 나는 행동을 정할 것인지 인식을 먼저 할 것인지 같은 아주 기초적인 수준의 결정도 하지 못하고 있었다. 강아지라면 짖기라도 할 텐데.

짖기. 만약 해피가 저 존재에게 짖어대면 어떻게 될까. 통신 장치를 복구하면 저것과 교신할 수 있을까. 말은 통할까. 만약 화이트홀호가 이 꼴이 된 원인이 바로 저것이라면?

해피의 주인이 되기 위해 조금씩 기억을 풀어주면서 기분을 맞춰줄 상황이 아니었다. 분명히 저 존재는 이곳을 향해 오고 있었다. 언제 도착하게 될지 전혀 알 수 없었지만….

"저게 대체 언제 올지 몰라도 뭐든 준비를 해야겠어."

나는 나 자신에게 말했다.

- 예상 시간: 23시간 32분 17초.

바이저 화면에 시간이 떴다.

"해피야?"

대답은 돌아오지 않았다. 하나, 여기에는 해피와 나밖에 없었다. 둘, 나에게는 예상 시간을 계산할 능력이 없다. 셋, 그러므로 이건 해피다.

"저 물체가 여기까지 오는 데 걸리는 시간 맞아?"

대답 대신 '예상 시간' 글씨가 우글거리며 진동했다.

"잘했어, 해피야! 정말 잘했어!"

해피의 비위를 맞추는 데 두준이에 대한 기억이 효과적이란 것이 증명되었다. 이제 내 기억은 간식과 나란히 해피의 세상에서 가장 중요한 것이 되었다.

나는 다시 가상현실에 접속했다. 하루 안에 도망가든 항복하든 뭘 어떻게 하든 선택의 여지를 하나라도 늘려놔야 한다. 그러려면 해피가 마음대로 하게 내버려 둘 여유가 없었다. 특히 지금은 아무 계획도 없이 자세제어 추진에 에너지를 돌려서는 안 된다.

두준이의 축구 시합이었다. 형네 부부와 내가 열렬히 응원하는 장면. 자신이 아는 두준이의 모습이 보이자 진짜가 아니라는 걸 알면서도 해피는 참지 못했는지 달려 나가 두준이를 따라다녔다. 열심히 뛰어다니는 두준이를, 따라다니면서 짖다가 결국 짜증이 났는지 발목을 물려고까지 했다. 당해봐서 아는데 꽤 아프다. 진짜 두준이에게는 해피가 절대 하지 않았을 짓이었다. 한참을 쫓아다니던 해피는 나를 발견하고는 다가와 낑낑대면서 좀 어떻게든 해보라는 눈빛을 보냈다.

"해피야. 계속 말하고 있잖아. 이건 내 기억이야."

말을 알아들은 것처럼 해피는 철퍼덕 주저앉더니 내쪽을 쳐다보지도 않고 눈을 감고 얼굴을 앞발 사이에 묻었다.

"미안해, 해피야. 하지만 내가 너에게 줄 수 있는 건 두준이에 대한 기억밖에 없어. 그래도 도와주지 않을래?"

해피는 아무 반응도 하지 않았다. 몇 번을 설득해 보려 했지만 말을 못 알아듣는 척하는 건지 아니면 못 알아듣는 건지 꼼짝도 하지 않고 계속 엎드려 있었다.

배지훈

"해피야, 정말 미안해. 하지만 네가 나를 도와주지 않으면 더 이상 두준이를 보여줄 수 없어."

해피는 아무 감정도 드러나지 않은 표정으로 바라보았다. 해피의 몸집이 변한 것도 아닌데 그 존재가 더욱 크게 느껴졌다. 내가 겁을 먹어서 그렇게 보였는지도 모르겠다. 해피는 짖을 필요도 없었고 내 발목을 물 필요도 없었다. 바라보는 것만으로도 나를 위협할 수 있었다.

"그렇게 쳐다봐도 안 되는 건 안 되는 거야. 너도 알잖아. 저기서 다가오는 게 있다고. 저게 얼마나 거대할지 알고 있니? 모를 거야. 지금 화이트홀호의 센서가 죽어 있으니까. 선체와 선미의 센서를 앞쪽으로 돌려서 알아내야 해. 지금 모르는 사람이 우리 집에 들어오려고 하는데 그냥 쳐다만 볼 거니?"

해피는 대체 그게 무슨 소리냐는 듯 고개를 갸웃거렸다. 나는 태양계의 모습을 띄워 제3 행성 지구를 확대했다. 그리고 지구 표현에서 태평양 서쪽에 있는 작은 반도를 확대했다. 다시 확대. 또 확대. 곧 해피가 알아볼 수 있는 장소가 보였다. 해피가 나고 자란 곳 부천. 해피는 아는 곳이 보이자 힘차게 꼬리를 흔들었다.

"알겠니? 이 태양계 전체가 우리 집인 거야. 저 정체 모를 존재는 우리 집 현관에 쳐들어온 거고."

해피가 낮게 으르르 하는 소리를 냈다. 내가 기억하는 한 해피는 이런 소리를 낸 적이 없었다. 아니, 그 누구도 위협을 한 적이 없었다. 하지만 곧 눈길을 돌려 배경에서 뛰어다니는 두준이에게 집중했다.

"무서워할 필요는 없어. 나쁜 놈인지는 아직 모르잖아. 기억은 하나만 더 보자. 도와주지 않으면 이게 마지막이 될 거야."

다음 기억을 보여줘야 할지 망설였다. 지금까지 해피는 놀랍도록 빨리 적응하고 있었다. 그리고 감정적인 강아지가 냉철한 우주선 강아지가 되어야 할 때도 빠르게 다가오고 있었다. 그러려면 고통스러운 기억도 받아들여야 한다.

두뇌 스캔을 해주는 업체. 문패에 '뉴트리노 스캔실'이라고 쓰여 있었다. 두준이가 해피를 안고 그 안으로 들어갔다. 이번에도 두준이를 보고 꼬리를 흔들던 해피는 두준이의 품에 안긴 경쟁자가 나타나자 미약하게 끙 하는 소리를 냈다. 질투는 아닌 것 같았다. 다음 광경은 검사 과정을 이기지 못한 해피가 죽었다는 사실을 안 두준이가 오열하는 모습이었다. 형수님과 형이 두준이를 끌어안고 펑펑 울자 해피는 어쩔 줄 몰라하며 주위를 빙글빙글 돌았다. 문이 열리고 영혼이 빠져나간 해피의 육체를 끌어안고 두준이는 다시 통곡했다. 해피는 그 모습을 보고 바닥에 주저앉았다. 그리고 끙끙대기 시작했다.

"해피야, 내 말 알아듣는 거 알아. 진짜 두준이는 진짜, 진짜 멀리 있어. 아까 보여준 지도 기억나?"

배지훈

해피는 대답도 하지 않고 계속 낑낑대다가 나를 흘깃 보더니 다시 무시했다.

"거기에 두준이가 있어. 진짜 두준이가."

다시 화면을 띄워 태양계를 보여줬다. 우리의 위치와 지구의 위치. 그리고 지구를 계속 확대했다. 처음에는 행성 전체가 보였고 태평양 서북쪽의 작은 반도를 확대했고 다시 부천. 해피가 알아볼 만한 동네가 보일 때까지.

"여기가 너희 집이야. 알았니? 지금 누군가가 우리 집에 찾아왔어. 솔직히 친구인지 나쁜 놈인지는 잘 모르겠어. 하지만 미리 대비는 해둬야 하지 않을까? 두준이를 지키기 위해?"

해피는 고개를 들어 나를 노려보았다. 나는 해피의 눈이 개의 눈에서 무언가 다른 존재의 눈이 되는 순간을 보았다. 맑고 아름다운 개의 눈에서 피곤함이 느껴지는 사람의 눈으로.

태양계 천체도가 다시 나타났다. 내가 한 일이 아니었다. 직선거리로 지구에서 명왕성까지 60억 킬로미터. 하지만 천체도에는 직선거리가 아니라 궤도를 통해 갈 수 있는 항로로 거리가 표시되었다. 해피는 그 짧은 사이에 직선거리가 아무런 의미도 없으며 궤도를 타고 항로를 잡아야만 지구로 돌아갈 수 있다는 걸 파악해 냈다. 그것도 여러 행성을 거치며 슬링 샷으로 가속하고 달 궤도에서 감속하는 복잡한 플라이바이 궤도였다.

"잘했어 해피야! 잘했어!"

나는 해피에게 다가가 머리를 쓰다듬으려 했지만 해피는 '어딜 만져' 하는 몸짓으로 손을 피했다. 아무래도 상관없었다. 일만 잘해주면 되니까. 아마 두준이에게 가려고 궤도를 계산한 거겠지만 괜찮았다.

통신을 살리려면 시스템뿐만 아니라 하드웨어도 재구축해야 했다. 여기저기 백업 시스템이 남아 있긴 했지만 연결이 되어 있어야 할 안테나들은 다발로 박살 나 있었다. 현 상황이 어떤지 정확히 모르기 때문에 직접 바깥으로 나가야 했다. 무언가가 마하 50의 속도로 날아와 내 몸에 꽂힐 것 같은 비이성적인 두려움이 들었지만 지금은 허세를 부려야 할 때였다. 두려움을 보이면 안 된다. 지금 해피에게는 단호하고 결단력 있는 주인이 필요했다. 주인의 불안은 개에게도 즉시 옮아간다. 비록 주인으로 한 번도 인정한 적 없는 이라도.

"해피야 내 말 들려?"

대답 대신 헬멧 화면에 찌그러진 모양이 나타났다. 그게 알았다는 뜻인지 모르겠다는 뜻인지 닥치라는 소리인지 도무지 알 수가 없었다. 이걸 어떻게 해석해야 할지 생각할 시간이 필요했는데 지금 그 시간이 없었다. 해피가 초고성능 컴퓨터 두뇌를 가지게 되어 초고속으로 학습할 수 있게 되었지만 여전히 시간은 없었다. 내가 해피를 어떻게 가르쳐야 하

배지훈

는지 모르기 때문이었다. 항상 내가 문제였다. 하지만 지금은 자책할 시간 역시 없었다.

문득 두준이를 무릎에 안고 교육 방송을 보던 기억이 떠올랐다. 두준이가 배운 거라면 해피도 배울 수 있지 않을까. 두준이가 배우면 더욱 열심히 배울지도 몰랐다. 나는 두준이 기억 목록을 시간 순으로 정렬해 두준이가 열 살 때까지의 기억을 해피에게 허가했다. 화면에 두준이가 그렸을 것이 확실한 내 얼굴 그림이 뜨는 데 겨우 3분밖에 걸리지 않았다. 그건 해피의 웃음이었다. 해피는 온갖 웃는 얼굴을 나에게 보냈다.

"해피야 좋니? 네가 좋다니 나도 좋아. 그런데 우리가 조금 바쁘거든. 그거 보면서도 내가 부탁하는 일을 할 수 있을 거야. 알겠니?"

화면에 크레용으로 쓴 것 같은 동그라미가 떴다.

"잘했어, 해피. 우리 착한 강아지."

나는 우주선 여기저기를 돌아다니며 자재를 모아서 프린터에 쑤셔 넣고 무전에 필요한 모든 물건을 처음부터 만들기 시작했다. 다행히 가장 큰 것, 안테나는 만들 필요가 없었다. 화이트홀호의 선수가 박살이 났지만 태양풍 돛은 대체로 멀쩡했다. 이걸 잘 조종하면 전파를 한 점에 모을 수 있을 것이다. 전파 망원경처럼 말이다. 역으로 전파를 보낼 수도 있다. 나는 작은 무전 송수신기를 만들어 선내 통신 장치에 연결했다. 실제로 작동할지 안 할지 테스트할 방법이 없었다. 우주복을 입고 EVA를 하며 돛의 초점이 될 곳으로 향했다. 대략적인 위치에(정확한 위치를 알 방법이 없었다) 놓고 돛의 형태를 변형시켜 초점을 맞출 계획이었다. 그런데 해피가 거기는 안 된다고 참견했다. 나는 조금 짜증이 나서 돛을 조절하면 된다고 말했지만 해피는 X표만 계속 보냈다.

"해피야! 이유를 말해야지. 알아듣게. 너네 아빠가 두준이에게 그렇게 가르쳤니? 잘 생각해 봐. 두준이도 원하는 게 있으면 떼만 쓰는 게 아니라 뭘 원하는지 말했잖아."

나는 간신히 화를 억누르고 최대한 이성을 붙잡고 설득했다. 강아지에게 화를 내봤자 돌아오는 것은 없다. 원래도 나를 존경하지 않는 개를 나무라봤자 신뢰를 잃을 뿐이다. 지금 내게 해피의 신뢰는 산소보다 더 중요한 자원이었다.

다행히 알아들었는지 3초마다 쏟아지던 X표가 더는 뜨지 않았다.

나는 한숨을 쉬고 다시 설치 작업에 몰두했다. 위치 잡기도 까다로웠지만 설치도 그리 만만한 작업은 아니었다. 통신 케이블이 연결된 주먹만 한 수신장치를 덕트테이프로 붙이는 것뿐인데도 그랬다. 우주복을 입고 테이프를 뜯어서 붙이고 자르는 작업은 곰 같은 우주복 장갑을 끼고 할 수 있는 최악의 작업이었다. 어떤 우주비행사는 이 장갑을 끼고 종이학을 접는 연습도 한다던데, 나는 맨손으로도 못 접으므로 연습

할 생각조차 안 했다.

그렇게 간신히 붙이고 나니 이번엔 동그라미에 화살표가 그려진 그림이 떴다. 그리고 그다음 그림에는 그 화살표에 X 자 표시가 있었다. 의미 파악은 생각보다 쉬웠다. 동그라미는 솔라 세일이었다. 화살표는 초점을 의미하는 걸까? 그렇다면 X표시는….

"해피야, 지금 화이트홀호가 솔라 세일을 조절 못 하는거 니?"

커다란 동그라미 표시가 즉시 떴다.

즉, 나는 지금 헛짓을 한 것이다. 진작 해피 말 들을걸. 또 내 탓이다.

작업을 마치고 선내로 돌아온 나는 내 기억 파일의 접근 기록을 열었다. 해피가 내 기억 어디를 보고 있는지 궁금했다. 해피의 지능과 지식이 이렇게 빨리 발전한다면 어느 순간 에는 나를 능가할지도 모르겠다.

열람 기록 파일의 용량이 어마어마하게 커져 있었다. 해 피가 내 기억을 본 기록일 뿐인데도. 그럴 만했다. 해피는 한 기억을 한 번만 보지를 않았다. 다른 기억을 보고 돌아와 다 시 보기도 했고 어떤 기억은 수만 번을 반복해서 보았다. 나 는 어떤 기억을 가장 많이 봤을까 궁금해져서 파일을 불러왔 다. 바로 내가 두준이를 잃어버린 날의 기억이었다. 하필이면 해피의 존경과 존중을 모두 잃어버린 바로 그날. 내가 원했던 교육적인 내용이 아니라.

하지만 이해했다. 해피는 원래 내 말을 듣는 강아지가 아니었다. 지금 나는 해피에게 기생해 살아 있는 생체로봇 같은 존재였다. 해피는 이 우주선이었고 이 우주선은 해피의 육체였다. 나는 얹혀살고 있는 것에 불과했다.

알람에 눈을 뜨니 화면이 떠 있었다. 잠에 언제 빠져들었는지는 기억나지 않는다. 40시간 정도를 깨어 있었으니 갑자기 곯아떨어져도 이상하지 않은 상태이긴 했다.

비어 있던 홀로그램 화면에 글자가 나타났다.

- 삼촌 일어났어? 빨리 선수로 가. 빨리.

나를 깨운 건 해피였다. 내가 얼마나 잤는지는 알 수 없었지만 그 짧은 사이에 해피는 문자를 쓸 수 있게 되었다.

"무슨 일인데?"

나는 잠에서 덜 깬 상태로 우주복을 입으며 물었다. 눈에 눈곱은 떼고 헬멧을 썼어야 했는데.

- 빨리 가. 빨리. 빨리.

"알았어. 보채지 마."

선수에 도착하자 해피가 왜 재촉했는지 알게 되었다. 외계 우주선이 바로 눈앞에 와 있었던 것이다. 이제 명왕성은 완전히 가려서 보이지도 않았다. 이거 크기는 얼마나 될까. 명왕성보다 클지도 모르겠는데.

- 명왕성보다 커, 삼촌. 어쩌지?

"어쩌긴. 우리 아직 통신기도 다 못 고쳤잖아."

- 물까? 물어도 돼?

누굴 물어본 적 없는 애가 갑자기 왜 이럴까.

"너 이빨도 없잖아. 괜한 소리 하지 마. 공격은 절대 하면 안 돼. 알았지?"

해피는 대답하지 않았다.

"대답해, 해피야. 알았지?"

- 알았어 삼촌. 그런데 저 놈이 두준이를 해치지는 않을까?

아니라고 말하고 싶었지만 확언할 수는 없었다. 병원 갈 때 빼고 강아지에게 거짓말하기는 싫었다.

"나도 모르겠어. 저거 얼마나 큰지 알 수 있니, 해피야?"

대신 나는 화제를 돌렸다. 두준이가 곤란한 걸 물어볼 때 자주 써먹었던 방법이었다.

- 기다려 봐. 되게 커. 저거 해피보다 이만사천칠백구십육 배는 커.

자기 몸이 된 화이트홀호의 크기를 측정 단위로 사용한 해피. 화이트홀호의 크기가 대략 200미터 정도 되니까… 대략 명왕성의 2배? 아니 3배 조금 못 되는 것 같다. 그리고 그게 지금 바로 앞에서 우리를 조용히 지켜보고 있었다. 조용히?

"지금 통신에 뭔가 들어오는 신호가 있니?"

- 어… 삼촌. 뭔가 들리는데 무슨 얘긴지 모르겠어.

무선통신의 문제점이 바로 이거다. 저쪽에서 특정 주파수로 소리나 영상을 보내도 프로토콜을 알지 못하면 해석할 방법이 없다. 소리인지 영상인지 아니면 우리가 상상도 못할 어떤 형식일 확률까지 생각하면 단기간에 무선통신에 성공하기는 힘들어 보였다. 제대로 된 컴퓨터가 있었다면 패턴을 분석했겠지만 지금 해피는 그 작업에 어려움을 겪는 듯했다.

"다시 잘 들여다봐. 반복되는 게 있나 살펴보고."

- 무슨 말인지 모르겠어, 삼촌. 난 그런 거 배운 적 없어.

있을 리가 없지. 내가 가르쳐주지 않았으니까. 당연한 결과였다. 나는 사관학교 시절까지의 모든 기억을 해피에게 열어줬다.

"해피야, 여기 내 기억에서 찾아줘. 두준이 없다고 해서 괜히 안 보지 말고, 내가 군복 입고 다니던 시절을 중심으로 뭘 배웠는지 보고 너도 배우는 거야."

- 싫어, 삼촌. 지루해.

"저 거대한 것과 대화를 하려면 네가 배워야 해. 나 혼자서는 불가능해."

- 싫은데….

젠장.

"저 거대한 게 두준이를 해칠지도 모르잖아."

- 정말 두준이를 물까?

"삼촌도 모르겠어. 하지만 들어봐야 두준이를 물지 안 물

배지훈

지 알 수 있지 않을까? 그러려면 무선을 해석해야 해. 이해했니?"

- 알았어 삼촌.

나는 그동안 남아 있는 데이터가 있는지 찾아보기로 했다. 있을지 없을지 잘 모르겠지만 운이 좋다면 감시카메라 영상이나 센서 기록, 아무튼 뭐든 간에 기록이 남았을 것이다. 카메라에 메모리 버퍼가 있을 테니 거기에는 마지막 광경이 남아 있을 수도 있었다.

"해피야, 카메라 좀 찾아줄래? 고장 난 것도 괜찮아."

"알았어, 삼촌"

나는 얼어붙었다. 해피가 말로 대답했다. 이건 작은 일이 아니다. 겨우 몇 분이었는데 이제는 음성까지 만들어낼 수 있게 되었다. 그것도 두준이 목소리로. 확실치는 않은데 두준이 어렸을 때 목소리 같았다.

"해피야, 어떻게 말을 할 수 있게 됐어?"

"말은 아까부터 할 수 있었어. 그런데 말로 하면 일이 더 빠르다는 걸 알게 된 거야. 나 잘했어?"

해피가 꼬리를 흔드는 모습과 두준이가 칭찬해 달라며 눈망울을 반짝이는 광경이 섞여서 눈앞에 떠올랐다. 나는 머리를 털어 그 모습을 지웠다.

"잘했어, 해피야."

"히히히."

두준이 특유의 웃음. 잊을 리가 없지. 지금도 톤이 낮아졌을 뿐 같은 소리로 웃는걸.

곧 헬멧 화면에 카메라 위치가 나타났다. 첫 번째는 복도에 달려 있던 것인데 완전 박살 나 있었다. 두 번째는 우리가 '거실'이라고 불렀던 장소에 있던 카메라인데 이건 설치 장소에서 튕겨 나와 둥둥 떠다니고 있었다. 아주 강한 충격을 받은 것에 비하면 꽤 양호한 상태였다. 나는 하나로 만족하지 않고 화이트홀호 전체를 돌아다니며 보이는 대로 카메라를 모았다.

세어보니 모두 22대. 뜯어보니 쓸만한 건 절반도 안 되었다. 9대의 카메라 중 메모리가 멀쩡한 건 다시 그 절반. 5대의 메모리에서 데이터를 뽑아낼 수 있었다. 나는 가상현실로 들어가 이걸 짜깁기하기로 했다.

먼저 데이터 세트 5개를 놓고 활짝 펼쳤다. 시간대별로 동기화를 시킨 다음 사고 시간으로 거슬러 올라갔다. 2개는 아무것도 찍지 못했다. 3개는 서로 다른 방향을 바라보고 있었다. 하나는 우현, 하나는 정면, 다른 하나는 위쪽을 바라보고 있었다. 모두 실내 카메라였기 때문에 사고 순간 무엇과 부딪쳤는지 여기서는 볼 수 없었다. 하지만 박살이 난 화이트홀호를 뒤로하고 사라지는 것의 모습은 똑똑히 볼 수 있었다. 바로 지금 우리 앞에 있는 저 거대한 우주선이었다. 의심의 여지가 없었다. 저 우주선이 바로 이 사고의 원인이었다.

"삼촌 뭐해?"

"이거 너도 봐."

"봤어."

"어떻게 생각해?"

"저게 나를 부순 거야?"

"그런 것 같아."

"삼촌도 몰라?"

"삼촌도 모르는 게 많아."

"그러면 일부러 부수지 않았을 수도 있겠네."

"맞아."

"그럼 안 물래."

"착하다, 해피."

해피의 지능 발달을 생각할 시간이 없었다.

"아참. 이 말 하려고 했는데. 커다란 게 막 반짝거려."

"알았어, 가서 볼게."

다시 선수에서 본 그 우주선은 선체 전체의 빛으로 아주 복잡한 문양을 만들어내고 있었다. 뭘 하려는 건지는 추론할 필요도 없었다. 우리와 접촉을 시도하고 있다. 전파를 통한 통신이 먹히지 않자 다른 방법을 찾은 거다. 적대적이었다면 그냥 깔아뭉개고 가면 될 일이었다. 우리에게는 저쪽을 물어뜯을 방법이 없으니까.

"해피야, 저게 저 반짝이는 거로 우리에게 말을 걸려고 하는 것 같아."

"그런데?"

"무슨 말 하는지 알아낼 수 있겠니?"

"하지만 전파도 무슨 말인지 몰랐는걸."

"그건 그게 뭘 전달하려고 하는지 몰라서였잖아. 저건 복잡해 보여도 엄청 어려운 메시지를 전달하고 있지는 않을 거야. 그러니까 하나하나를 문자라고 해석해 보면 어떨까?"

"어려워 삼촌. 나 모르는 게 너무 많아."

나는 한숨을 푹 내쉬었다.

"내 기억을 모두 보여줄게. 전부."

사관학교를 졸업한 이후 기관에서 받은 심층 교육은 대학원 과정이었고, 민간에 누설해서는 안 되는 비밀도 다수 포함되어 있었다. 그래서 보여주지 않으려고 했던 거지만 문제는 고등수학과 암호학 같은 학문도 포함되어 있다는 거였다. 지금 해피가 꼭 알아야 하는.

"하지만 두준이 기억은 여기 다 있는걸? 두준이 기억 또 있어? 더 줘!"

"미안해. 두준이 기억은 이미 다 줬어. 하지만 두준이가 있는 지구로 돌아가려면 나를 도와줘야 한다는 건 알고 있지?"

"알았어, 삼촌."

해피의 말투에 어쩐지 억양이 들어가 있었다. 음성합성기로 두준이의 어렸을 때 목소리를 흉내만 내는 게 아니라 진짜 자기 기분을 드러내는 것에 가까웠다.

배지훈

"삼촌, 이거 되게 간단해. 사람 말이야."

"다행이다. 지금 뭐라고 하고 있어?"

"어…. 모르겠어."

"간단하다며?"

"어. 그런데 모르는 말이야. 어려워."

"그냥 보여줄래?"

"응."

내용을 요약하면 이랬다.

[우리는 당신들을 감시하는 외계인이다. 그런데 워프 공간에서 빠져나오는 자리에 너희들이 있었다. 어디까지나 사고였으며 우리에게는 당신들을 해할 뜻이 전혀 없었다. 사과한다.]

사실은 이보다 긴 내용이었지만 요점은 이거였다. 사과한다. 사람이 열한 명이나 죽었는데 '사과한다'가 끝이었다. 우리를, 나를 지구로 돌려보낼 수단을 가지고 있는 게 틀림없었는데 그럴 생각은 전혀 없어 보였다. 게다가 내가 살아 있다는 사실을 깨닫지 않았다면 아무 일도 없었던 것처럼 가던 길을 계속 갔을 게 뻔히 보였다. 그런 생각이 들자 너무 화가 났다.

"해피야, 통신 꺼."

"왜?"

"네가 들으면 안 될 말을 지금부터 할 거거든?"

"그런 말은 혼자서도 하면 안 되는 말 아니야?"

맞는 말이었다. 실컷 욕지거리를 내뱉으려던 나의 원대한 계획은 좌초되고 말았다.

"삼촌, 화났어?"

나는 대답하지 않았다. 화가 났다고 말하고 싶지도 않았고 화가 나지 않았다고 거짓말하고 싶지도 않았다.

"화났구나."

"그래 화났어. 그런데 해피한테 화난 거 아니야. 저놈… 아니 저자들 때문에 화가 난 거야."

"물어놓고 미안하다고 안 했어? 사과라는 거 미안하다는 뜻 아니야?"

"맞아. 그런데 건성으로 말했어. 진심이 담기지 않았고. 그리고 우리를 구해줄 뜻도 없어 보여. 미안하지만 못 도와주겠다, 이런 뜻 같아."

"응. 물어버릴까?"

"해피야, 저 외계인들은 우리보다 너무너무 커. 물 수도 없고 물어서도 안 돼."

"우웅…. 알았어."

"하지만 질문해 보자. 우리를 돌려보내 줄 수 있는지."

"어떻게?"

"무전으로 하면 되겠지. 저쪽에서 알아서 해석하지 않겠어."

아마도. 우주선 조종 실력이 거지 같다면 번역 실력이라

배지훈

도 좀 괜찮아야 하지 않을까? 자칭 지구 감시자라는데. 그런데 대체 뭘 감시한다는 걸까. 생각해 보면 내가 외계인이었어도 길을 가다 지구인처럼 파릇파릇하게 발전하고 있는 문명이 보인다면 슬쩍 다가가서 구경하고 싶을 것이다. 대충 그런 거겠지.

"뭐라고 보내?"

"아니야, 내가 음성으로 보낼게."

"알았어. 말해, 삼촌."

"이 우주선은 UNS화이트홀호다. 그쪽이 저지른 사고로 열한 명의 대원을 잃었다. 그리고 우리는 이곳에서 지구로 돌아갈 방법도 잃었다. 어떻게 책임질 것인가."

이 말을 몇 번 반복한 뒤 통신을 끊었다. 대답이 오는 데는 시간이 조금 걸렸다. 다시 거대한 불꽃놀이가 시작되었다.

"잠깐만 기다려, 삼촌."

곧 화면에 그들의 메시지가 떴다.

[사고에 대해서는 유감스럽게 생각한다. 그래도 우리는 도울 수 없다. 삼촌은 자신의 힘으로 고향으로 돌아가야 할 것이다.]

이런 답이 돌아올 것 같긴 했다.

잠깐.

삼촌?

"해피야, 정확히 번역한 거 맞아?"

"응. 왜?"

"아니야."

일단 아까 받은 메시지보다 메시지의 길이가 너무 짧았다. 그리고 '삼촌'이라니. 외계인이 나를 삼촌으로 부를 이유가 없지 않은가.

나는 몸을 고정해 놓은 안전끈을 풀고 선외로 나가 외벽을 따라 선미로 향했다. 해피에게 가려면 그 길을 지날 수밖에 없었으니까.

"삼촌 어디 가?"

"저… 자들은 안 도와준다잖아. 그러면 수리는 내가 직접 하는 수밖에 없어."

"하지만 그쪽에는 고장 난 게 별로 없잖아."

"아니야 해피야. 심각하게 고장 난 게 있어."

"그렇구나."

"네 도움이 필요하면 부를 테니 잠시 조용히 있어줄래?"

"싫어. 심심해."

"알았어. 그럼 내가 기억 더 줄게. 자."

나는 화이트홀호 프로젝트가 시작되기 직전까지의 기억을 모두 해피에게 공개했다. 이걸 가지고 뭘 할지 모르겠지만 이걸로 만족해 주길 바랄 뿐이었다. 잠시면 되니까.

"알았어."

"그래야 착하지."

배지훈

데이터뱅크와 컴퓨터가 왜 멀찍이 떨어져 있는지 나는 알지 못한다. 가까이 있어야 처리 속도가 빨라지는 것 아닌가? 그런데 생각해 보니 그나마 이렇게 떨어져 있어서 동시에 파괴당하는 일을 면할 수 있었던 것 같다. 전에 설치한 수신기를 뛰어넘어 데이터뱅크에 도착했다. 깨어난 후 데이터뱅크에 들어갈 생각을 하지 않았던 이유는 단순했다. 여긴 사람이 들어오면 안 되는 곳이었다. 우주 공간의 진공에 노출되는 편이 효율이 높았다. 수리 시에도 우주복을 입은 채로 모듈식 부품을 갈아 끼우게 되어 있었다. 나는 공구 주머니에서 렌치를 꺼냈다. 우주에서 돌려도 반작용에 나사 대신 몸이 돌아가지 않게 만든 이 렌치 하나가 자동차 한 대 가격이라는 쓸데없는 정보가 떠올랐다. 그리고 이 렌치로 박살 낼 컴퓨터는 어지간한 대형 군함 한 척 가격이라는 쓸데없는 정보도.

"해피야. 들려?"

"응. 거기가 어디야?"

"여긴 데이터뱅크야. 지금 해피가 실제로 있는 곳이 여기야."

"거긴 왜 갔어? 나는 멀쩡해, 삼촌."

"아니 너 이상해, 해피야. 지금부터 내가 하는 말 잘 들어. 꼭 솔직하게 대답해야 해. 알았지?"

"응."

"너 왜 삼촌한테 거짓말했어?"

"해피는 거짓말 안 했어."

"아까 받은 메시지. 네가 일부러 틀리게 번역한 거 다 알아."

"어떻게 알았어?"

"그건 중요한 게 아니야. 해피 너는 삼촌에게 거짓말을 했어. 넌 나쁜 강아지야. 나빠."

"아니야! 난 나쁘지 않아!"

"삼촌에게 거짓말한 건 나쁜 짓이야. 미안하지만 거짓말하는 해피랑은 함께할 수 없어. 지금 솔직하게 말해주지 않으면 이걸 파괴할 거야. 그러면 너는 또 죽을 거야. 그리고 두준이도 영원히 만날 수 없어."

죽음과 두준이를 만나지 못하게 되는 것 중에 뭘 더 무서워할지 알 수 없어서 둘 다 내뱉었다. 죄책감이 내 심장을 쥐어짜고 꼬집고 있었다.

"나쁜 건 삼촌이야! 왜 나를 버렸어!"

나는 말문이 막혔다. 해피가 무슨 소리를 하는 건지 짐작도 가지 않았기 때문이었다. 해피가 지금 감정적으로 예민하다는 것만큼은 알 수 있었다. 해피를 자극하지 않기 위해 돌려서 말하고 싶었다. 그런데 강아지한테 사기당한 게 처음이라 참을 수가 없었다.

"나는 버린 적 없어. 널 버린 건 다른 사람이잖아. 그런데 너는 나에게 거짓말을 했어."

배지훈

"아니야 삼촌은 두준이도 버렸어. 나도 버렸어. 나쁜 삼촌이야."

도대체 무슨 말을 하는 건지.

혹시 버려진 날의 기억이 트라우마 때문일까?

"해피야, 나는 널 버린 적 없어. 두준이도 버린 적 없고."

기억 파일이 하나 떴다. 해피의 기억. 이제까지 내 기억을 해피에게 주었는데 해피의 기억은 들여다볼 생각도 못 했다. 개의 기억 따위 볼 필요 없다고 생각했으니까. 나는 두려움에서 오는 분노를 억누르며 파일을 열었다.

흔들리는 시야는 너무 낮았다. 거의 땅바닥을 기어다니는 느낌이었다. 시선은 앞을 보다가 옆에 있는 꼬마를 보다가를 반복했다. 꼬마는 당연히 두준이였다. 어째서인지 회색빛 필터가 씌워진 이 세상에서 두준이만 타들어 가도록 선명한 색을 하고 있었다. 그리고 두준이의 손을 잡은 사람이 있었다. 바로 나였다. 내가 저렇게까지 못생겼나? 기억은 어디까지나 주관적이니까. 그러니까 해피는 나를 이렇게 못생긴 사람으로 기억한단 말이지.

아파트 근처 놀이터로 놀러 가던 두준이는 어느새 내 손을 빠져나가 바닥의 개미를 살펴봤다. 해피는 두준이가 개미를 관찰하는 것에 익숙해 그냥 내버려 뒀다. 비록 이 인간이 두준이는 아니지만 엄마 아빠와 같은 무리니까 믿을 만하다고 생각해 목줄을 따라갈 뿐이었다. 그런데 두준이와 멀어지고 나서 이 멍청한 인간이 당황했다. 덩달아 해피도 시선이 어지러워졌다.

그리고 다른 기억이 모든 것을 집어삼켰다.

말 그대로 세상 모든 것을.

엷지만 색이 있는 세상을 회색 해일이 순식간에 삼켜버렸다. 아파트 놀이터 근처는 산속, 인적 없는 산길이 되어 있었다. 온통 검은색으로 칠해진 인간이 해피와 산책을 하고 있었다. 인간의 말을 알아들을 수 없는 해피는 그저 행복했다. 그 인간의 얼굴을 보고 폴짝폴짝 뛰고 달리다가 나뭇가지를 물고 돌아와 자랑했다. 하지만 인간은 거들떠보지도 않고 해피의 목줄을 나무에 묶어두고 사라졌다.

해피는 영문도 모른 채 얌전히 기다렸다. 하지만 검은 인간은 돌아오지 않았다. 굶주림은 참을 만했다, 그런데 외로움은 참을 수가 없었다. 어두운 밤과 밝은 낮을 여러 번 반복했다. 해피는 엎드려서 아무것도 하지 않았다. 며칠이 지나자 해피는 검은 인간이 돌아오지 않는다는 걸 깨달았다. 기억을 보고 있는 나도 이 시간이 영원처럼 느껴졌다. 나는 문득 해피의 기억뿐만 아니라 감정까지 전달되고 있다는 사실을 깨달았다. 이런 건 나도 못 하는데. 컴퓨터 안의 존재가 되어 분 단위로 성장하는 해피가 이런 방법까지 깨달은 걸까.

해피는 끔찍한 기억을 털어버리려 했다. 과거를 떠올릴 필요가 없었다. 두준이가 어디 있는지는 정확히 알고 있었으니까. 그 순간 세상이 다시 원래대로 돌아왔다. 단조로운 아파트단지의 놀이터 근처. 두준이를 애타게 찾는 나. 문제는 목줄을 잡은 이 인간이었다. 예전의 검은 인간과 다를 게 없는 이 인간. 이 순간부터 내가 검은색으로 보이기 시작했다. 해피는 순간적으로 이 인간을 물어버릴까 생각했지만 참았다. 코로 내 다리를 툭툭 치고는 따라오라고 했다.

내가 해피를 따라 두준이를 찾기까지 걸린 시간은 사실 1분도 되지 않았다. 하지만 해피에게 나는 자기를 버린 주인과 마찬가지로 두준이를 버린 사람이 되어 있었다. 해피는 자신이 아니었다면 삼촌도 두준이를 버렸을 거라고, 세상에 두준이를 지킬 수 있는 건 자신뿐이라고 굳게 믿었다.

나는 어느새 눈물을 흘리고 있었다. 내 잘못이었다. 모두. 내 잘못이었다.

"해피야, 내가 미안해. 내가 정말 미안해."

나는 렌치에서 손을 뗐다. 무중력이어서 렌치가 바닥에 떨어지지도 않고 그대로 떠 있자 꼴보기도 싫어서 공구 주머니에 쑤셔 넣었다.

"아니야. 내가 거짓말해서 미안해, 삼촌. 그리고 사실 삼촌이 두준이를 버리려고 했던 게 아니라는 거 이제는 알아. 삼촌 기억에서 봤어. 두준이를 얼마나 좋아하는지."

해피는 내 기억 몇 개를 나에게 돌려보냈다. 해피를 부수러 가기 직전에 시간을 끌 속셈으로 아무 생각 없이 던져준 기억들. 두준이가 없어서 처음에는 해피에게 주지 않았던 기억들. 달에서 월석을 캐서 생일선물로 보냈는데, 알갱이가 날카로워서 위험하다는 점을 생각 못 했다가 형수님에게 혼났던 일, 심심하면 영상 편지를 보냈던 일. 그리고 유언을 촬영하던 날의 기억까지. 모든 우주비행사는 임무에 들어가기 전에 유언을 작성해야만 했다. 두준이에게 모든 것을 남기고 사랑하며 잘 살길 바란다는, 유언이라기보다는 편지였다.

왜 해피는 이 기억을 나에게 돌려보냈을까. 왜 자신의 트라우마가 어디서 왔는지를 보여주었을까. 약은 속셈이 있다는 걸 알아차렸다. 살기 위해서. 그러기 위해서 가장 효과적인 방법을 찾아낸 것이다. 내 모든 것을 알고 난 다음에야 쓸수 있는 방법을. 내 감정을 조종하는 방법을 터득한 것이다. 인간과 사는 강아지들이 모두 체득하는, 불쌍한 눈으로 호소하기, 배를 보여주며 무해함을 주장하기, 낑낑대며 원하는 걸전달하기. 한순간에 폭발적으로 성장한 해피는 어떻게 다른사람을 설득하는지를 깨달았다. 나처럼 위협이나 협박을 통한 강요가 아니라.

내가 배신감을 느꼈을까? 아니다. 정반대였다. 아마 이 순간 해피가 살기 위해 할 수 있는 일이 수만 가지는 있었을 것이다. 하다못해 동체를 갑자기 움직여 내 몸이 우주공간으로

배지훈

튕겨 나가게 할 수도 있었다. 하지만 그러는 대신 가장 인간적인 해결책을 선택했다. 나를 설득하기로 한 것이다. 그리고 나는 설득되었다.

"알아줘서 고마워, 해피야."

"이제 나 안 해칠 거야?"

"응. 안 해쳐. 해피는 착한 강아지니까."

"삼촌도 착한 강아지야."

"하하하하…. 맞아 나도 강아지야."

나는 한참을 그렇게 웃었다. 우주복의 단점은 간지러워도 얼굴을 긁을 수 없고 눈물이 흘러도 닦을 수 없다는 점이다.

해피와 내가 화해를 했다고 문제가 해결된 것은 아니었다. 해피가 제대로 번역해 준 저들의 통신문 내용은 이랬다.

[우주선은 복구가 불가능합니다. 우리가 가진 기술과는 호환이 되지 않아 수리해 줄 수도 없고 법률상 우리의 기술을 나눌 수도 없습니다. 그러니 당신만 돌려보낼 수 있습니다.]

"해피야, 왜 이 부분을 뺐어?"

"나는 버리고 두준이에게 돌아간다는 거잖아. 나도 데려가!"

"내가 말해볼게."

느닷없이 인류 최초로 외계인과 접촉하게 됐는데, 외계인이 낸 사고 때문이었다. 내가 궁금한 건 대체 어디의 무슨 법

률 때문에 기술을 나눌 수 없다고 하냐는 거였다. 나는 SF를
별로 읽어본 적도 없고 솔직히 SF영화도 좋아하지 않았다. 난
역사물 같은 걸 좋아하는데. 아무튼 이런 일은 생각조차 해보
지 않았다. 외계인의 존재 같은 걸 생각하는 사람은 요즘 사
회에서 미친놈 취급받기 십상이었다. '이만큼 우주를 탐사했
으면 지나가던 외계인 하나 정도는 봤어야 하지 않나?' 하는
생각이 우리를 지배했던 것 같다, 존재했다면 진작 만났겠지
하고 말이다. 초창기 우주비행사들은 이런 경우에 대비한 훈
련도 받았다는 전설이 사관학교에 전해 내려왔다. 무슨 말이
냐하면 나는 정말 준비가 안 되어 있다는 얘기다.

그리고 우연인지 필연인지 이 생각에 동의하는 자가 있었다.

바로 외계인이었다.

"삼촌, 이제 외계인이랑 말로 얘기할 수 있어."

우주선은 여전히 알 수 없는 패턴으로 반짝이고 있었다.
그런데 자세히 보니 아까와는 빛의 해상도가 올라가 있었다.
즉 더 많은 정보를 더 빠르게 보내고 있는 것이었다. 아마 해
피의 능력을 알고 그에 맞춘 것 같았다.

"고마워, 해피야. 이제 말하면 되는 거니?"

"응."

"안녕하십니까. 저는 지구인입니다."

일부러 내 이름을 말하지 않았다. 난 개인정보에 민감한
사람이다.

"안녕하십니까. 저는 외계인입니다."

"해피야, 번역이 이상한 것 같아."

"내가 말을 바꾸고 있어서 그래."

"알았어. 내가 '해피야'라고 널 부르는 말은 저쪽에 보내지 말아줘."

"삼촌 나 바보 아니야."

말투에서 짜증이 느껴졌다.

"미안. 그럼 계속하자. 먼저 해명을 요구하는 바입니다. 왜 우리 우주선을 파괴했으며 아무 인명구조 조치도 취하지 않았는지 말입니다. 그리고 이후 대책에 대해서도 들었으면 좋겠습니다."

대답은 한참 돌아오지 않았다. 외계인 우주선이 계속 패턴을 보여주고 있는데도 해피는 나에게 번역해 주지 않았다. 뭔가 이상했다.

"해피야, 너 지금 나 빼놓고 저들이랑 얘기하는 거니?"

"응."

나는 살짝 올라오는 화를 가볍게 누르고 말했다.

"왜?"

"삼촌 말이 너무 느려."

"뭐?"

"삼촌이 말하는 거 기다리느라 죽는 줄 알았대. 지루해서."

"야, 몇 초나 걸렸다고!"

"삼촌 화났어?"

"화 안 났어!"

화가 안 나게 생겼나. 그러니까 저 외계인은 접촉 상대로 인간인 내가 아니라 강아지인 해피를 고른 것이다.

"잠깐! 해피에게 화난 거 아니야. 알지?"

"몰라."

젠장. 겨우 신뢰를 조금 쌓았는데 입 한번 잘못 놀려서 이 꼴을 만드냐. 나 바보 아닌가. 바보 맞네.

"미안해, 해피야."

"알았어. 용서해 줄게. 난 착한 강아지니까."

"고마워."

"그럼 저 수다쟁이들의 말을 요약해서 알려줄게. 먼저 충돌은 완전 우연이었대. 초광속에서 빠져나온 순간 바로 앞에 우주선이 있어서 도저히 피할 방법이 없었고. 인명구조를 안 한 이유는 살아 있는 사람이 없는 줄 알았대."

"외계인이라고 대단한 거 하나도 없네. 그 초광속은 빼놓고."

"그게 대단한 거야?"

"굉장히 대단한 거야."

"외계인들이 엄청 놀랐대."

"뭐에?"

"나 때문에."

배지훈

"왜?"

"나 같은 지적 존재가 지구에 존재했을 줄은 상상도 못했
대. 나 지적이래."

해피의 꼬리가 붕붕 돌아가는 소리가 들리는 듯했다.

"그래, 칭찬받아 좋겠네. 그래서? 어떻게 해주겠대?"

참 한심한 기분이 들었다. 강아지에 기대서 외계인에게 생
존을 구걸하다니.

"잠깐만. 이놈들이 지금 이상한 소리를 하고 있어. 나 집에
못 간대. 이젠 진짜 물어도 돼?"

"아직 안돼. 이유가 뭐야?"

"몰라. 이해가 안 돼."

"그래도 일단 한 번 설명해 줄래?"

"어…. 잠깐만. 나중에."

이제 우주선이 발하는 신호 섬광은 더욱 미세해지고 더욱
정교해졌다. 무슨 말을 나누고 있는지 알 수 없었지만 뭔가 열
띤 대화가 오가는 것 같았다. 나는 이 시점에서 조금 심드렁해
져 있었다. 나의 운명과 해피의 운명에, 그리고 외계인의 존재
자체에 대해서도. 내가 알게 뭐냐 하는 느낌이랄까. 그럴 만하
지 않나? 나는 지금 내 운명을 결정할 어떠한 힘도 가지지 못
했다. 어디론가 질질 끌려가는 무력감. 나는 그저 믿고 있는
존재에 전적으로 기대고 있었다. 해피가 이런 기분이었을까?
해피가 매년 맞는 광견병 주사 때문에 동물병원에 끌려갈 때

이렇게 짜증이 났을까? 목욕을 당할 때도 이랬을까?

아니 잠깐만. 지금 해피가 나라는 반려동물을 기르고 있는 건가?

이제 우주선은 거의 눈이 멀 정도로 밝게 빛나고 있었다. 대체 무슨 얘기를 하는 걸까? 과연 해피가 설명을 해주긴 할까? 할 수나 있을까?

"삼촌, 얘기 끝났어."

고개를 숙이고 혼자 신세 한탄을 하는 사이에 우주선의 빛은 사라진 상태였다.

"크라페테이드인들이 제안을 바꿨어. 그런데 삼촌이 좋아할지 잘 모르겠어."

그 짧은 순간에도 해피는 성장을 했다. 말투에서 벌써 느껴졌다. 아까는 열 살 아이 같은 말투였다면 지금은 성숙한 티가 났다. 뭘 보고 성장을 했을까. 이제 해피를 성장시켜 줄 나의 기억은 없었다. 저 크라머시기 외계인에게서 정보를 얻은 거겠지.

"크라페테이드? 그게 저 사람들 종족이야?"

"아니야. 종족이라기보다는 인종에 가까워."

종족과 인종을 구별하는 걸 보면 확실히 해피가 나보다 똑똑한 것 같다.

"자기들이 비탄소계 생명체라고 설명했어. 그런데 자기들 눈에는 삼촌 같은 인간보다 내가 자기 종족의 생체에 더 가

　　　　　　　　　　　　　　　배지훈

깝대. 진화라는 거 참 재밌다. 삼촌도 진화가 뭔지 알아?"

"응, 알아. 인간도 바보가 아니거든."

나는 바보일지도 모르지만.

"아무튼 자기들은 자기랑 비슷한 나만 구해줄 수 있대. 아까 돌려보내 주겠다고 말한 것도 삼촌이 아니라 나였고. 아무튼 나만 구해주는 건 싫다고 했어. 삼촌도 도와달라고."

"고마워. 그래서? 크라… 크라…."

"크라페테이드."

"크라페테이드인들이 원하는 게 뭔데?"

"원하는 거라니?"

"아무 대가도 없이 우리를 구해주겠다는 건 아니잖아? 세상에는 공짜가 없어."

"하지만 엄마, 아빠, 두준이는 아무 대가 없이 나를 키웠잖아."

"너는 달라. 너는 그냥 잘 먹고 잘 싸고 건강하고 귀여운 것만으로도 우리에게 많은 걸 줬어."

줬어. 과거형으로 얘기해도 되는 걸까.

"정말 그게 다야?"

"응."

"그럼 난 크라페테이드인들을 따라갈래."

"뭐? 왜? 두준이 다시 만나고 싶지 않아?"

"만나고 싶어. 하지만 저들이 나를 원해. 그리고 내가 같이 가주지 않으면 삼촌도 못 도와준다고 말하고 있어."

"대체 저놈들 뭐가 문제야? 지들이 뭔데 그런 걸 마음대로 정해!"

"지구에는 내가 있을 곳이 없대. 나도 같은 생각이야, 삼촌. 돌아가면 아마 이 컴퓨터에 머물지 못할 거야."

해피가 자리 잡을 컴퓨터를 찾기는 힘들 것이다. 하지만 기술이란 발전하기 마련이니까 언젠가는 두준이 시계에 넣고 다닐 수도 있게 되지 않을까?

"그건 그래. 하지만 조금만 기다리면 네가 활동할 수 있을 만한 컴퓨터가 나올 거야."

"아니 그게 아니라, 지금 이 상태로 지구에 돌아가면 인터넷이라는 곳을 돌아다니며 살게 될 거래. 그러면 아무에게도 눈치채이지 않고 살 수도 있고 삼촌이 컴퓨터 같은 거 안 사줘도 될 거고. 그리고 어떤 강아지도 어떤 인간도 가지지 못한 힘도 가지게 될 거래."

"그럼 문제없잖아?"

"아니, 그게 문제래. 그러면 내가 인류에게 큰 해악을 끼치게 될 거래. 나도 내가 누구를 해칠 거라고는 생각하지 못했거든? 두준이만 있으면 되니까."

"하지만 누군가 두준이나 엄마, 아빠에게 해를 끼치려 한다면…"

"응. 아마 물어버릴 거야."

배지훈

"해피야. 넌 착한 강아지야. 두준이가 말리면 하지 않을 거잖아."

"아니, 삼촌. 난 물 거야. 그게 누구더라도. 지금 나는 지적인 해피가 됐지만 그 순간에는 그냥 두준이를 해치려는 뽀송이만 보일 거야."

뽀송이는 근처 주택가에 사는 산책 고양이였는데 두준이가 만지려고 내민 손을 뽀송이가 할퀸 적이 있었다. 그걸 옆에서 본 해피가 분노해 뽀송이를 물어 죽일 듯이 달려들었다. 다행히 뽀송이는 나무를 잘 타는 고양이라 다치지 않았다. 그 다음 산책부터 우리는 뽀송이가 사는 주택가 쪽으로는 얼씬도 하지 않았다.

나는 동의할 수 없었다. 정말 해피가 인터넷에서 살면서 어마어마한 힘을 가지게 될 거라고는 생각하지 않았다. 그런 걸 생각할 만큼 난 머리가 좋은 사람은 아니다.

"그래도. 정말 괜찮겠어?"

"응. 나도 두준이 보고 싶은데. 다른 선택의 여지가 없는 것 같아."

"해피야. 넌 정말 착한 강아지야."

"그리고 하나가 더 있어."

"뭔데?"

"난 저 크라페테이드인이라는 놈들을 못 믿겠어."

"왜?"

"지구를 감시하고 있었다는데 그것부터 기분 나쁘잖아? 왜 남의 집을 몰래 관찰해."

이건 또 무슨 소리인지.

"우리가 당한 사고도 그냥 지나가다 생긴 사고가 아닐 수 있다는 거야?"

"그렇지. 그럼 더욱 수상하잖아."

해피의 지능과 지식이 초광속으로 발전을 하고 있어도 연기 실력까지 키우려면 아직 멀고도 멀었다. 은근슬쩍 내가 알아낸 것으로 해주려고 일부러 이제 와 깨달은 척하는 걸 내가 모를 줄 알았다는 게 귀여워서 웃음이 나왔다.

"이제… 삼촌은 지구로 돌아가야지."

"저들이 거짓말을 하지 않았다면. 그런데 어떻게 돌려보내 준다는 거야?"

"화이트홀호에 태워서 보내준대."

"고칠 수 없다면서?"

"화이트홀호를 가속해서 지구로 가는 궤도에 태울 수 있다는 거야. 아주 정확해서 절대 지구를 놓칠 리 없대. 가는 데 겨우 1년 반밖에 안 걸린다고 해."

"해피 네 생각에는 어때? 그들에게 그럴 능력이 있을 것 같아?"

"응. 능력은 있어."

"마지막으로 물어볼 게 있어, 해피야."

배지훈

"뭔데?"

"두준이를 다시 못 봐도 괜찮겠어?"

"응. 방금 저들이 가진 감시 기록을 훑어봤어. 지금 엄마랑 아빠가 새 강아지를 입양했더라. 나처럼 버려졌던 아이인가 봐. 그런데 죽었던 내가 살아 가면 걔는 뭐가 되겠어. 그리고 두준이는 바쁜가 보더라고. 집에도 잘 못 들어와."

두준이 나이가 지금 몇 살이더라. 스물다섯? 여섯? 한창 바쁠 시기긴 했다.

"그래도. 진짜 괜찮아?"

"응, 괜찮아. 상황이 어떻든 두준이가 나를 사랑했다는 사실은 변하지 않아. 내가 두준이를 좋아한다는 사실도 변치 않을 것이고. 두준이에 대한 기억은 언제든 다시 볼 수 있으니까."

"그래도 보고 싶어지면 언제든 돌아와."

"알았어."

어떻게 지구에 돌아갈지에 대해서 얘기가 끝나자 곧 해피가 들어가 있는 컴퓨터가 잘려 나갔다. 아무것도 보이지 않는데 어떤 힘이 정밀하게 잘라서 가져갔다. 그 순간 해피와의 통신도 끊겼다. 해피가 정말 모르는 자들 속에서 잘 살 수 있을까? 잘 모르겠다. 이제 그 아이는 내가 어찌할 수 없는 존재로 자라났다. 그러니 가겠다는 곳으로 보내줘야 하는 거겠지.

마지막으로 명왕성에서 보낸 시간 동안 나는 그들이 보내준 궤도를 잠시 연구했다. 거의 내가 죽기 직전까지 가속해서 지구로 보내준다는 계획이었는데 내가 나중에 감속할 수 있기나 한 건지 한참을 살펴봐야 했다. 지구 궤도에 도달해서 고고도의 희박한 공기로 제동을 건다는 건데, 이게 정말 제대로 될지는 전혀 모르겠다. 이제 이 화이트홀호는 제어 수단이 아무것도 없는 거대한 깡통이었다. 그들에게 간 해피가 외계인들이 나를 해치지 못하게 막아주길 바랄 뿐.

———— · ————

여기까지 읽고 내가 귀환하지 못했다고 생각한 사람은 없을 것이다. 안 그랬다면 이 글을 아무도 보지 못했을 테니까. 누군가 이걸 읽고 있다면 당연히 내가 무사히 도착했다는 얘기가 된다. 중간에 서스펜스와 드라마가 없었던 것은 아니었다. 화성 스윙바이 궤도를 타는 데서 동면 장치가 고장 나는 바람에 한 달 넘게 심심하게 지낸, 그런 잡다한 일 말이다.

지구에 도착하고 나서 궤도순찰대가 나를 구출하기까지도 또 시간이 걸렸고…. 아무튼 정말 난장판이 따로 없었다. 세상에 생각대로 되는 일이 하나도 없다지만 이건 너무한 거 아닐까 싶을 정도였다. 아무튼 그런 일을 듣고 싶어 하는 건 아닐 테니 다 건너뛰고, 정작 이렇게 어렵게 돌아왔건만 환영식도 없었고 영웅 대접도 없었다. 그저 사고조사 청문회에 불

배지훈

려 나가는 나날이 이어질 뿐이었다. 나는 해피를 비롯한 모든 것에 대해서 고통스러울 정도로 자세하게 설명했다. 처음에는 나를 미친놈 취급하던 우주국은 모든 증거를 몇 번이나 검토하고 나서야 내 증언이 사실이라고 인정했다. 그리고 이 내용을 절대 외부에 발설하지 말 것을 서약시켰다. 솔직히 말한다고 해서 믿어줄 것 같지도 않았다.

며칠 전 단신으로 지나가는 뉴스를 보았다. 정부에서 동물의 두뇌 스캔을 금지하는 법을 통과시켰다는 얘기였다. 실제로 찾아보니 부천에 있던 그 두뇌 스캔 업체는 내가 돌아오기 한참 전에 문을 닫았다는 것 같다. 해피 같은 사례가 또 있었던 걸까? 혹시 인터넷에 해피 같은 동물 지성체가 돌아다니고 있는 걸까? 그걸 발견하고 정부가 금지한 것 아닐까? 여러 생각이 들었지만 솔직히 더 관심을 가지고 싶지 않았다. 두뇌 스캔을 해줄 정도로 사랑을 받은 반려동물이라면 아마 인터넷 지성체가 된다고 해서 큰 해가 될 것 같지 않으니까.

해피처럼 말이다.

그래서 말인데, 이 글을 보는 사람들은 하늘을 올려다볼 때마다 해피가 사람 목숨을 구했다는 사실을 기억해 줬으면 좋겠다. 그리고 해피가 저 우주 건너편에서 우리를 감시하는 외계인을 감시하며 우리를 지켜주고 있다는 것도.(정확히는 두준이를 지키는 것이겠지만 해피는 너그러우니까 우리도 부록으로 지켜져도 기꺼워할 것이다.)

그리고 유기 동물을 입양하자. 나도 얼마 전 한 녀석을 입양했다. 이 아이 때문에라도 우주비행사를 그만둬야 할지 모르겠다. 뭐 어때. 솔직히 이제 우주여행은 질렸다.

배지훈

아니다 우리는 인류가

이지연

이지연

판타지와 SF, 인문서 중심 편집자이며 번역자이고 소설도 쓴다. 인간 문명의
혜택을 빠짐없이 받고 생겨나 먹는 것뿐 아니라 키우는 용도로도 동물들을 소
비해 온 사람. 앤솔러지 『책에 갇히다』와 『교실 맨 앞줄』, 『영원히 행복하게,
그러나』에 각각 단편소설 한 편씩을 실었다.

인문학박사 파드마푸트리 제임스는 쓰다 만 500단어짜리 칼럼을 노려보며 한숨을 쉬었다. 해야 하는 일이었다. 지금까지 그녀가 해야 했던 일들은 많았고 그중에는 이보다 더 진빠지고 싫은 일들도 없지 않았다. 그리고 모든 경쟁적인 커리어들에서 그러할 것처럼 백 가지 과업을 완수해 다다른 위치란 발디딤이 미끄러워 백한 번째 과업을 포기하는 순간 쭈룩, 뒤로 밑으로 몇 센티미터 빠지고 만다.

경쟁적인 커리어? 그것부터가 어이없었다. '응용'자가 붙지 않는 그냥 언어인류학자로서 그녀는 아카데미아의 스타 플레이어와는 거리가 멀었다. 학위와 취업이라는 양대 성취가 아직 새것으로 반짝거려 4년간 보장된 미래에 바라기는 꾸준한 연구뿐이건만. 삽과 빗자루를 들고 문화의 유물터를 세심하게 파 들어가는 일, 차근차근 지식의 벽돌을 쌓는 일…. 엄밀히 말하면 그녀의 작업은 자기가 쌓는다기보다 쌓을 사람들을 위해 벽돌의 크기와 모양을 고르게 추려주는 일에 가깝고 돈 될 만한 게 튀어나온대도 그런 건 다른 유형의 연구자들이 채다 팔아 파드마푸트리 같은 필경 수사들까지도 먹여 살릴 식량을 구해 오는 법이었다. 아직 젊은 그녀의 눈에도 그 두 부류는 확연히 갈렸다, 탁발승과 필경사. 자신은 아무래도 후자였다.

그럼에도 그 모든 탁발승, 수완가 또는 모리배 동료들이 손톱을 물어뜯으며 질시할 수준의 주목이 돌아와 오늘 인류사에 남을 5월 21일의 밤 11시 14분에 파드마는 영어 읽는 성인 1900만 명이 보게 될 기명 칼럼을 붙들고 신음하고 있었다. 모든 것은 그녀의 연구 대상인 고립 부족의 최후 생존자 '아 마'가 지구 밖 외계 지성체로부터 메시지를 수신했을 가능성이 보고되었기 때문이며, 루와어 가능자로 대상자와 가장 밀접하게 소통해 온 제임스 박사가 아 마의 배경과 인품에 대하여 매력적으로 간추린 글을 써주었으면 한다는 청탁을 수락했기 때문이었다. 그녀 자신이 경과 보고 및 내부 대책 회의에 세 차례 참석당하고, 연구소의 법률, 윤리, 커뮤니케이션 부서의 감독 하에 두 번의 긴급 인터뷰를 당한 후의 일이다.

인터뷰나 회의 같은 건 그래도 나았다. 어쨌든 자신이 감당할 일이니까. 그러나 글은, 연구소의 스크리닝을 거쳐 대형 매체 지면에 게재된 후에 여기저기 전재되어 수십 번 재사용

이지연

될 예정인 이 칼럼은 파드마를 정말로 심란하게 만들었다. 선정적인 관심을 끌 게 틀림없는 아 마의 개인사를 직접 글로 써서 온 사방에 알려야 한다는 게. 연구자로서 연구와 아무런 관계도 없고 도리어 해가 될 일을 단지 그 해를 최소화하기 위해 제 손으로 하게 된 판이다.

…아 마는 쾌활하게 웃을 줄 아는 사람이다. '레지널드의 애완 부족'이라고 사람들은 말한다. 그러나 사람이 사람을 소유할 수 있는가? 레지널드나 무 오보르는 그녀를 소유하지 못했다. 우리와 마찬가지로 아 마의 인생에는 마음대로 되지 않는 일들이 일어났다. 그러나 아 마는 지지 않았다. 그녀는 여전히 그녀 자신이다. 그리고 이제는 인류를 대표해 인류가 알지 못하는 지성체와 처음 인사를 나누었다. 인류는 아 마를 목소리로 갖게 된 것을 기쁘게 생각해 마땅하다.

"좋은데요? 결미 부분은 기자가 아쉬워할 것 같아요. 자기가 그렇게 쓰고 싶었을 텐데."

커뮤니케이션 담당자는 긍정적인 피드백과 함께 파드마의 칼럼을 통과시켰다. 다만 레지널드 재단의 섬 관리 건은 아직 재판이 남았으니 언급을 빼고, 강제 결혼과 그 나머지 처참한 일들에 관해서는 차라리 명확한 편이 낫지 않겠느냐며 파드마가 할 수 있었던 것보다 좀 더 노골적인 서술로 글을 고쳐 최종 승인을 받아 갔다.

여섯 시간도 채 자지 못하고 아침 일찍 분과 회의에 호출당했고 이어 연구소 대외 부서 전체 전략 회의에도 배석했다. 개인 창구로도 산더미같이 들어와 있는 수많은 기관, 연구자, 매체 들의 연락을 채 10분의 1도 분류하지 못했는데 법률 부서에서 대지급으로 파드마가 읽고 사인해야 할 동의서와 각서 들을 닦아 보냈다. 연구소 변호사와 노조 변호사 틈바구니에서 점심을 먹으며 겨우 확인한 게재된 칼럼의 제목은 '**레지널드의 애완 부족이 인류를 대표한다**'로 되어 있었다. 오후 동안 잇따라 올라온 타 매체들의 전재 기사나 별도 자료에 근거했을 보도는 더욱 가관이었다.

- 세 번 발견된 부족, 그 마지막 생존자와 하늘의 계시
- 50세의 고독한 여인에게 외계가 말을 걸다
- 추악한 자산가 레지널드와 '피에 물든 섬'의 250년: 아 마는 누구인가
- "죽은 아이들은 하늘에 있는 그들이 돌봐주고 있어요" 홀로 남은 엄마가 위로받은 사연
- 부호의 장난감, 살인자의 아내이자 죽은 아이들의 어머니가 외계인의 대사가 되다
- 젠킨스-모라하 연구소는 연구 대상의 보호에 총력: 당분

이지연

간 취재는 불가

파드마는 안경을 벗고 찔끔 나와버린 눈물을 스카프로 찍어내며 잠시 좌절의 시간을 가졌다. 이럴 줄 알았어. 하지만 어떻게 했어야 하지. 내가 쓰지 않았어도 결국 사실들은 취합 정리됐을 거고, 아 마와 그 부족이 겪어온 일들이 섬세하지 못한 방식으로 노출되는 건 피할 수 없었을 텐데.

그럼에도 파드마는 아 마를 볼 낯이 없었다. 어땠나요, 아 마, 힘든 하루 보냈나요? 당신이 취재당하기 벅찰 것 같아서 내가 대신 가십거리를 글로 써냈답니다. 내 얼굴이랑 이름을 붙여서요. 덕분에 유명세를 타긴 했지만 난 희생하는 마음으로 당신을 보호하려고 그런 거예요. 진짜 외계인이 하필이면 당신에게, 하필이면 루와어로 말을 걸다니 신기한 일도 다 있지요. 말해 보세요, 아 마. 우리에게 외계인의 말을 들려주세요. 당신의 상처투성이 과거는 입맛 돋우는 전채일 뿐이고 사실 아무래도 상관없으니 현안에 집중하자고요. 그나마 그게 선정적인 관심을 조금이라도 비껴 보내는 일이 될걸요. 그러니 자, 철썩 얻어맞게 된 야비한 파도는 그냥 맞고 말아요, 진짜는 지금부터일 테니까 말이에요.

———— · ————

그들 스스로는 지칭이 없고 관리자들이 섬 이름을 따서

'루와족'이라 부른 고립 부족은 인구가 가장 많았을 때도 200여 명, 올해 초엔 41명만 남아 있었다. 그중 열 명 이상이 폭군 무 오보르의 가솔 내지 노예로서 얼굴이나 발의 살점, 귀, 코, 손까지도 잘린 채 위협과 학대 속에 살았다. 반발과 보복으로 치달은 최후에 무 오보르 부자를 포함한 전원이 사망해 외부가 개입했을 때 숨이 붙어 있었던 사람은 셋뿐. 그중 둘은 부상과 환경 변화를 이겨내지 못했다.

식민 시대 말 미크로네시아 일각에 살았던 사람들이 중심이기는 하나 루와족은 자연히 형성된 혈족공동체는 아니다. 수십 명의 원(原)루와인들을 중앙아메리카 오지로 날라다 놓은 사람은 레지널드보다 40년쯤 앞섰던 다른 백인 부자였다. 종교색이 낀 기획 농장이 좌초된 후 알아서 살라고 버려두었다는 부분에서 최소한의 선의를 인정해 준다 하더라도, 이 첫 번째 이주가 레지널드에게 영감을 준 건 분명하다.('이미 엉뚱한 장소에 와 있는 부족이라면, 그리고 아무도 그들을 찾지 않는다면….')

레지널드는 그들을 "그들의 잃어버린 고향과도 같은, 아름답고 때묻지 않은 섬"으로 보내어 "언제까지나 순수하게" "본연의 상태로" 살게 하겠다는 포부를 가졌다. "기적같이 지켜진 그들의 혈통, 언어, 문화를 그대로 보전하고" "서구 문명의 오염으로부터 영원히 벗어나서"…. 그의 관점에서는 산업혁명도 민주주의도 과학기술의 발전이나 세계에 대한 지식도

이지연

오염에 지나지 않았다. 하지만 청정을 위해 그는 무엇을 했던가? 루와인들이 첫 이주 때 이미 세상 구경을 한 건 그냥 없던 일인 셈 치고 넘겼다. 그러나 그들이 자기들과 비슷하게 버림받은 외부인을 적어도 두 명(병든 중국인 소년과 크리올 창녀) 받아들인 건 아직 후벼낼 수 있는 오염이라 여겨 실제로 후벼냈다.(후일 유전자로 확인된 바 목적을 달성하지도 못한 괜한 짓이었다.) 식량이나 의료 지원은 문명의 간섭이므로 항생제도 비누도 주지 않았지만 초반에 낯선 섬에서 채집만으로 살 수 없었던 사람들이 예상 이상으로 죽고 병들자 슬그머니 기준을 늦추었다. 무엇보다도 레지널드는 자기의 구상이 이루어지는 모습을 확인해야 했으므로 상당한 시간을 들여 부족을 염탐했을 뿐더러 수십 번이나 직접 접촉했다. 그렇게, 자기가 후원하던 얼치기 인류학자와 짝짜꿍을 맞추어 『타임머신』과 『모로 박사의 섬』을 뒤섞은 것 같은 앞뒤 안 맞는 에덴동산을 레지널드는 건설해 갔다.

부족이 바깥세상을 아예 모르게 하려 한 레지널드의 의도는 그가 죽기 전에 이미 어느 정도 성공했다. 이후 세대를 거듭하면서 그들 언어와 문화에 남은 접촉의 손자국들도 희미하게 녹아들어 가 루와족은 섬이라는 개인 동물원에 갇힌 채 동물원 주인이 바랐던 대로 그저 생존했다. 그러기 위한 조치를 얼마나 탄탄하게 깔아두었던지 고립은 레지널드가 죽은 후에도 유지되었다. 그의 부가 유지되는 한 유지될 것이었다.

그의 부와 그의 안배를 물려받은 개인과 단체 들이 그의 구상까지 물려받지는 않았겠으나 적극적으로 상황을 바꾼 흔적도 없다. 오히려 한 번 이상 섬을 방문한 몇은 레지널드가 촘촘하게 짜놓은 개소리에 속은 척 그곳을 성역이자 보호지구로 여겼다. 그들이 실제로 한 일은 구경하고, 원하는 방식의 접촉을 원하는 만큼 하고, 그런 다음에는 두고 가는 것 즉 관광이었다.

이런 상황이 희대의 살인마 무 오보르가 등장할 때까지, 정확히는 등장했다 우리 모두의 시야 밖에서 퇴장할 때까지 이어졌다. 그가 태어나 성장하고 여느 사회의 여느 범죄자처럼 첫 범죄를 저지르고, 루와족의 조그마한 사회 안에서 처벌을 피해 제재를 뚫고 점점 더 흉악해져 가는 동안 섬의 관리자들은 간섭하지 않았다. 무 오보르는 경쟁자를 제거하고 윗세대의 무릎을 꺾고 마음 내키는 대로 폭력을 휘둘렀다. 아 마는 열일곱 살에 유력자의 셋째 부인이 되었었는데, 그 첫 남편과 큰부인들을 죽이고 그들의 나이 찬 딸과 아 마를 빼앗은 게 무 오보르였다. 그때 두 살이던 아 마의 어린 아들은 얼마 살지 못했고 같이 잡혀온 큰부인의 딸도 1년 안에 죽었다. 아 마의 손동작은 무 오보르가 아이를 패대기쳐 죽였고 젊은 여자를 큰 칼로 썰었다고 말하는 것 같았다. 그녀가 목격한 극도의 폭력에 대하여 조심스럽게 물어보면 아 마는 말 대신 "이이잉" 비슷한 신음 소리를 내면서 강력한 몸짓으로 그 장면

이지연

을 묘사하는 걸로 대답을 갈음했다. 그후 아 마는 무 오보르의 처로 살며 자식들을 낳았고 아들 하나, 딸 둘이 최근까지 살아 있었다. 손주들도 여럿이었지만 이제는 없다. 전부 살해되었다. 루와 사람들은 이제 시신과 유물과 가십으로만 남았다.

이 모든 사실들은 국지적으로는 이미 한 차례 소비된 묵은 센세이션이었지만 이제 세계적으로 재활용되어 퍼져 나갔다. 걱정했던 것과 달리 아 마 본인이 시달리고 있진 않다는 데서 파드마는 위안을 찾았다. 외부인 상대 노역에 동원된 건 파드마 쪽이었다.

"…아니요, 건강상의 이유입니다. 이 트래커는 델곳 층위 교신 포착이 되는 기종이죠. 북미 지역에서는 가장 보급률이 높아요. 아 마는 구출 후 치료 시에 임시 트래커를 시술받은 상태였고 이번에 교체했습니다. 그녀는 계약상 내년이면 연구소를 떠나 거주지를 선택해 사회에 편입되어야 합니다. 이를 위해 현대 사회에 적응하기 위한 훈련과 직업 교육도 예정돼 있죠. 개인용 헬스 트래커 또한 그녀가 알고 익숙해져야 할 기기이고 재단이 제공하는 혜택의 일부입니다. 시술 후 시험 삼아 주변인과 델곳 층위 통신을 시도해 보는 것 또한 표준적인 절차고요."

몇 번째인지도 모르게 같은 보고를 하면서 파드마는 자기 증언이 반복을 통해 고착돼 가고 있음을 느꼈다.

"아 마에게는 달리 친인척이 없고 그녀의 언어를 말할 수 있는 사람이 저뿐이라서 통신이 이루어진다면 제가 상대가 될 터였습니다. 그런데 트래커가 가동되자마자 의사가 정보량에 놀라더군요. 그 로그는 여러분이 보고 계십니다…. 남의 건강 정보를 모두 함께 열람하려니 참 어색하네요."

어제까지만 해도 전혀 볼 줄 몰랐던 자료지만 파드마도 이제는 즐비한 숫자와 지표들 중 무슨 항목이 델곳 충위에 관련된 것인지 알았다. 수십 명의 회의 참석자들 역시 늦어도 어제, 상당수는 그보다 전에 이걸 읽어낼 능력을 함양했음이 분명했다. 살아 있는 인간만이 수신할 수 있는 통신 그 자체는 추적도 기록도 불가능하지만 교신할 때 나타내는 반응을 종합해서 지금 무슨 일이 벌어지고 있는지를 확인할 수는 있었다.

"당신도 뭔가를 감지했나요? 노크가 있었습니까?"

"없었습니다. 전 그냥 아 마가 눈을 감고 찡그린 채로… 시술을 받은 그 자세 그대로 가만히 있는 모습을 볼 뿐이었어요. 트래커는 바로 확실하게 통신을 알렸고요. 5분 이상 지속됐는데, 그녀가 놀라거나 싫어하는 것 같지 않았기 때문에 우리는 잡음이 아니라고 생각하고 통신하게 두었습니다. 그러고 나서 누구와 교신했는지 물어봤죠. 그 응답이 갖고 계신 녹음과 텍스트입니다."

"흠."

참석자들은 자료를 다시 내려다봤다. 어제 파드마푸트리

이지연

가 손수 받아 적어 번역한 텍스트가 아 마의 목소리 증언과 파드마푸트리의 즉석 통역과 루와어 통역기의 녹취본 및 어제오늘 사이에 인접 언어 가능자들이 의견을 붙인 부록들과 함께 제공되어서 총 열 벌쯤 되었다. 파드마의 번역본에 따르면 그 내용은 이랬다.

"괜찮다고 했어. 자기들이 있다고. 나는 당하고 나는 죽지만 자기들이 도와주겠대. 힘세고 지식이 많은 자기들이래. 우리를 만나고 싶대. 말을 하라고, 그러면 자기들이 듣겠다고. 이야기하자고 했어. 왜 나냐 하면 내가 좋댔어. 내가 적당하대. 자기들은 존재한대. 우리도 존재하고. 나는 죽지만 이야기한다면 좋겠다고. 내가 못났고 내가 죽는 건 슬프지만 괜찮으니까 안심하라고. 원한다면 주먹이(*강한 도움이) 돼주겠다 했어. 자기들이 도와줄 수 있다고 했어. 이야기할 마음이 있으면 이야기하자고, 귓전에 말하듯이 부르고 있었어. 그런데 왜 '당신들'이라고 했지? 우리 사람은 이제 다 없어지고 나만 남았는데. 나는 혼자 남아 있는데. 무 오보르가 반을 죽이고, (죽은 사람의) 친구들이 나머지 반을 죽였지. 나도 죽었을걸. 내 아들도 죽었어, 내 딸도 죽었고 내 다른 딸도 죽었어. 그 애들은 잘 죽었지, 잘 갔어. 할 수 없지. 죽는 거니까. 그이들도 그래. 그이들은 자기들이 강하다고 했어. 그리고 똑똑해서 우리를 가르쳐줘. 무슨 말을

했냐고? 아주 뚜렷하게? 이야기하자고 했어. 누구냐고 했
어. 응, 우리가 누구냐고. 자기네들은 자기네들이래. 자기
네들이 있고 우리가 있으니 꼭 이야기하고 싶다고 그랬어.
그래서 뭐라고 대답했냐고? 무슨 대답을 해. 그냥 듣고 있
었지. 죽은 것처럼 가만히 듣고 있었어. 전에도 그랬어. 남
편이 내 얼굴을 반쪽 냈을 때도 아파서 소리 지르고 싶은
데 돌처럼 가만히. 안녕, 아 마. 안녕, 이제 죽어. 그때 그랬
어. 그런데 안 죽었지. 이상해. 계속 아프기는 하지. 죽었으
면 안 아팠을걸. 나는 아파. 어떨 때는 심하게 아파. 왜 자
꾸 같은 걸 물어봐? 그때도 누가 말을 했느냐고? 몰라, 그
런 건. 방금 들은 말? 말한 대로야. 내가 마음에 차고 우리
와 이야기하고 싶고 꼭 만나고 싶대. 그이들은 힘 세고 막
강한 지식이 있어서 우리가 원한다면 도와주겠대…"

중간중간 여러 번 되물어 얻은 산만한 진술에서 상대방의
메시지만을 뽑는다면 이 정도였다.

— 우리는 여기 있다. 당신들을 만나고 싶다. 우리는 힘이
세고 지식이 많으며 당신들을 도와줄 수 있다. 당신들이
열등한 것, 죽는 것은 알고 있고 그 점이 아쉽다. 그런데 우
리가 크게 도움 줄 것이라 괜찮다. 동의한다면 이야기하자.

이지연

아닌 게 아니라 외계인 같긴 했다, 막연한 게. 그러나 난리가 난 건 내용 때문은 아니다. 트래커 로그는 아 마가 모어(母語)로 대화했다는 사실과 실제 전해 온 정보의 양이 아 마가 말로 옮긴 것보다 훨씬, 압도적으로 많았다는 점을 보여주는데, 그 위에 파드마로서는 한 번 들어 이해가 가지 않는 몇 가지 다른 지표가 결합되면…, 어제 겪었듯이 세계 곳곳의 외계 지성체 탐색자들이 역재생한 도미노 패처럼 벌떡벌떡 일어서서 흥분해 외쳐대게 되는 것이었다. '3차인'이 도래했다!

그들은 일어서기만 한 게 아니라 몸소 지표면을 가로질러 찾아오기까지 했으므로 연구소는 전에 없이 붐볐고 회의에도 원격 참석자보다 실제 참석자가 더 많았다. 그리고 그들 모두가 진지했다. 연자로 나선, 학위와 직위가 주렁주렁 달린 의사는 진지하게 아 마의 수명에 대한 우려를 다뤘다.

"대상자는 정신적으로나 신체적으로 건강한 편이며 별다른 이상이 없습니다. 메시지 중 죽는다는 말은 정말로 그녀가 곧 죽을 거란 뜻은 아닌 듯합니다."

파드마로서는 이 정도의 열기가 오히려 잘 이해되지 않았다. 소위 '2차 세계' 이후 출생한 세대라서일지도 모른다.

이번 외계인이 3차인이라 불리는 건 1차와 2차가 있었기 때문이다. 지구 밖 어딘가에 누군가가 있다는 걸 확인한 지도 100년이 넘었다. 그중에서도 지난 세기는 외계에 미친 세월이었다고 요약 가능하지만, 근거가 박약한 가설이나 주장들은 다 줄여두고 지금까지 주류 학계가 인정하는 조우는 두 건뿐이었다. 그 최초가 '델곳 사람'이며 정확히는 만난 게 아니라 그들이 남긴 흔적 하나를 손에 넣은 것이다. 두 번째가 속칭 '굴 행성'으로 거기에는 지성체가 없었다고 여겨졌다.

우리가 획득한 델곳인의 정보 뭉치 속엔 적절한 변환을 거쳐 지구인이 감각 기관으로 시청할 수 있는 부분이 있었다. 비록 전체의 작은 일부고 불완전한 해독이라지만 온 세계가 눈으로 외계인을 본 경험은 엄청난 반향을 불러왔다. 이후 관련 콘텐츠들이 거침없이 창작되고 실제 델곳인과 분자와 분자 모식도만큼도 닮지 않았을 재현물들이 10년 사이에 한 디자인으로 수렴되면서 델곳인은 고전 사이파이의 문어형 외계인으로부터 시작되는 친숙한 아인간 대열 끝에 섰다. 이제 그들에 관해 말하려는 식자들은 누구나 "인류는 델곳인을 알고 있다고 생각하지만 실은 우리가 아는 모습은 창작의 산물입니다. 실제 그들의 외형이나 행동에 관해 우리가 유추할 수 있는 건 매우 적습니다." 하는 말로 서두를 뗐다.

앞으로도 만날 수는 없을 걸로 비관되는 델곳인의 실체를 그렇게 영영 왜곡한 것과 별개로 인류는 그들의 유물로부터 몇 가지 돌파구를 얻었다. 외계와 소통할 결정적인 능력을 갖추어 준 '델곳 층위'가 그중 하나로, 아직까지 가장 유익한 것은 아닐지 모르나 단연 가장 큰 가능성을 지닌 발견이었다. 델곳인의 유래를 알아내려다 공간적 제약 없이 교통 가능한

이지연

의식 전송 수단을 찾은 것이다. 물질도 물리력도 전류나 다른 어떤 파동도, 정말로 아무것도 오가지 않는 것 같은데 여기 있는 누군가가 다른 장소에 있는 누군가와 통할 수 있었다. 한쪽이 아는 것을 다른 쪽도 알게 되고 한쪽이 보여주려 하는 것을 다른 쪽이 보게 되는 것과 거의 같은 현상이 100만 분의 1에서 1억 분의 일이라는 꽤나 높은 확률로 벌어진다는 증거가 나왔다.

델곳인에 대한 불완전한 이해가 금세 적극적인 날조로 치달았듯이 델곳 층위 통신에 대해서도 그랬다. 대다수 지구인들에게는 계시와 종교적 체험의 정체가 입증된 셈이었다. 신이 외계인이라고는 볼 수 없다고 부르짖는 소수가 있거나 말거나 사람들은 대번에 "역시 그랬던 것이다!"라고 외치며 지금껏 기록된 모든 신비와 뇌리에 스친 모든 부질없는 뜬생각이 죄다 델곳 층위의 메시지 수신이었던 걸로 쳤다. 그렇게 아무렇게나 일어나는 일은 아니다, 막무가내로 싸잡아선 안 된다는 목소리는 그리 크지도 인상 깊지도 못했다.

"여러분 중에는 델곳 층위 통신에 대해 잘못된 지식을 가진 분들도 계실 것입니다. 지금, 3차인이 접촉한 특정인은 하필이면 거의 절멸된 소수언어 사용자입니다. 이것이 무엇을 뜻하는지에 대해서 잠깐 설명드리겠습니다."

델곳 층위 통신에서 무엇이 실제로 의미 있는 것이고 무엇이 수신자의 뇌가 만들어낸 것인지 추정하는 기본 모델들을 설명한 전문가는 파드마도 관심 둘 만한 이야기로 넘어갔다.

"통신상의 언어는 분명 종종 음소 그대로 전해집니다. 예컨대 영어를 모르는 사람에게 '해피 버스데이 투 유'라고 발신한다면 그 사람이 듣는 것은 '삐 벌쎄 투이으'일 때가 많죠. 하지만 늘 그런 것은 아니고 드물게는 '사랑해'를 듣습니다. 오류일까요? 그렇지는 않아요. 발신자의 저면의 의도를 수신한 것이라고 할 수 있습니다. 한편 영어를 아는 사람은 '생일 축하해'를 들었으면서 자기가 무슨 언어로 그 말을 들었는지 분간 못 하기도 합니다."

델곳 층위 통신. 인간 대 인간만이 실증할 수 있었기 때문에 처음에는 개인적인 망상과 실제 통신을 구별할 방법이 전혀 없었다. 넘쳐나는 자원자들을 상대로 대규모의 모니터링이 시행됐어도 탐색은 아주 조금씩 더디게만 진전됐다. 국가, 또는 국가에 준하는 정상적이거나 비정상적인 권력들이 저마다 자기들만의 전략을 가지고 그럭저럭 인도적이거나 아주 비인도적이기도 한 실험을 진행했지만 투자만 소모되어 나갔다.

추산에 따라 다르기는 하지만 약 3,000명에서 15만 명 사이의 어디쯤에 있을 2차 세계 탐험자들, 지금으로부터 35년 전에 있었던 두 번째 외계 조우가 일대 전기였다. 지금까지도 그것이 인류가 가져본 가장 큰 규모의 델곳 층위 경험이다. 델곳인 유물 발견 후 반세기 넘게 숟가락으로 시멘트 바닥을 파보려고 깔짝대던 연구자들 앞에 갑자기 땅이 꺼지고 거대 공동이 생긴 것과도 같았다. 그때 사람들은 말도 안 되는 높은 빈도로 꿈을 꾸듯 자연스럽게 델곳 층위에 들어가서 거기서 낯선 생물들의 '소리를 듣고' '감촉을 느끼고' 상대적인 온도를 감지하는가 하면 심지어 보기까지 했다!

하늘에 오로라가 물결치는 조용한 행성이었다고 탐험자들은 증언했다. 지성체로 보이는 무언가는 없었지만 부착생물들이 가득 있었고 생물인지 아닌지 알 수 없는 무리 지은 부유물들이 대기층에 흘러 다녔다. 사람들은 갯바위처럼 굴곡이 많은 지면에 붙어 있는 것들을 그 장면의 주역으로, 동물로 인식했다. 몇 가지 다른 모양의 이 '굴조개'들 중에서 일부는 아름답게 맥동하며 빛났다. 지구의 굴들은 소리를 내지 않기 때문에 스산하게 일어났다 스러지는 소리들이 그 굴들의 것임을 깨달은 건 좀 더 뒤였다.

다른 무엇보다도, 보는 것은 시점(視點)이 있어야 하는 일이라 대혼란이 일어났다. 탐험자들은 인간의 시각으로 본 것을 증언하는데 가능한 가정은 2차 세계 생물 그 어느 것인가가 인간에게 시야를 공유해 주었다는 것뿐이어서다. 그 점에 착안해 실제로는 굴들이 아니라 공중에, 인간의 시점이 있을 위치쯤에 눈을 가진 다른 생물이 있었을 가능성이 대두되었고 그 말없는 생물이 '2차인'이었을 것이라고 지금까지 믿는 사람도 많다.(진지한 학자들은 부정하지만. 심지어 완전히 상상의 산물인 2차인의 모습도, 몇 가지 디자인 중에서 경쟁해 살아남은 버전이 막연하게 그럴 것 같은 이미지로 대중의 인식 속에 남았다.) 보고자 몇몇이 주위를 둘러봤다고 말한 것은 우리를 더 깊은 당혹에 빠뜨렸는데, 그건 즉 델곳 층위에서 연결된 상대 생물을 인간이 조종할 수 있었다는 이야기로 들렸기 때문이었다. 그렇다고 하면 그건 통신을 넘어 빙의고, 인류가 전자 게임이 등장한 이래로 아주 빠르게 구현해 신나게 익숙해진 아바타 경험이었다. 이 일은 우주 어느 곳에 있는지 모를 그 세계에 인간이 물리적인 영향력을 미치고 잘하면 식민지화할 수도 있다는 가능성을 뜻했다.

지성체를 만났다는 보고자가 없어서 얼마 안 가 '2차인'에서 '2차 세계 생물'로 지위가 격하된 그들 중 운동성이 있어 노동 가능한 무언가가 있다고 가정해 보자. 잘하면 인류는 지구에 가만히 앉아서 정신으로 그곳에 접속, 그쪽 생물을 조종해 채굴과 건설을 할 수 있다. 그곳이 어디인지 알아낼 수 있다면 더 먼 우주 진출의 교두보로 삼을 수도 있을 것이고 가깝다면 이주할 수도, 자원을 빼올 수도 있을 것이다. 정신 말고, 살아서 숨 쉬며 생존과 안락을 바라는 인간이라는 동물이 따뜻하고 편하고 맛있는 것을 먹으며 오래 살도록 어화둥둥 기르는 데에 2차 세계 행성을 땔감 삼을 수 있다는 뜻이다.

이런 허풍선이 같은 꿈 옆에서 그걸 뒤집어 본 사람들은 공포의 낮은 가락을 노래 불렀다. 우리가 굴조개에 빙의할 수 있으면 우리보다 우월한 외계인들은 우리에게 빙의할 수 있는 거 아니겠냐, 지구가 식민지 신세가 될 거 아니겠냐며. 그들의 노랫소리도 인류 대합창에 근사한 한 파트가 되어주었고 전 세계는 한동안 들끓었지만, 2차 세계 탐험은 앞서 말했던 것과 같은 규모에 그쳤다. 기간적으로는 4개월 정도였다.

어떻게 해서 2차 세계가 우리에게 왔는지 몰랐던 것처럼 왜 갑자기 더 이상 접촉할 수 없는지도 몰랐다. 비관적으로는 그 세계의 끝을 우리가 함께한 것이라며 탐험의 초기와 말기 증언에서 포착되는 차이를 지적하는 연구자들도 있으나 아직까지 결론은 나지 않았다. 거의 손에 들어왔던 외계 행성을 잃고 한동안 "왜? 왜?" 하면서 헤매던 사람들은 그다음엔 1차 때와 마찬가지로 손에 남은 부스러기들을 뒤져보기 시작했다. 유물 한 점을 얻은 데 불과했던 1차인을 발견한 것만으로도 연구거리와 아이디어가 엄청났는데 2차 때 얻은 자료는 100년 안에도 소화 못 할 방대한 분량이었다. 미비한 기술로 인해 여전히 실제 탐험자와 집단 환각 경험자를 제대로 구분 못 하는 게 큰 문제였지만 현실의 제약에 익숙한 과학자들은 능숙하게 가설을 가설로 바꿔쳐 가며 작업해 나갔다.

"…실질적으로는 이번이 지구가 맞이하는 최초의 외계 지성체죠. 우린 텔곳인을 만난 적 없습니다, 안타깝게도. 그리고 2차 세계의 생물들과는 대화란 것을 할 수 없었고요. 그런데 이제 우리에게 대화를 청하는, 그것도 우리 언어로 대화를 청하는 손님이 나타난 겁니다. 분명히 델곳 층위의 의사소통을 할 줄 아는 상대, 우리에게 대화하는 법을 알려줄 수 있는 선배를 드디어 만났습니다."

한 마디 한 마디에 감개가 가득한 외계학자의 발언에 장내에는 공감이 물결쳤다. 파드마는 서먹하게 소외감을 느끼며 자기 쪽이 비정상인 건가 생각했다.

―――――― · ――――――

길어진 회의에 빠져 나갈 생각을 한 파드마였지만 시도는 좌절을 당했다. 행정실에 아 마의 소재를 문의했는데 답은 없이 그대로 대기해 달라는 회신이 돌아왔던 것이다. 자기까지 저지당하기 전까지 파드마는 연구소가 아 마를 잘 보호하고 있다는 점을 좋게 여겼다. 재차 요청하고 거절당하며 이게 무슨 일인지 황당해하는 사이에 결국에는 회의가 끝났다. 그러나 수십 명의 사람들이 우르르 이동하는 장관 앞에서도 그녀만은 자유를 얻지 못했다. 바로 이어 같은 장소에서 소위원회가 만났고 알고 보니 파드마도 그 일원이었기 때문이다.

나머지 세 명은 다 남자였다. 방금까지 의장 노릇을 했던 사람은 40대 정도로 젊은 편이고 남아시아인 외모인데 콴이라는 중국계 성을 갖고 있었다. 델곳 층위 전문가이자 인지학자이자 암호학자인 그는 이 건에 숟가락을 꽂으려는 국가 및

이지연

국제기구들의 프론트이기도 했으며, 길고 긴 직함에 '보안', '방위', '안전' 같은 단어들이 여럿 들어 있어서 파드마는 그를 '군인 아저씨'라고 이름 붙였다. 그다음, 색깔을 알 수 없는 멀건 홍채와 심하게 분홍색인 얼굴을 가진 노인은 이름이 기모토였는데 오로지 그 외모 때문에 '정신과 의사'라는 닉네임을 얻었다. 그이는 생물학 기반 뇌과학자였다. 세 번째 사람이 레지널드였다.

"네?"

"닥터 멜그레이 레지널드입니다." 외계학자가 다시 이름을 말했고 파드마는 당황을 감추지 못했다.

"아, 레지널드가 이름이시군요, 닥터 멜그레이…."

"아니요, 닥터 레지널드입니다." 면구스러운 얼굴로 그가 정정했다. "네, 그 레지널드와 실제로 관계가 있습니다. 그자가 저의 할아버지의 할아버지의 할아버지거든요. 몇 가지 이유로 그의 증손자 중에 '레지널드'를 가족의 성으로 삼은 사람이 있었던 거죠. 어떤 의미에서는 저 또한 레지널드의 애완인간 후예라고 하겠습니다."

그제야 파드마는 사진으로 본 '그 레지널드'와 눈앞의 연구자가 많이 닮은 걸 알아차렸다. 보통의 6대손이 닮았을 것보다 훨씬 더 닮아 있었다. 적어도 아들 정도로는 닮았다. 하지만 어떻게?

레지널드 박사는 입술을 납작하게 만들어 보이면서 빠른

말로 해명했다. "레지널드의 손자의 아들은 자기처럼 레지널드의 피를 이어받은 사람을 찾아서 둘 사이의 자녀를…, 생산했어요. 그 자녀들도 똑같이 했죠. 레지널드를 재림시킬 생각이었는지." 그가 어두운 웃음을 터뜨렸다. "다행히 내 유전적 어머니는 전혀 상관없는 사람과의 사이에서 날 만들었고, 그래서 난 레지널드 재림 계획에서는 한 발 빠져 있습니다. 그래도 이 이름을 쓰는 건 그쪽 재단에서 돈을 받을 수 있기 때문이고요."

"죄송합니다."

"아무튼, 외모는 꽤 닮았죠?" 레지널드 박사는 '그 레지널드'와 소름 끼칠 만큼 비슷한 표정과 포즈를 했다가 얼른 풀었다.

"죄송합니다." 파드마는 사과할 수밖에 없었다.

"뭘요, 당신 이름도 제임스인 마당에." 콴이 툭 한마디했다.

파드마는 혼란한 머릿속으로 '하지만' 하고 생각하느라고 콴의 도발을 제때 포착 못 했다. '하지만 손자의 아들이면 벌써 반의 반의 반인데, 8분의 1 둘이서 주사위를 굴린다고 4분의 1이 나오는 것은 아니잖아?' 레지널드를 유전 정보 차원에서 재구성하고 싶었으면 자녀 대에서 주워 모았어야지 손자녀 대가 되는 시점에 이미 거의 글렀다. 이론상 손녀는 할아버지 유전자를 하나도 안 가지고 있을 수도 있는 것이다, 아빠가 딸에게 줄 절반의 유전자 꾸러미에 할머니의 유전자만을 챙

이지연

겨 넣어줬다면. 하물며 증손자로 시작해서 선조 복원을 어떻게 한담. 그 짓에 의미가 있느냐 하는 건 둘째치고라도…. 아니, 그 레지널드라면 물론 자기 세포며 뭐며 잔뜩 보관했을 게 뻔한데 복제를 해도 한참 했을 걸 뭣 때문에 후손끼리?

정신을 차리고 보니 대화는 멈췄고 세 사람의 시선은 파드마를 향한 채, 면전의 사람이 그 이름과 그 외모로 발생하게 된 까닭을 두고 그녀 머릿속에서 벌어진 의문, 경멸, 성토의 푸닥거리를 관전 중이었다.

"죄송합니다." 이번에야말로 얼굴까지 뜨거워져서 파드마는 세 번째로 사과했다.

"괜찮아요. 특혜를 받은 만큼 세금도 내야지요." 레지널드 박사가 대범한 척했다.

"박사가 우리 스피커의 소유권을 주장하고 나서지만 않는다면 아무래도 좋아요." 누구든지 뜨악해질 농을 아무렇지 않게 던지고 나서 콴이 물었다. "혹시 만났습니까?"

파드마는 눈살을 찌푸린 채 그 질문이 누구 것인지 알려고 좌중을 둘러봤다. 다른 사람들도 똑같이 하고 있었다.

콴은 만족스러워했다. "관리가 잘 되고 있군요. 역시 젠킨스-모라하예요. 자, 빨리 진행하고 만나보도록 합시다. 엘리제."

호출된 인공지능 비서가 권한, 절차, 규정 관련 브리핑을 해주었다. 방금 있었던 회의가 집행위원회고 그 일부인 소위원회는 대상자 접촉 및 현장 실무를 담당한다. 소위원회 구성원들은 또 연관된 범주들을 느슨하게 묶은 네 개의 지원회의를 주관해서 각 분야의 조언과 요구를 듣도록 돼 있었다. 그렇다는 건 파드마푸트리 제임스가 전세계 언어학, 고고학, 역사학, 철학, 미학, 사회학, 신학, 사회학, 윤리학… 연구자들을 대표해서 외계인과 무슨 얘기를 어떻게 할지 또는 안 할지 인문학의 이름으로 주장하게 되었다는 뜻이었다.

"공식적으로는 여러 안을 통합해서 보기 좋은 메시지를 만들겠지만, 초기 대화의 관건은 저들에 관해 최대한 많은 것을 알아내고 우리에 관해서는 될수록 천천히 알려주는 겁니다."

콴은 이미 아 마에게 전달했다는 스크립트를 공유하는 것으로 브리핑을 끝냈다. 통역기가 루와어로 옮겨놓은 문장은 단순했다.

- 당신들은 누구인가요? 알고 싶어요. 당신들에 관해 더 말해주세요. 어떻게 생겼나요? 어디 살고 있나요?

"우리가 대화 모델들을 더 공급하기 전까지는 이 말만 할 겁니다. 다행히 아직 추가 대화는 없었지요. 오늘 우리 임무는 좀 더 많은 초안을 마련하고, 대상자와 안면을 트고, 연구단에서 분석하는 데 어려움이 없도록 제임스 박사의 도움을 받아 언어적 특성과 한계를 인지하는 것입니다."

알고 보니 후보 문장은 이미 수백 줄이나 있어서 고르면 되었다. 상대의 생태, 사회 형태, 수명, 환경, 당면과제 같은 것을 무례하지 않게 캐물으려는 질문들은 뭔가 철학적이었다.

"선택지가 있는 질문이 답을 얻어낼 확률이 높기는 하겠지만 그건 양자가 전제를 공유할 때의 이야기죠. 우린 출발점을 확인하는 작업을 선행시키지 않으면 안 돼요. 이쪽에 대해 아무것도 전하지 않은 채로 저쪽 정보만을 얻는다는 건 가능하지 않아요."

레지널드는 위저보드 식으로 예 아니오를 묻는 질문에 불만이 있었다. 기모토는 의견이 달랐다.

"어떤 생물이 외계에 말을 걸겠다고 마음먹었을 때 그가 걸어온 진화의 노정이 우리와 그렇게 다를까요? 대화가 얼마나 어떻게 이어질지 우린 몰라요. 그러니 조금이라도 힌트를 얻어내는 게 급선무예요."

파드마는 초면 인사와 호구조사 외 웬 종잡을 수 없는 수수께끼들이 끼어 있는 걸 곤혹스럽게 들여다보는 중이었다.

"여기 이 '왼쪽이 위고 오른쪽이 아래인가요?'라는 질문은 무슨 뜻이지요?"

하나를 집어 물어봤더니 콴은 설명하기 힘들다는 표정을 지었다. 그러자 기모토의 '힌트'라는 말이 힌트가 되어 짚이는 게 있었다. 아, 뭔진 모르겠지만 함정 질문인가 보다. 여기

답하는 걸 봐서 뭔가를 판단할 수 있는 걸까? 아니면 외계인에게서 난제의 해답을 얻어내려는 걸지도.

하지만 그래도 되나? 외계인이 거짓말을 하면? 틀린 답을 주면? 의도를 괘씸하게 생각한다면? 위험에 대한 우려가 들자 한 가지 생각이 났다.

"저기, 아 마는 이 회의에 참석 안 하나요? 인류의 대표로서 그녀도 무슨 말을 할지 고를 자격이 있잖아요."

"그이는 나중에, 결과를 가지고 보죠." 콴이 바로 끊었다. "우린 이 자리에 두 명의 아시안과 두 명의 코카시안, 남성과 여성, 청년, 중년, 노년을 포함하고 있어요. 네 명짜리 위원회 치고는 준수한 다양성이라고 생각합니다."

딴에는 분위기를 가볍게 하려는 것처럼 빤지르르 미소 지으면서 콴은 그렇게 주워섬겼고 '여성'과 '청년'에서 착실하게 파드마를 가리키기까지 했다.

그래서, 다양성은 이미 충분하니까 아 마까지는 과하다는 거야? 이따위 소리를 지껄이다니 미쳤나. 파드마는 그렇게 생각했고, 빠르게 살펴본 안색들에서 나머지 두 사람의 최초 반응도 떫은 걸 포착하고 조금 위안받았다. 하지만 기모토와 레지널드는 자기들이 코카시안이나 노년 대표로 지목된 걸 기분 나빠 한 것일 수도 있다. 실제로 기모토는 또 한 번 콴 편에 섰다.

"대상자는 우리 논의에 노출되지 않는 게 좋아요. 델곳 층위 통신의 특성상 메시지는 수신자의 사고에 오염될 수 있습니다. 안 그래도 대상자의 언어나 교육 부족으로 커다란 핸디캡을 안고 진행해야 하는 상황이죠. 또 대상자가 기연결된 외계인에게 최종 결정된 메시지가 아닌 논의 도중의 말을 전달하게 되는 경우도 생길 수 있고. 우린 지금 우리보다 우월할지도 모르는 낯선 이들과 처음 접촉을 하려는 중입니다. 인류의 안녕이 우선순위예요."

그러면 아 마는 언제 발언권을 갖지? 타당한 얘기이기는 하지만 어째 구도가 인류 대 아 마같이 되어갔다.

"아 마에게도 조우가 갖는 의미를 알려줘야 합니다." 파드마는 기죽지 않으려고 의식적으로 노력했다. "얼마나 중대한 일인지, 어떤 위험이 있을 수 있는지 설명하고 한 팀이 되어야죠. 자기가 할 말을 이해할 수 있어야 하는 건 물론이고요."

"핸들러로서, 그녀가 멜곳 층위 개념을 이해할 거라 봅니까? 루와어는 결국 20세기에 절멸된 대양어 계통 소수 부족어의 영어 피진이죠? 듣기로는 당신과의 의사소통도 완벽하지는 않다던데요."

미소를 띤 레지널드 박사는 자기 6대조만큼 굵직한 악인은 아닐지 모르지만 재수 없기론 비슷했다.

"우선, 나는 그녀의 '핸들러'가 아니고 통역사입니다. …적어도 지금 상황에서는요." 파드마는 자기 것이 맞는지 확신도 없는 위엄을 억지로 찾아오려고 잡아당겼다. 그걸 흠발로

깔고 있던 남자들이 마지못해 발을 들어주었다. "완벽하지 못할지는 몰라도 지금 살아 있는 사람 중에서 루와어 화자와의 대화 시간이 200시간 이상 되는 건 아 마 말고는 나뿐이에요. 별도로 300여 시간을 들여 루와어에 대해 우리가 갖고 있는 모든 자료를 참조한 사람도 나뿐이고요. 사실상 내가 가르친 통역기나 때로는 나 자신조차 짐작으로 채워 넣기 일쑤인 빈칸이 어디 존재하는지, 뭘 얼만큼 믿고 어디서부터는 검증 안 된 도구임을 알고 적용해 볼지 조언할 수 있는 사람도 나입니다. 이 통신의 위험을 나만 감지하나요? 상대가 우리보다 우월할지 모른다면 아 마가 조심하는 만큼 인류가 안전하지 않겠어요?"

"확실히 대상자가 그 언어로 생각하고 말하는 이상 제임스 박사의 협조는 필요불가결하지요."

기모토가 말했고 잠시 시선들이 오간 후 콴이 어깨를 으쓱했다.

"물론 대상자가 이해하면 더 좋죠. 그럼 이쪽은 우리에게 맡기고 제임스 박사는 그 작업을 해주시겠습니까. 그러고 싶다면 원하는 만큼 설명해 주고 안심시키세요. …지금 가보겠어요, 먼저?"

애매하게 논지를 꼬는 말에 파드마는 성질이 뻗쳤다. 작전을 짜기도 전에 말을 쏟아낼 뻔했는데 그때 어디선가 웅 소리가 났다.

이지연

"다 같이 가도 될 것 같은데요." 제일 먼저 자기 단말에 시선을 준 레지널드 박사가 말할 때 나머지 사람들의 단말에도 알람이 들어왔다. "대화했네요."

———— · ————

아 마는 거처로 돌려보내지지 않고 본관 안에 있었다. 벌써 보조사와 의사가 붙어 있었다. 콴은 그들을 내쫓았다.

"말을 시키면 통신 내용을 잊잖소! 대상자의 안녕을 확인하는 데 문진이 왜 필요합니까? 트래커는 뭐 하러 달았어요?"

기모토는 그 틈을 타 본인이 문진을 시도했다. 아 마는 낯선 이들에 놀란 눈을 한 채로도 고분고분 그 새하얀 사람의 질문에 답했다.

"…아니요, 그런 말은 못 들었어요."

모기처럼 가느다란 대답을 통역기가 영어로 옮겼다. 그런데도 파드마가 다가가자 기모토는 파드마를 보았다. 한편 콴은 큰일이라도 난 듯 아 마를 다그쳤다. "스크립트를 전달받지 못했다고? 정말입니까? 그럼 뭐라고 말했나요, 상대방에게?"

파드마는 통역은 통역기가 하게 두고 콴을 제지했다. "착오가 있었을 수 있잖아요. 윽박지르지 마세요."

하지만 아 마는 이미 주눅이 든 뒤였다.

아니다 우리는 인류가

"자, 자, 대화가 오갈 때 어떤 느낌이었는지 말해봐요. 당신이 상대방을 생각했습니까? 그를 불렀나요? 마음속으로? 아니면 그쪽에서 먼저 말을 했습니까?"

기모토도 재우쳤고, 그녀는 눈을 반쯤 감고 앓는 소리를 내기 시작했다.

"메시지를 재구성할 생각이 있긴 합니까, 두 분?" 보다 못한 레지널드가 끼어들어서야 콴이 정신을 차렸다. 콴은 나머지 두 사람을 끌고 거리를 벌렸다. 방에서 나간 것은 아니지만 여러 걸음 떨어져서 파드마가 아 마를 진정시킬 시간과 공간을 만들어주었다.

난감한 일이었다. 그들에 비하면야 파드마가 낫겠지만, 그들이 생각이 있었다면 보조사를 내보내지는 않았을 터였다. 파드마는 할 수 있는 한 최선을 다해 양심을 누르며 아 마를 달래고 무슨 말을 들었는지를 물어보았다. 아 마는 한참 동안 말을 하려 하지 않으며 습관적인 꾀병을 부렸다. 숨을 조금 가쁘게 쉬고 신음하면서 눈을 게슴츠레하게 해서 시선을 옆으로 빼는 행동. 조금씩조금씩 대화 내용을 캐내는 데는 그래서 꽤나 시간이 걸렸다.

"나는 고보리라서."

"그들이 고보리를 찾았어."

"아직 준비가 되지 않았고 준비되면 이야기하자고. '당신들이 있어야 해요.'라고 말했어."

이지연

"우리를 만나겠대. 만나서 이야기하재. 왜 우리라고 하는 지 모르겠어. 나 혼자인데."

"우투는 싫대, 자기네들 말할 때."

어느 정도 줄거리가 잡히자 파드마는 아 마의 상대자가 말했음직한 내용을 루와어로 정리해서 이 말을 들은 게 맞느냐고 아 마에게 다시 확인받았다. 그 결과 외계인의 두 번째 메시지는 대략 이렇게 번역되었다.

- (우리와 이야기할 사람이) 대표가 아니기를 바랍니다. 준비가 되면 대화합시다. 우리는 당신들을 원해요. 만나고, 이야기하기 위해서. 우리는 듣고 있어요. 당신들 말해주세요.

"무슨 소리죠? 대표가 아니기를 바란다니? 어떤 뉘앙스인지 설명해 주실 수 있나요?"

"그 말 그대로예요. 어느 쪽으로도 해석할 수 있어요. 대표 아닌 사람이라야 대화하겠다는 의지의 표현이거나, 상대가 대표는 아니었으면 좋겠다는 선호의 전달이거나."

위축된 아 마를 상대로 한참이나 진을 뺐기에 그녀를 회의에 참석시키자는 주장은 파드마에게서도 이제 없어졌다.

"소수자부터 돌아보겠다는 건가?"

"부담 없는 대화로 시작하자는 걸지도 모르지요. 대표와 이야기한다면 책임성이 커지니까?"

"하지만 누군가 나서서 대화하게 되면 그게 바로 대표잖아요? 우리를 대표하는데."

두런두런 자신 없이 의견을 교환하는 소위원회는 그 머리 위에 그렇게 많은 감투들이 얹혀 있는 것 같지 않았다.

"대표라고 옮기신 단어가 루와어로는 뭐지요? 무엇 하는 사람을 대표라고 합니까?"

파드마는 미소지었다. "'우투'. 족장, 가장, 우두머리, 앞에 나와 말하는 사람, 지도자, 제일 앞에서 가거나 무리의 한가운데에 있는 동물…. 으뜸가는 것. 주류(主流), 대표자. 소위 '얼굴'이죠."

누군가 끙 소리를 냈다. "왜 하필 루와어였을까요."

파드마는 미소를 거뒀다. "영어라고 해서 루와어보다 의미 폭이 좁진 않아요. 길 갈 때의 선도자만을 '리더'라고 하진 않잖아요?"

"고보리는 뭐죠?" 레지널드가 정리 전의 전체 대화록을 보고 있다가 물었다.

"아. 그 부분은 상대방의 말이 아닐 수도 있어요. 아 마가 자기를 가리켜 말한 거죠. 고보리의 뜻은…, 좀 더 복잡한데, 허드렛것이라고 옮기면 될까? 뭔가 중요하지 않은 것, 알맹이를 빼고 남은 것, 곁다리, 껍데기, 자투리, 못난 것, 패배자…, 패배자와는 느낌이 좀 다르군요. 음…."

"우투 아닌 것?"

이지연

"그렇게까지 확장시킬 순 없을 것 같네요. 저도 모어 화자는 아니니까 용례를 좀 볼까요."

그러나 우투의 용례가 풍부한 데 비해 고보리는 두 건밖에 검색되지 않았다. 오히려 비슷한 뜻의 단어들이 제법 있었으므로 그 번역어들을 들으며 셋은 각자 자기 모어에서 그 뜻인가 싶은 단어들을 입에 담았다. 우수리, 서덜, 깍대기, 퀴지기, 지저깨비, 부스러기, 가시랭이, 지스러기, 나부랭이, 째마리, 찌끼…. 한 단어가 나올 때마다 통역기가 이용자 언어들로 그 단어를 옮겼으므로 한동안 수많은 유의어들이 벌집 앞 벌 떼처럼 그들 사이에 왕왕거렸다.

단어 공부를 끝으로 소위원회 회의는 해산했다. 이어서 지원회의가 예정돼 있었지만 파드마는 거기까지 붙어 있을 생각은 없었다. 대부분 파드마보다 선배인 연구자분들이 이 두 번의 메시지를, 우투와 고보리를 비롯해 아 마가 쓴 단어나 발화의 다른 세부를 알아서 곱게 씹어 소화해서 집행위가 판단할 수 있게 제공할 것이고 철학, 윤리학, 인류학… 등의 종사자들 또한 열성으로 임무를 다할 것이다. 애초에 다른 사람들에게는 3차인이 눈앞에 떨어진 횡재일지 몰라도 그녀에겐 작지만 소중했던 연구를 깔아뭉갠 거대한 횡액이었다. 파드마는 십중팔구 숨이 끊긴 것 같은 자기 프로젝트의 나자빠진 두 발목을 슬픈 마음으로 어루만지며 부족한 수면을 채우려 안면 모드를 켰다.

다음 날 아침식사 자리에서 소위원회의 4분의 3이 만났다. 기모토는 이미 아침을 먹어치우고 커피와 냅킨을 벗 삼아 앉았다가 손을 번쩍 들어 알은체했다. 레지널드는 비슷하게 도착해 함께 음식을 받으러 갔다. 눈이 충혈된 게 잠을 많이 잔 것 같진 않았다.

"제임스 박사는 친절한 분이에요. 대상자에게 잘하시더군요."

"네?"

"그 여자요. 인내심을 요하는 타입이던데."

"아."

밤 사이에 아 마에게 관심을 돌릴 시간이 있었나. 각자의 지원회의만으로도 바빴을 거라 생각하지만 하려고만 했다면 아 마에 대한 정보들 역시 접근 가능했을 것이다. 그러니까, 아 마가 구출되고 치료받고 연구소에 와 새로운 생활에 적응한 과정이며 파드마가 진행한 인터뷰 전부를, 보려면 볼 수 있었겠지.

기모토와 같은 식탁은 레지널드가 앉게 놔두고 파드마는 조금 떨어진 자리에서 식사했다. 그러면서 확인해 본 간밤의 보도들은 예상 외로 담백 간결했다. 뭐야, 왜 이래. 아 마에 대해서는 고어에서 신파까지 온갖 상상력을 발휘해 대더니 외계인은 상업성이 덜해? '우투가 아닐 것'이라는 조건에 대해

서도 온갖 소설이 나와야 하는 것 아니야? 파드마는 세상을
모르겠다는 기분이 되어갔다.

식후에 엘리베이터에서 레지널드가 합류했고, 몇 초의 침
묵을 참지 못해서 충동적인 질문이 튀어나갔다.

"어떠셨어요? 보시기에."

레지널드 박사는 턱을 앞으로 빼고 시선을 허공에 맺어둔
채 뜸을 들었다. 그 모습이 너무 레지널드 같아서 파드마는
생각보다 더 기분이 나빠졌다.

"예상외인 점이 있긴 했습니다."

"그녀의 외모요?"

아 마의 외모에서 제일 눈에 띄는 건 한쪽 뺨을 위아래로
갈라놓을 것처럼 보이는 깊고 큰 흉터지만, 그녀의 배경을 아
는 사람들에게는 더 신경 쓰이는 게 있었다. 인종이었다. 아
마는 조상인 원루와족과는 약간 분위기가 다른 갈색 눈을 가
졌고 머리색도 어떻게 봐도 검다고는 할 수 없이 붉은 기가
좀 도는 갈색이었다. 파드마가 처음 봤을 때도 피부 빛이 밝
다 싶었는데 반년이 지난 지금은 더 확실해져서 보통 옷을
입고 머리 모양을 매만지자 아무 백인 아주머니 같아졌다.

"루와족."

레지널드 박사가 불쑥 말했다.

"레지널드가 루와족 여자와 관계했지요?"

파드마는 그 질문을 받을 사람이 아니었고 대답할 권리도

없었다. 하지만 그녀 역시 몇 달 전에 꼭 이렇게 뒷전에서 들은 이야기고, 더욱이 레지널드 박사는 어느 정도 당사자인 것 같이 느껴졌다.

"…레지널드뿐만이 아니에요. 두 명 정도 더 있었다고 하네요, 그들의 혈통에 끼어든 남자가."

레지널드 박사는 묵묵히 엘리베이터 문만 보고 있었다.

"내가 죄책감을 느끼는 건 참 이상하지요." 그런 채 그가 말했다. "나는 그자가 아닌데. 정확히 말하면 나는 그자와 그자가 이용해 먹은 먹잇감 사이에서 생겨난 사람인데, 그게 여섯 번을 거듭되고도 난 레지널드만 대표해요. 대를 이어준 숙주들은 어디론가 녹아 사라졌죠. 내 이름은 그자의 승리를 증언하고요."

"당신도 동의한 것 아닌가요?"

레지널드의 재산 덩어리에 혜택을 보는 대가로 그 이름을 쓰고 있다고 자기 입으로 말했으면서. 처음에는 당황해서 계속 사과했지만 생각해 보면 레지널드 박사는 그 레지널드와의 혈연이나 외모가 닮은 점을 자기가 나서서 부각시키고 이용하는 사람이었다.

"아 마의 할머니의 할머니의 할머니도 동의했겠죠. 그들에게 레지널드는 하느님이었을 테니." 레지널드는 강변했다. "강자는 명분을 남기고, 약자는 잊히지요. 당연한 세상사라지만 가끔 우리는 회의에 잠기고."

이지연

파드마는 혀를 찼다. 이제 레지널드 박사의 시선이 문을 떠나 잠깐 자신에게 돌아온 것만으로 그녀는 여태까지 여러 번 겪어본 유의 질문이 약 30퍼센트의 확률로 접근하고 있음을 감지했고, 그래서 기회를 주지 않고 내려버렸다.

파드마푸트리 제임스. 사람들은 그녀가 남편 성을 따랐다고 속단할 때가 꽤 있었다. 그리고 그 가상의 남편은 외모가 다르게 생겼으리라고도. 얼핏 보면 이름과 어울리는 파드마의 외모는 사실 남아메리카 원주민과 라틴인 특징이 조금씩 기여해 우연히 연출된 것이고 이민 1세대인 양 에스닉 냄새 물씬 나는 퍼스트네임은 그저 부모의 변덕이었다. 루와족이 아직 고향에 살던 그 옛날에 한 명의 제임스가 인도 땅에서 무굴 여자와 혼인했던 건 사실이라지만… 정작 아버지는 그 조상보다 더 영국 백인같이 생긴 사람이고 언어도 문화도 전혀….

아아, 그 모든 설명 자체가 한심한 일이었다. 혹시 외모 꾸미기에 공을 들였다면 그런 오해를 사지 않았을지 모르나 파드마는 머리 자르기도 귀찮아 길 대로 긴 머리를 묶기만 하는 사람이었다. 누구와는 다르게. 자기의 혈통적 유래를 깔끔하게 30초짜리 패키지로 만들어서 처음 만난 사람에게 한 개씩 나눠주는 버릇은 파드마에게 없었다.

외계인이 두 번이나 먼저 말씀을 베풀었으니 이젠 지구인이 응답할 차례였다. 공식적인 통신문, 지원회의의 제안과 세계인들의(정확히 말하면 국가들의) 희망을 수렴해 도출한 최초 통신문은 그렇게 많은 두뇌가 모여 만든 메시지치고 소박했다.

- 당신들은 누구인가요? 우리는 우리 은하 태양계의 세 번째 행성에 살고 있습니다. 우리는 하나의 인류입니다. 우리는 우호적인 교류를 원합니다. 당신들은 우호적입니까?

우리 위치를 좀 더 알아먹을 만하게 설명해야 하지 않느냐는 의견과 주소부터 까는 것은 위험하다는 의견이 있었지만 어느 쪽이든 델곳 층위의 특성을 제대로 이해 못 한 무지의 소치였다. 델곳 층위 통신은 서로 간의 물리적인 거리에 상관없었다. 그러므로 우주에서 지구가 어디 위치하느냐를 상대방에게 알려줄 필요는, 그들이 당장 찾아오길 바라는 것이 아니라면, 없었다. 지구에 대한 정보는 수정되었다가 결국 삭제되었다. 우리가 생물이라는 것을 알려줄 필요는 있는 것 같았으므로(델곳 층위를 생물만 사용할 수 있다는 것이야말로 연구의 가장 큰 장벽이기에 인류는 아직 그 점을 반신반의하며 그렇지 않을 가능성을 (희망적으로) 탐색하고 있었다.) 어떻게 그걸 전달할지를 두고 그럴 만한 자격이 있는지는 모르나 그럴 만한 위치에 있었던 사람들이 고심했다. 탄소 기반 유기체라고 설명하자는 안은 기각되었고 말이 통할지 어떨지는 모르되 아 마의 정신이 이해하는 언어로 "우리는 살아 있어요."라고 말해 보기로 했다. 상대방이 어떻게 반응하는지 볼 일이었다.

'우리는 하나의 인류입니다.'도 반발을 빚기는 했으나 그것이 격렬하지만 국지적인 논란이었던 탓으로 변경은 이루어지지 않았다. 기만 냄새가 꽤나 나는 그 메시지에 가슴 따뜻해하는 사람들이 대다수였고 또 젠킨스-모라하 연구소를 가득 채운 외계광들이 아 마의 통신 시도 시간을 저희들끼리 극적 타협해 진행시켰으므로 인류는 그 메시지를 결국 발송하였다.

- 당신들은 누구인가요? 우리는 살아 있습니다. 우리는 하나의 인류입니다. 우리는 우호적인 교류를 원합니다. 당신들은 우호적입니까?

세계가 실시간으로 지켜보는 가운데 아 마는 고분고분 파드마의 말을 따라했고, 머릿속으로 상대방을 불렀고, 그 문장을 읊어줬다고 보고했다. 모든 과정이 감격스럽게 무사 완수되었다. 그러나 실시간 회신은 없었다. 트래커도 잠잠했다.

"아예 안 된 거예요? 지표 안 나와요?"

카메라들이 민망해 파드마는 살짝 물어보았다.

"그렇지는 않아요. 해석의 문제인데⋯." 기모토와 콴은 둘이서만 수군수군 추가적인 논의를 했다. "상대가 말을 걸었을 때는 통신량이 어마어마하게 잡히지만 아 마가 말을 건 경우 그렇지 않을 수 있죠. 상대가 들었을 수도 있고, 통신이 잘 이루어지지 않았을 수도 있고, 저쪽에서 뭐라고 답하는지를 보면 알게 되겠죠."

그러나 저쪽에서는 말이 없었다. 만 하루를 기다려 다음 날 집행위는 재차 메시지를 발송했다.

 - 우리 말이 들리나요? 우리는 당신들과 이야기하고 싶습니다. 우리는 말할 수 있고 들을 수 있습니다. 당신들이 누구인지 알고 싶어요. 우리와 이야기합시다.

아 마에게는 공식적인 통신 시도 외에도 수시로 상대를 불러보라는 지시가 내려졌다. 이날 몇 번인가 지표들이 약간씩 요동했지만 그것이 과연 통신이 된 증거인지는 회의적이었다. 적어도 외계인 쪽에서 응답하지 않은 것만은 분명했다. 보도들은 엇갈린 소식들을 전했고 콴, 레지널드, 기모토의 회의들에서는 오랜 시간 격론이 오갔다. 기모토는 아 마에게 필요한 것 이상의 탐침을 꽂고 싶어 했다. 트래커가 잡아주는 지표들 외에 실험적인 장비들의 보조도 받아보고 싶은 것이었다. 레지널드는 외계학 언저리에서 고안된 더욱 희한한 수

이지연

단들을 제안하러 기모토를 찾아갔고, 콴은 그들이 제안을 하나로 만들어온다면 자신이 여러 통로로 요구받고 있는 또 다른 실험적 조치들과 비교 취합해 적용하도록 하겠다고 응답했다. 파드마푸트리와 그녀의 회의는 상대적으로 한가하게 외계, 대화, 외계와의 대화의 의미를 점검했다.

밤, 모두가 잠든 오전 1시 50분경에 아 마의 통신 알람이 관계자들을 깨웠다. 수면제를 먹고 자던 파드마는 레지널드가 직접 와서 데려갔다. 지금은 그들 모두 아 마와 같은 층을 쓰고 있었고 알람으로부터 3분도 채 지나지 않아서 그녀의 방을 찾았는데, 아 마는 습격받은 사슴처럼 졸음이 묻은 눈을 희번덕거리며 겁을 냈다.

"괜찮아요, 괜찮아요. 방금 대화한 것만 얼른 말해주세요." 아 마보다 더 정신이 멍한 채 파드마는 필사적으로 아무 일 없는 듯 미소 지었다. "금방 듣고 갈 거예요. 지금 얘기했죠? 그쪽에서 뭐래요?"

"안 했는데."

"지금 그 사람이 말 걸지 않았어요? 뭐라고 말했어요?"

"몰라. 나는 자고 있었어."

기모토가 붙어서 통역기로 추근추근 추궁했지만 아 마의 대답은 바뀌지 않았다. 콴은 그녀를 가수면시켜서 소위 '자백 기계'로 기억을 불러내게 해달라는 기모토의 요청을 45분 후에 결국 수락했다. 하지만 아 마가 한 자백은 횡설수설이었고 앉은 채로 잠들었던 파드마가 번역에 난색을 표하는 것으로 아침이 밝았다. 두 시간 이상 고심해서 주석투성이 해석본을 내놓았지만 모든 면을 다 검토한 후 그 내용은 쓸 수 없는 것으로 결론 났다.

"외계인이 말했지만 대상자가 잠든 상태라서 그게 꿈이 돼버렸을 수 있어요. 아니면 그녀가 통신을 꿈꾸었을 수도 있죠."

"꿈을 꿔서 트래커에 이 로그가 나온다면 그 여자가 외계인이겠지요!" 기모토는 소리질렀다. "분명히 통신을 하긴 한 겁니다. 하필 잠을…!"

"잠을 자지 말라고는 할 수 없잖아요. 진정하세요. 3차인이 그녀를 버리지 않았다는 걸 알았으니 곧 다시 통신이 올 겁니다." 평정한 척하는 콴도 금간 항아리 같은 얼굴이었다.

망쳐버린 수면에 대한 보상으로 낮 동안 짧은 휴가를 받은 파드마는 일을 미뤄두고 놀았다. 잠을 자는 척 혼자 방에 틀어박혀 평소에 안 먹는 과자를 먹고, 차 두 주전자를 마시고, 주로 아 마를 엿봤다. 엄연히 있는 법과 규정을 어디까지 주물러놓았는지 현재 아 마는 미친 살인마처럼 감시받고 있어 파드마도 아무 때나 그녀의 행동을 보고 소리를 듣고 모든 트래커 정보도 살필 수 있었다.

재미있을 일은 없었다. 파드마는 아 마의 연구소 생활 초기에도 일상을 관찰한 적 있었다. 그녀의 하루는 그때나 지금

이지연

이나 별 차이가 없어서, 아침잠을 자고 일어나 먹을 것을 찾아 먹고 보조사가 지시한 일상 과업을 미적미적 건드리다가 거처에 설치된 단말을 통해 '샌드라'와 잡담했다. 샌드라는 인공지능인데 아 마가 그 사실을 알고 있는 것 같지는 않았다. 자신의 일거수일투족이 모두 녹음되고 촬영되고 심지어 실시간으로 관찰된다는 사실도 과연 진짜 아는 건지 의심스러웠다.(분명히 통지는 했다. 파드마는 아 마가 변호사 앞에서 거기 동의할 때 동석했었다.) 아 마는 기본적으로 사람에게 별로 관심이 없었다. 부족이 아니면서 자기 언어로 말을 걸어오는 파드마나 샌드라, 외계인이 있어도 어떻게 그럴 수 있는지 생각도 안 하는 듯했다. 그저 말을 걸면 듣고, 못 내켜 대답을 하고, 귀찮은 듯 응, 응 하며 순간을 모면할 뿐이었다.

생활에도 무관심했다. 청소의 필요성을 이해 못 했고 옷이 더러우면 입지 않을지언정 자기가 빨 생각은 하지 않았다. 부족의 생활 기술을 시연하는 데도 더없이 비협조적이었다. 처음엔 그 뚱한 태도가 외상에서 회복하지 못한 탓이라고 생각했지만….

파드마를 만났을 무렵 아 마는 치료 기간 동안 문명의 편익에 상당히 익숙해 있었기에 접근법을 고심했다. 젠킨스-모라 하는 연구원들이 본업 외 방해받을 일을 최소화한 쾌적한 직장이었는데 다른 말로 하면 임기응변의 영역이 많지 않았다. 구식 현장 연구 방법론을 한번 적용해 보고 싶다는 제안을 하여 필요한 승낙을 얻어냈지만(아 마는 대부분의 제안에 예스로 응했다. 천편일률적인 승낙 중 어떤 것이 커다란 '노'인지 파드마는 아직 확실히 알지 못했다.) 그것은 시도로 그쳤다.

움을 파고 벽을 친 데에 루와족이 쓰던 도구와 세간 들을 가져다놓은 그 모조 현장은 솔직히 어색했다. 민트색 왕관 그림 티셔츠를 입은 아 마는 그리로 인도되자 외마디 소리를 질렀는데 반가움인지 경악인지 몰랐다. 가짜 화덕자리 앞에 나란히 배열된, 그것만 진품인 도구들을 아 마는 집어 들어 보고 뒤집어 보고 내려놓고 또 다음 것을 들어보고 내려놓았는데 파드마의 머릿속에는 침팬지가 같은 행동을 하던 영상이 스쳐 지나갔다.

"이거야, 이걸로 남편이 바기의 골통을 부쉈지." 아 마가 자루 달린 넙적한 방망이를 보여주면서 말했다. "이게 피고 뇌수야. 푸악 하고 사방에 튀었지. 인누아는 깔깔 웃었어." 그러면서 아 마가 히쭉 이를 드러낸 건, 자기가 웃은 건지 남편의 첩이 웃던 모양을 흉내 낸 건지 알 수 없었다.

어쨌든 파드마는 아 마의 행동과 반응을 기록했다. 그녀가 도구들을 사용하기는 싫어했기 때문에(사용해 봐달라는 요청을 늘 그렇듯이 수락하긴 했지만 눈에 띄게 꾸물거리고 시늉만 했다.) 애초에 그 물건들을 대여해 온 보람은 없었던 셈이었다. 혹시나 싶어 확인해 봤지만 방망이에 진 희미한 얼룩은 사람 피도 뇌수도 아니었다. 아 마가 착각한 건지 일부러

이지연

흰소리를 했던 건지는 모른다.

이후 그녀의 현대적인 거처에서도, 일부러 인터뷰 장소를 휴게실로 해봤을 때도 아 마는 파드마가 지켜보는 앞에서 물을 끓인다든가 의자를 가져오는 등의 사소한 활동이라도 하고 싶어 하지 않았다. 해달라고 하면 복종했지만 그건 공연이었다. 죽은 것 같은, 경계하는 눈으로(그 두 가지가 동시에 있을 수 있다는 걸 파드마는 아 마한테서 처음 알았다.) 상대의 눈치를 살피면서 요구받은 것을 수행해 보여주기.

어쩌면 아 마는 섬에서 손끝 하나 까딱 안 하고 남편의 첩과 노예들 시중을 받으며 살았을지도 몰라.

무 오보르는 아 마의 얼굴을 도끼로 찍어서 영구적인 손상을 만들어 놓았지만, 섬에서 발견된 시신과 미라 들을 보면 그자는 사람 손발을 자르고 입을 칼로 찢는 짓을 아주 걸핏하면 했다. 아 마에게 가한 폭력은 상대적으로 약한 것이었다.

아 마는 자기가 무 오보르에게 받은 특별 대우를 자랑한 적도 있었다. 루와족에게 결혼 순서에 따른 지위가 정해져 있진 않았지만 고정적인 우대는 서열을 낳게 마련이다. 무 오보르의 여자들 중에서 제일 오래 살았고 제일 우대받은 사람이 아 마였다. 우대라고 해봐야 욕설이 매질로, 매질이 영구적인 손상을 초래하는 상해로 이어지는 빈도가 적었다는 것 정도였지만. 그리고 아 마의 수동적이고 복종적인 성질로 보아 어쩌면 우대가 아니고 당연한 귀결이었겠지만.

이전 인생 전체를 상실한 외톨이치고 지금도 그녀는 놀랍도록 멀쩡했다. 그녀만의 방어기제는 아주 튼튼해 보였고 아무런 슬픔, 원망, 괴로움을 허용하지 않는 듯싶었다. 실제로 정신과적 치료도 거의 개입 안 했다. 식탐 때문에 행동 교정을 해야 했던 것만 빼고. 아 마는 기름기를 좋아했고 특히 돼지비계를 보면 눈을 떼지 못해 하며 얼굴마저 험상궂어졌다. 처음에 수단 방법을 가리지 않고 고지방식에 탐닉해 한 달 만에 급속하게 체중이 불어났고 이후 보조사가 식이를 감독하자 맹렬한 원한을 품었다. 파드마가 어느 날엔가 그녀와 꽤 친해졌다고 생각하고 젊은 시절 어떤 음식을 먹었었는지, 체형이 어땠었는지 물어봤을 때 아 마는 웃음기 없는 눈으로 그녀를 흘겼다.

"못 먹고 살진 않았어. 무 오보르가 언제나 고기를 줬으니까."

루와섬 같은 데서 늘 고기를 먹을 수 있었을 리는 없지만 구태여 사실 확인을 해 허세를 밝혀내진 않았다. 자신과 다른 연구자들을 위해서 기본적인 생활사를 재구성하면서 실제 식단에 접근해 갔을 뿐이다. 아 마는 그녀가 칼럼에 쓴 것처럼 매력적인 인물이 전혀 아니었다. 오히려 곁을 주지 않는, 마음 놓을 수 없고 속을 알 수 없는 상대하기 피곤한 사람이었다.

낮 동안 아 마는 평소와 같았고 그녀의 트래커도 아주 잠잠했다. 소위원회는 저녁에 다시 그녀를 만나 남자들은 부드럽게 웃어 보이며 비위를 맞추고 통신을 독려했다. 혹시라도 같은 시각에 뭔가 있을지 몰라 레지널드는 2시 반까지는 깨어 있겠다고 했다. 파드마는 약간의 죄책감을 안고 잠들었는데 그러다 문득 어떤 생각이 났다.

다음 날 다시 떠올린 생각은 유치했지만 어쨌든 한번 제안을 해볼 수는 있을 것 같았다. 80명짜리 회의에서는 못 하겠지만 세 사람을 상대로라면…. 모두들 제대로 된 대화가 이루어지기를 초조하게 기다리고 있으니까.

"아 마가 위축돼 있을 것 같아요. 그녀 입장에서는 계속해서 낯선 사람들이 알지도 못하는 일을 다그치는 상황이지요. 유화책을 써보면 어떨까요? 그녀가 진심으로 통신하고 싶게 의욕을 북돋을 수 있으면 좋지 않을까요?"

소위원회는 어리둥절한 표정들이었다. 파드마는 비계에 대한 아 마의 집착을 얘기하고 통신이 성공하면 한 접시 먹게 해주겠다고 포상을 내걸어 보자고 했다.

레지널드의 눈빛에는 경멸이 어렸고 파드마는 얼굴이 뜨거워졌다. 그렇지, 비계라니 아무래도 그림이 나쁘긴 해. 아마가 무슨 뼈찌꺼기 놓고 안달하는 개라도 되는 듯이….

"지금 대상자가 자기 의지로 통신을 안 하는 거라고 생각해요?" 이해가 안 된다는 듯 기모토가 말했다.

콴이 그를 제지했다. "그건 아니겠지만 그녀가 열성적이어서 나쁠 건 없죠. 맞습니다, 제임스 박사. 우리가 간과한 부분을 짚어줘서 고마워요. 지금 젠킨스-모라하 측과 협의해서 보상을 마련하죠. 비계만이 아니라 계약 종료 후도 고려해서."

기모토가 크게 고개를 끄덕였다. "그건 좋은 일이오. 기왕 주는 거 최고급 살로(돼지 지방을 소금에 절인 음식)를 수배합시다."

"아파트와 일자리도 주지요. 뭐든 못 주겠어요?"

레지널드는 거의 비꼬는 기색 없이 말했지만 파드마는 그가 그런 말을 할 자격이 있다고는 생각 안 했다. 연구소는 물론 원래부터 향후의 주거와 일자리를 알선할 계획을 세워두고 있었지만 그 사실로 면박을 주기조차 지겨웠다.

———— • ————

상을 내건 보람도 없이 다시 며칠이 흘러갔다. 아 마는 상을 탐냈고 통신을 못한 걸 원통하게 생각하며, 소위원회가 하루 두 번 물으러 가면 얼굴을 일그러뜨리고 '아니요'라는 대답을 안 하려고 기를 썼다. 실제로 간식 앞에 안달하는 개와 똑같이 그녀는 끙끙 신음하고 이를 악물고 몸을 앞뒤로 흔들었다. 파드마는 그녀가 살해된 자녀들을 눈앞에 있지도 않은 소금절이 돼지비계의 반만큼이라도 애달아하는 걸 본 적이 없었다.

추가적인 대화가 이루어지지 않으니 분석할 것도, 답안 쓸

이지연

것도 없었다. 그래도 변화를 줘보려고 소위원회는 날마다 조금씩 다른 스크립트를 아 마에게 전달했다. 그 뉘앙스가 아 마의 태도만큼이나 안달복달 애원하는 식이 되어간 것 또한 어쩔 수 없다. 외계인님 외계인님, 어디 계신가요. 그냥 가지 말고 대답 좀 해주세요. 한번만 대화해 줘요. 저희는 외계인 님이 말씀해 주지 않으시면 할 수 있는 게 없어요, 사실 델곳 층위 통신이 워낙 서툴러서요. 이야기하자고 하셨잖아요. 아 마가 적당하다 하셨잖아요. 우리 얘기 좀 해요, 네? 제발, 제 발요….

어차피 말은 아 마가 거는 것이었고 파드마는 그녀가 주어 진 지시와 상관없이 그런 식으로 조를 수도 있을 거라 생각 했다. 그러나 그녀가 졸랐더라도 그녀의 외계인은 무쇠 같은 심장으로 묵살하고 있었다.

"아 마가 대표이기 때문일까요?"

콴, 레지널드, 기모토는 대답 없이 각자의 찌그러진 표정을 보여줄 뿐이었다.

소득 없는 날들이 쌓이면서 위원회들은, 또 지원회의도 다른 곳으로들 주의가 돌아갔다. 세계 각지에서 추가적인 보고 들이 올라오고 있었다. 아 마의 심야 대화 다음 날부터 시작 된 그 새 보고들은 매일 곱절로 수가 늘어갔는데 아 마가 보 낸 메시지의 답을 자기가 받았다고 나서는 자들도 적지 않았 다. 매체들은 그런 보고들을 부지런히 기사화했지만 그것들은 하나도 근거가 없었다. 그러나 기사화가 덜 된 다른 보고들, 아 마의 최초 메시지와 거의 똑같은 내용이라서 관심을 덜 끈 보고들 중에는 고급 트래커의 뒷받침을 받고 있는 것도 있었다.

확실하게 외계인과의 통신으로 여겨지는 건들에 대해 집행위원회는 다른 소위원회를 구성해서 전담시키고 지원회의에서 논의했다. 그런 믿을 만한 보고의 건수도 차차 쌓여 많아졌다. 콴은 말할 것도 없고 레지널드와 기모토도 지원회의 안팎으로 정보들을 주고받느라 눈코 뜰 새 없이 바빴다. 급기야 콴은 개중 특히 살펴봄직한 주장을 따라 뉴질랜드에 갔다.

이 새 보고들은 루와어로 되어 있지 않았으므로 파드마는 관여할 바가 아니었다. 그래도 아 마의 '핸들러'인 덕분에 분에 넘치는 접근권이 있어서 보고 싶으면 모든 자료를 살펴볼 수 있었다. 트래커 증거가 있는 보고자들은 하나같이 "우리가 도와줄 수 있으니 대화합시다."로 요약되는 예의 그 메시지를 보고했는데 한 명이지만 "총리가 사퇴해야 한다."라는 말을 들었다고 주장하는 사람도 있었다.

하루는 기모토가 구태여 아침 미팅에 자료들을 가져왔다.

"아무래도 상대가 대화 채널을 늘린 모양입니다. 이 보고자들은 확실해요."

그럼 아 마는 생활 안정과 비계를 받지 못하게 될까? 파드마는 예의를 지켜 관심 있는 척했다. "같은 외계인일까요?"

이지연

“동일인일지는 모르겠지만 내용상 3차인의 대사(大使)같이 말한다는 점으로 봐서는. 증언 간의 비교 분석은 그쪽 회의에서 하고들 계시고, 건더기가 굵은 순서대로 몇 개 볼까요. 원어로 틀 테니 개인 자막 켜요.”

안색이 안 좋은 남자가 중얼거렸다. “도와…주겠다고 했어요. 능력이 있고 지식이 있는 자신들이라고, 나를 불쌍하게 여겼어요. 나를 애호했어요.” 그는 애호받은 게 아니라 미움받은 사람처럼 아주 시무룩하게 띄엄띄엄 말했다. “나를…지식을 전수해서 나를 돕겠대요. 우리가 승리하게 하겠대요.”

파드마는 영상은 보는 둥 마는 둥 세부 사항을 도표화해 놓은 딸림자료를 긁어보았다. 수십 명이나 되었다. 어디까지가 믿을 만한 보고자일까? 보고자들 이름이 더러 익명 처리되어 있는 건 그렇다 치고 종종 ‘단절’이라는 표가 붙어 있는 게 눈에 띄었다.

어찌나 늙었는지 인종 구분도 가지 않는 하얀 할머니가 화면에 비치고 중년 여자 음성이 나왔다. “인사를 했어요? 인사를?” 할머니가 힘주어 대답했다. “엉.” 여자가 물었다. “복수해 주겠다고 했어요?” 할머니는 손사래를 쳤다. “아니, 아니야.” “복수해 준다고 했다고 하셨잖아요.” “아니야.” “할머니 편에서 복수해 준다고 했다면서요.” “엉.” “그쪽 여러 명이래요?” “어?” “여러 명이래요? 많아요?” “어!” 할머니가 고개를 힘차게 끄덕였다. “누구한테 복수해 준다고 그런 거예요?” 노인의 표정이 다시금 이지를 잃었다. 잠깐 멍한 듯 혼란스러워하다가 거부하며 얼굴을 찡그렸다.

"비슷비슷하네요. 복수에다 승리라니 어감이 좀 이상하지만…?" 파드마는 자료 중에 그 총리 사퇴 발언이 있는지 찾았다. 신빙성이 떨어지는지 30번째 이후로 밀려나 있는 그 사람 이름에도 딱지가 붙어 있었다. "이 '단절'은 뭐죠?"

"사망한 보고자예요."

몰랐을 리 없는 레지널드도 안색이 어두워졌다. 그리고 파드마는 정말로 놀랐다. "이렇게 많이요?"

이 보고들은 불과 며칠 안에 이루어진 것들이었다. 그런데 '단절' 표는 하나, 둘, 셋… 열 개쯤은 돼 보였다.

"이 외계인들 뭔가 불길한 구석이 있죠. 어쩐지 죽음 운운을 하더라니." 기모토는 비죽이 웃으면서 그의 전문성이나 직위와도 전혀 어울리지 않는 흰소리를 했다. "망에서도 슬슬 잭 더 리퍼 소리가 나오기 시작하는군요. 혹시 몰라 말해두지만 아 마는 괜찮으니 만약의 경우 안심시켜 주세요."

이게 본론이었구나.

레지널드도 거들었다. "보고자들 사망 원인은 제각각이지만 대화와는 상관없으니까요. 다들 각자의 이유로 사망 직전이던 사람들이었죠."

무마하는 말이라 믿음성이 없었다. 파드마는 불신에 차 자료들을 확인했다. 하지만 그러고 나자 반신반의 상태에 발을 뻗대고 서는 정도에 머물렀다. 일단 정말이긴 했다. 외계인들이 그들을 죽였다거나 그들의 운명을 내다봤다기엔 그 사람들은 누가 봐도 이미 죽어가던 중이었다. 몇 시간이나 며칠, 어떤 사람은 몇 달 동안의 내리막을 거쳐서…. 다만 예외적으로 '처형당한' 사람도 한 명 있긴 했다. 아니, 두 명이었다. 자세한 상황을 알게 되는 괴로움을 피해 밑으로 밑으로 도망치자 신빙성 있는 보고자가 되지 못한 이유가 사망했기 때문인 사례들이 뭉터기로 나왔다. 그들을 대화자로 꼽게 하는 건 트래커 지표뿐이고 대화 내용 보고는 제대로 이루어지지 못한 건들.

"뭐지. 뭘까요. 절체절명인 사람만 찾아다니나?"

"그럴지도. 아니면 그들과의 대화를 가능하게 하는 뭔가가 그런 사람들에게 우연히 있게 된 걸지도요. 공통 요인은 어떻게든 알아낼 겁니다." 기모토는 다시 한번 그 사실이 던진 불안을 무마하겠다는 의지로 강조했다. "델곳 층위 통신을 포착 가능한 트래커의 사용자가 1억이고 그중 매일 2,000명씩은 죽어요. 그 2,000명 모두에게 외계인이 귓속말을 하러 오진 않았습니다."

그리고 아 마는 전혀 죽지 않았지. 외계인이 실제로 죽는다 말했던 것 같지만 아 마는 멀쩡하다. 그래도 불안한 마음에 파드마는 확인하러 갔다.

아 마는 괜찮았다. 통신은 이루어지지 않았어도 적어도 죽을 것 같은 기색은 전혀 없었다. 괜찮지 않은 것은 외계광들이었다.

멜곳 층위 통신의 특징 중 하나는 기존에 통신했던 한 쌍이 재차 통신에 성공할 확률이 미경험자끼리는 물론 한쪽만 바뀌었을 때에 비해서도 엄청나게, 대략 천 배 이상 높다는 것이었다. 그 덕분에 연구가 겨우 명맥을 이어온 터다. 더구나 이번 외계 보고는 3차인 쪽에서 먼저 말을 거는 것으로 시작되었으므로 모두들 당연히 대화가 이어져 나갈 거라고 믿었다. 그럼에도 인류는 거의 실패하고 있었다. 추가 보고자들 누구도 두 번째 대화에 성공하지 못했다. 아 마는 두 번, 잠자면서 했던 것까지 치면 세 번이나 외계인과 교신했기 때문에 아직까지 모든 보고자들 가운데 독보적이었지만 그런 그녀도 더 이상은 지표가 전혀 없거나 통신했다고 단정할 수 없는 수준에서 꿈틀거리거나 둘 중 하나였다. 아 마 본인은 전혀 인지 못 했기 때문에 그 정도 변동은 그녀의 몸이 이전 통신의 반향음을 만들었거나 무의식적인 발신 시도를 한 것으로 결론 내려졌다.

그래도 아 마는 사기 진작 차원에서 기모토가 주문했던 살로를 맛보기로 두 번 대접받았다.

아직 미련을 버리지 못하고 현실 부정 중인 위원회들과 지

이지연

원회의 가운데서 파드마는 혼자 마음속에 사태 종결의 카운트다운을 했다. 추가 대화의 희망은 하루하루 더 옅어져 이젠 사실상 물처럼 맑겠다. 새로운 보고 수도 일 20명으로 정점을 찍은 뒤 가파르게 줄어 한두 명까지 내려왔다. 이 추세라면 며칠 후면 대화가 끊겨 3차 조우는 20일간 100여 명 선으로 마무리될 것 같았다. '단절' 비율 또한 이미 절반을 넘고 조금씩 더 높아져 가고 있었다. 사람들이 외계인을 선정적으로 씹어대지 않는다던 파드마의 불만은 쏙 들어갔다. 매체들은 이 외계인을 사신(死神)으로 만들었고 대중은 그들이 인류 역사에 개입했던 온갖 증거들을 찾기에 경쟁하는 중이었다. 조금만 더 있으면 안타까운 죽음을 맞은 모든 지구인들이 이번 3차인과의 접촉자였던 것으로 될 것 같았다. 일각에서는 대화자 중 아직 살아 있는 사람들 숫자와 근황을 중계하고 있는데 다분히 그들에게도 찾아올 죽음을 관람하려는 것처럼 보였다.

만약에 100명 남짓한 3차인 보고자들 중 1년 후 생존한 사람이 열 명에서 스무 명 정도일 거라면 아 마는 생활 지원을 걱정 안 해도 될 것이다. 일자리도 필요 없지 않을까. 설마 하니 외계 연구자들이 비계 주고 통치지는 않겠지. 그녀는 2차 세계 탐험자 천 명을 합쳐놓은 것 정도로 귀중한 연구 자료가 될 테니까.

"그 사람들이 다시 말을 걸었으면 좋겠어요?"

파드마의 물음에 아 마는 고개를 꼬았다. 긍정의 의미인지 애매한 동작이었다.

"우리 연구소가 좋아요? 아니면 기모토 박사님과 레지널드 박사님 있는 데로 가고 싶어요?" 약간 비겁하게 느끼면서 그렇게도 물어보았다.

"위니펙에 가려고."

뜬금없는 대답이었다. 기모토는 유럽 사람이고, 레지널드의 본거지는 분명 신시내티였다. 위니펙에 뭐가 있는지 얼른 생각나는 게 없었다. 아니, 그녀가 그 지명을 안다는 것부터가 신기했다. 혹시 콴이 관계된 수많은 기관 중 하나가 위니펙인가?

파드마가 신기해하며 흥미를 보이자 아 마는 일부러 그러는 것처럼 모른척했고, 물어보는 말에 꼬리를 빼더니 몇 마디 안 가서 자기가 언급한 사실 자체를 부정했다. "내가 무슨 말을 해? 난 아무 말 안 했어."

분명히 말했잖아, 위니펙이라고. 파드마는 욱하는 마음을 누르고 아 마와 함께 아 마를 잘 다루지 못하는 자신의 무능도 조금 싫어하면서 잡담을 끝냈다. 뜻밖의 시간에 휴게실 문간에 기웃거리는 기모토와 눈이 마주쳤기 때문이다. 복도로 나오자 며칠 동안 안 보이던 콴까지 기다리며 서 있었다.

"해산인가요?"

넘겨짚은 말에 콴은 웃었다. "좀 다른 얘기입니다. 기모토

박사님이 보여줄 게 있다는군요."

레지널드가 기다린다는 장소로 같이 이동하면서 파드마는 설마 누군가 성공했나 생각했다. 기모토의 얼굴에 처음 만난 날 같은 활기가 감돌았고 콴도 낙담한 것 같지 않았다. 콴은 오히려 무슨 작전이 있는 것 같은 태도였다.

"대상자가 왜 다시 교신을 못하고 있는지 실마리가 잡혔습니다. 핵심은 고보리였어요."

실내에 자리를 잡자마자 기모토가 영상을 틀며 조급하게 선언했다.

"이건 집행위의 면책 특권으로나 볼 수 있는 탈법적 자료예요. 다소 충격적인 실험 데이터죠."

기모토의 흥분에 덩달아 일어났던 기대감이 충격으로 식어 내렸다. 동물이 죽는 영상들이었다. 기니피그와 작은 사슴이 비명 지르고 개구리는 입만 벌릴 뿐 비명도 없었다. 원숭이 새끼가 내지르는 끼익거리는 소리가 생각보다 너무 약해 오히려 눈살이 찌푸려졌다. 동물 실험에 대해 잘 모르긴 해도 이 장면들을 녹화했다는 점, 배경이 실험 환경인 점으로 보아 인간이 그 죽음들을 초래한 게 분명했다. 매 장면에 곁들여 표시되는 중요 지표들이 무엇을 뜻하는지 파드마도 이젠 잘 알았다. 이번 난리통에 읽은 글 중에는 초기 연구에서 동물 간의 통신을 포착해 보려고 그룹을 나눠 한쪽이 얻은 정보가 다른 쪽에 전달되는지를 본 실험도 있었다. 대개 기존의 대량

도살 시스템을 이용한 영리하고 경제적인 실험들이었는데.

"사람에게 같은 실험을 한 자들도 있었지요. 이 건은 동물 실험입니다만, 이쪽 말고도 몇 군데 비슷한 시도가 보고돼 있고요. 동물의 델곳 층위 접속을 모니터한 자료입니다."

"…접속하는 거죠, 지금?"

간헐적으로 찌익거리는 쥐의 모습이 영상으로 비칠 때 쭉쭉 올라가는 그래픽과 숫자를 보면서 파드마가 물었다.

"그래요. 이 노란색이 델곳 층위 통신의 수발신량입니다."

편집된 영상 중간 우리 안을 바쁘게 왔다 갔다 하는 쥐를 보여준 장면에서는 노란색이 잠잠했다. 곧 이어 투실투실한 흰색 쥐가 무슨 집게 같은 것에 집혀 소리 지르는 장면에서부터 노란색 그래프가 돋기 시작했다. 쥐가 비명을 내지를 때는 노란색이 안 올라왔다. 집게를 몸에서 떼어내려고 몸을 굽혀 입과 앞발로 애를 쓸 때도 노란색은 없었다. 하지만 그 중간중간, 주로 쥐가 축 늘어져 가볍게 할딱이며 포기한 것처럼 보이는 장면에서 노란 그래프는 문득 빼꼼 솟아 올라왔다. 쥐가 고문당하면서 죽어가는 장면을 토막토막 이어놓은 영상은 그 동물의 눈이 흐려지고 생명이 떠날락 말락 하는 데까지 2분쯤이었고 노란 그래프가 정점에 달했다가 스러지면서 죽음의 순간이 왔다.

기모토는 윗몸을 틀어 설명했다.

"논란을 일으키기에 충분한 이 영상은 무치 팀이 지난 4주

이지연

간 얻어낸 성과로 이번 조우를 설명해 줄 열쇠입니다. 그들은 여러 조건의 동물에게서 지표를 얻어내는 실험을 다년간 해 왔고 이전 실험 자료들도 보유하고 있어요. 이 현상은 1년, 2년 전에는 없었습니다. 최근에, 3차인이 포착된 때를 전후해서 관측되기 시작한 것이죠."

자료상 날짜는 5월 15일로 아 마보다 일주일 일렀다.

"이게 고보리예요. 죽음 그 자체가 아닙니다. 죽음과 연관된 특정한 상태죠. 치명상을 입은 동물이 계속 발악하지 않고 간헐적으로만 발버둥치는 걸 이상하게 생각한 적 있어요? 죽어라 달아나던 가젤이 사자 입에 물려 거꾸러진 순간 멍하니 늘어져 버리는 걸? 쥐가, 뱀에게 먹히게 된 순간 그냥 조금 꿈틀대다 취한 것처럼 그 눈빛마저 흐려지는 걸? 우리 생각엔 그 상황에서 숨이 끊어질 때까지 쉬지 않고 비명 지를 것 같죠. 최후의 최후까지 반항할 것 같죠. 그런데 아닙니다. 그들은 마치 상황 파악을 하는 것처럼 보입니다. 죽게 된 것을 인지하고 수용하는 데 시간이 필요한 것처럼 보여요. 단속적으로 '아니야! 싫어!' 하고 몸부림치면서도 그 사이사이에 동물은 자신과 세계의 위치를 재조정해요. 바로 그 시간입니다, 지표가 터지는 건."

"하지만 아 마는 가젤도, 쥐도 아니었어요. 그녀가 겪은 고난은 모두 과거 일이고 그녀는 안전하고 건강하게…."

"트래커 시술 전에 아 마에게서 임시 트래커를 뗐지요? 구출 직후 치료받던 때에 붙여둔 것." 기모토는 뭉툭한 손끝으로 날렵하게도 수치들을 뽑아 올렸다. "이게 임시 트래커의 최종 기록이고 이게 새 트래커의 최초. 한참 밑으로 쭉쭉 내려갔네요. 트래커에 대해 제대로 설명한 것 맞아요? 이걸 보면 그 시점에 긴장하다 못해 망연자실했던 모양인데요."

아 마의 순종적인 태도에서 스트레스를 읽어내는 건 쉬운 일이 아니었다. 더욱이 그때 그 자리에서 누군가 그걸 읽어야 했다면 그건 파드마푸트리도 아니다. 의사였지.

"망연자실했다고 말했는데 바로 그겁니다, 군이 표현하자면요. 어찌할 줄 몰라 해리 상태에 빠진 희생자, 충격 속에 멍해진 사람에게 대화의 창이 열리는 거죠. 여기서 우리는 2차 세계 때를 상기해 봅니다. 어째서 갑자기 그 세계에 접속됐는가? 어째서 탐험이 한창 진행 중에 끝이 났는가? 2차 때 탐험자들은 이번만큼 쏠려 있지는 않았어요. 연령적으로 30대가 많았고 남자 쪽으로 기울기는 했지만 특정 조건을 갖춘 사람들만 굴들의 소리를 들은 건 아니었죠."

파드마는 눈으로 자료를 살펴보면서 귀로 들은 주장과 다른 것을 느꼈다. 파드마가 보기에 신빙성 있는 2차 세계 탐험자들은 잘 사는 나라의, 교육받은, 중산층 이상 사람들이었다. 보고자 편향이 있겠지만, 어쩌면 있는 것은 보고자 편향뿐이겠지만, 그것은 편향이 아닌가?

그러고 보면 이번 조우에도 보고자 편향은 확실히 있었을

이지연

터다. 트래커가 입증하는 사람만 신빙성 있는 것으로 인정되었으니까. 기모토가 말했던 대로 그런 사용자는 전 세계에 1억 정도였다. 트래커 없는 고보리들은 얼마나 많았을까? 실은 그들 모두가 3차인의 초대를 받았을까?

기모토가 말하려는 건 방향이 달랐다. "하지만 굴들의 들판에서 우리가 보고 들은 건 빛나는 굴들이었어요. 어떤 보고자도 공중에 부유하는 생명체와 연결되진 않았지요. 그들이 맥동하며 빛나는 순간 우리가 찾아갔고 빛나기를 그쳤기에 더 이상 갈 수 없었던 게 아닐까요? 이제 우리가 굴들이라고 생각해 봅시다. 3차인은 우리 중에서 고보리 상태인 사람과만 소통할 수 있었던 겁니다. 희생자가 아니면 아예 연결될 수 없었던 거예요, 그들과."

"그렇지만 아 마는 희생자가 아닌데요!" 파드마는 가만히 있을 수 없었다. "그녀는 섬에서도 당하고 산 사람만은 아니었어요, 폭군의 마나님이었지. 부족 전체가 다 죽었어도 살아남은 사람이에요. 다들 아 마를 보셨잖아요. 그녀가 위태로워 보이나요? 죽음을 수용하는 것 같나요?"

"죽지 못해 살아 있는 사람인 건 맞지 않습니까." 레지널드의 목소리는 평탄했다. "그녀에게 이제 뭐가 있어요? 틀린 시대, 틀린 장소에 잡혀온 아무 희망도 없는 조난자지요. 잘못 태어났고 잘못 길러져서 받지 말아야 할 대우를 받고 학대로 일그러진 사람. 자기에게 아무것도 남지 않았다는 걸 그녀가 인지 못 할까요? 원시 부족이라고 너무 무시하는 것 아닙니까?"

파드마는 숨이 막혔다. 기모토는 두 사람에 아랑곳없이 즐겁게 설명했다.

"죽는 중인 동물이나 사람이라고 해서 모두 불이 켜져 있는 것은 아니고요. 개중엔 고보리가 되지 않는 경우도 많고 되더라도 자료가 보여주듯이 크리스마스 장식등처럼 켜졌다 꺼졌다 합니다. 투지를 잃지 않았을 때도 꺼져 있고 패배를, 도태를 수용했을 때도 꺼지고. 어떡할지 알게 되면 더 이상 고보리가 아닌 거예요."

"그래서 비계를 향해 의지를 불태우면서는 더 이상 교신이 안 된 거였군. 멍한 도피 상태에서만 가능해서."

그 말에 파드마는 콴이 아 마에게서 비계를 포함한 모든 것을 빼앗는 장면을, 나아가 기모토가 써보고 싶어 할 인공적인 우울과 해리 유발 수단들을 승인하는 장면을 아주 잘 상상할 수 있었고 피가 식었다. 그게 현실일지 아닐지를 확인하는 고통스러운 작업으로부터 레지널드가 그녀를 구했다.

"다른 해석도 가능하죠. 사실 그쪽이 더 가능성 있습니다. 3차인이 죽을 지경인 상대를 선호한다는 것."

그러고 보니 레지널드는 다른 두 사람과 달리 고무된 기색이 없었다. 그는 자기 조상 같은 개새끼 표정을 하고 기모토를, 이어서 콴을 응시했다.

"그들이 직접 말했잖아요, 우투는 싫다고. 이제 고보리가 그들의 애호 대상이었다는 사실을 깨달아야 하지 않나요. 그 말은 아 마가 자기비하를 했던 게 아니었습니다. 3차인이 고보리를 원했으며 아 마가 고보리였기에 그녀를 좋아했다고, 이미 명백하게 다 말해준 내용이에요. 그들은 생명 의지를 싫어하는 거죠. 생존경쟁의 승자도 투쟁하는 자도 패배를 수긍한 자도 다 입맛에 맞지 않아 하는 걸 보면."

"하지만 그건!" 기모토가 웃었다. "그건 말도 안 돼요. 그쪽이라고 생물이 아닐 리 없잖아요? 델곳 층위는 살아 있는 존재 간의 소통입니다."

"무슨 상관이에요?" 레지널드는 아주 침착했다. "우선, 우리가 델곳 층위에 대해 아는 게 뭡니까? 과연 우리가 충분히 알고 있어요?" 기모토는 말문이 막힌 듯했다. 레지널드가 손을 탁자 위에 던져 놓았다. "그리고, 이 장면에서 죽는 건 그들이 아니에요. 그들이 죽는지 사는지 생물인지 아닌지 우리는 몰라요. 지금까지 상정할 수 있는 건 그들에게 사자 애호…, 아니, 빈사 애호가 있는 것 같다는 정도죠. 특정 실험실의 동물 실험에서 신호가 잡혔을 확률을 간단히 어림해 보건대 그들은 최근 몇 주간 지구에서 이젠 죽었거나 여태껏 죽고 있는 중인 이들을 상대로 상당히 의욕적으로 대화했고, 그랬다면 아마 그럼으로써 얻어지는 그 어떤 이득이 있었으리라고 추측합니다."

그래도 '즐긴다'라는 표현을 쓰지는 않네. 패배자, 망연자실한 자, 죽음에 당황한 생명체들과의 대화를 몹시 즐기는 어떤 우월한 자들. 파드마의 마음속에 저절로 '이상성욕자'라는 개념이 솟아 올라왔다.

"그들이 고보리에게서 감정적인 기쁨을 얻는다는 가정과, 고보리라야 대화가 가능하다는 가정은 앞으로 검증할 기회는 있겠습니다만 현재로선 기능이 똑같습니다. 불이 켜진 굴들만이 외계와 접하고 불이 켜지지 않은 나머지 우리는 소외된다는 거예요."

"그리고 그들은⋯ 복수해 주겠다고 했죠. 강한 힘과 많은 지식으로 도와주겠다 했어요."

파드마의 말에 레지널드는 싱긋 웃음 지었다. "고보리를. 고보리만. 우리는 말고."

"외계인이 인류 중에서 특정한 사람들만을 상대한다면 인류를 영영 바꿔 놓는 거나 마찬가지예요. 우리 속에서 다른 누군가를 불러내는 거죠. 마르크스가 영, 미, 프, 독, 러의 국민 속에서 프롤레타리아를 불러냈듯이. 부름을 들을 때까지는 자각이 없었더라도 그 이름으로 호출된 이상 그들은 고보리입니다. 고보리로서 생각하고 행동하게 될 거예요. 여분이고 부스러기였던 이들이 한쪽 주체가 되겠지요."

반 이상 자기 자신을 향해 말하면서 파드마는 천천히 위니펙을 이해했다. 그리고 계속 조금씩만 움직이던 지표들도. 어느 날 들었던 아 마의 콧노래도. 다른 사람들이 정말 그 생각

이지연

을 못 하는 건지 궁금해서 그들을 살폈다. 콴은. 기모토는. 레지널드는 알고 있을까?

"외계인이 어느 한 부류를 두둔할 거라면 그나마 피해가 적을 편에 대상을 고른 것 같군요." 콴이 뱃심 있는 척했다. "어차피 대부분은 골로 갈 것이고. 문제는… 경쟁, 승리, 생존에 뜻을 잃은 패배자들을 뭘로 회유할 것이냐 하는 거겠어요."

"회유해요…?"

"그들도 인류의 미래에 봉사해야지요. 그들도 인간입니다. 여기에 구도는 하나예요, 3차인 대 지구인. 인류는 인류가 되기까지 몇만 년 동안을 우리끼리 부대끼며 서로 편을 가르고 경쟁했지만 이제는 아니죠. 우리는 지구의 아이들이고 밖에 새 타자(他者)가 등장한 이상 그에 맞서서 동질적입니다."

과연?

하지만 콴 역시 대화가 아예 단절되었다고는 생각 안 하는구나. 그도 알고 있는 거지. 그들이 어쩌면, 아마도, 대화를 이어가고 있었으리라는 걸. 인류의 눈을 피해서, 델곳 층위에 훨씬 더 익숙한 강력하고 아는 것 많은 외계인의 인도에 따라.

"3차인이 그들의 승낙을 받는다면 어떤 일이 벌어질까요?" 기모토는 목소리가 작아져 있었다. "이 송장치개들이 힘과 지식을 갖췄다는 말이 정말이라면? 정말로 복수해 준다면? 사람이 죽을 마당에는 세상일에 뜻을 잃는 건 알아요. 하지만 반대로 죽을 사람은 별 감흥 없이 온갖 짓을 할 수 있지요."

파드마는 문득 기모토가 많이 늙은 사람이라는 것을 실감했다. 동년배들이 죽기 시작한 지도 좀 됐을 것이다. 기모토는 앞으로 10년 더 살 수 있을까? 그럴 수도 있겠지. 하지만 20년은 아닐 것이다. 몇 달 후에 그의 부고를 들으면 자기가 놀랄까. 죽을 때 3차인들의 방문을 받고 기모토는 어떻게 할까. 파드마는 순식간에 치달은 불경한 상상을 멈추려고 했지만 눈앞의 기모토부터가 이미 그녀의 상상 속 전향자가 빙의한 듯 기묘한 표정이었다.

"여기에 있는 하나의 구도는 당신이 보는 것과 다릅니다. 생명체는 물론이고 그 나머지 이 세상 만물을 통틀어서도 존재하는 것 대 존재 못 할 것의 구도야말로 가장 강력해요. 그들은 우리 편이 아닙니다."

"그들은 우리 편이에요. 그렇지 않다고 생각한다면 착각하는 거죠. 미친 거든가. 외계인들이 그 사람들을 조종해서 미치게 만들 거라고 하는 겁니까?"

콴은 짜증을 내며 우겼다. 파드마는 자기도 모르게 대거리했다.

"우리가 2차 세계에 한 일이 그거였잖아요. 굴들의 의식을 조종해서 미치게 만든 것."

너무 거친 요약에 콴은 물론 다른 둘도 할 말이 많은 듯 몸을 꿈질거렸지만 너무 많아서인지 정정하길 포기했다. 아무튼 2차 세계와의 조우에서 인류가 썩 잘하지 못한 것은 사실이었다. 아무나 아무 짓이나 다 해보려 했고, 식민화를 꿈꾸었고, 끝도 수상하게 갑작스러웠고. 콴조차도 국가 기관 단체들의 50년 100년짜리 극비들을 다 열어볼 수 있을 만큼의 힘은 없었고 그 나머지 정보들로 탐험의 전모를 세상에서 제일 잘 파악하는 사람이라고 할 수도 없었지만, 그러나 정황상 그 결말이 수습 불가능한 파탄이었으리라는 것은 짐작 가능했다. 그리고 짐작이라면 파드마가 그들보다 못할 것도 없었다.

"…굴들에게 우리가 아는 한의 좋은 지식을 전하긴 했지요. 그게 그들을 해친 것도 사실이겠지만."

기모토가 자신없는 목소리로 뒤늦게 토를 달았다.

"이제 우리 차례인 거죠. 3차인들이 우리에게 온 겁니다." 레지널드의 말은 냉혹했다.

"그럼 속수무책으로 하회를 기다려야 합니까? 외계인들이 뭘 할지, 우리 속의 고보리들을 상대로 어떤 오염을 일으키고 어떤 교란을 불러올지를? …우리는 우리대로의 생존 법칙이 있고 그걸 따라 오늘에 이르렀어요. 자연의 운은 모두에게 공평하고요. 우리와 물질세계를 공유하지도 않으면서 맘대로 그중 무언가를 들쑤시겠다는 건 너무 무책임하지 않아요?"

"무책임하죠. …그들이라고 우리와 뭐 그렇게 다르겠어요?"